Que bom pra você

Tammara Webber

Que bom pra você

Série Entrelinhas
LIVRO 3

Tradução
Cláudia Mello Belhassof

1ª edição
Rio de Janeiro-RJ / Campinas-SP, 2017

VERUS
EDITORA

Editora
Raïssa Castro

Coordenadora editorial
Ana Paula Gomes

Copidesque
Maria Lúcia A. Maier

Revisão
Raquel de Sena Rodrigues Tersi

Capa e projeto gráfico
André S. Tavares da Silva

Foto da capa
© Brandon Lyon, 2011

Título original
Good for You

ISBN: 978-85-7686-388-5

Copyright © Tammara Webber, 2011
Todos os direitos reservados.

Tradução © Verus Editora, 2017
Direitos reservados em língua portuguesa, no Brasil, por Verus Editora. Nenhuma parte desta obra pode ser reproduzida ou transmitida por qualquer forma e/ou quaisquer meios (eletrônico ou mecânico, incluindo fotocópia e gravação) ou arquivada em qualquer sistema ou banco de dados sem permissão escrita da editora.

Verus Editora Ltda.
Rua Benedicto Aristides Ribeiro, 41, Jd. Santa Genebra II, Campinas/SP, 13084-753
Fone/Fax: (19) 3249-0001 | www.veruseditora.com.br

CIP-BRASIL. CATALOGAÇÃO NA FONTE
SINDICATO NACIONAL DOS EDITORES DE LIVROS, RJ

W381q

Webber, Tammara
    Que bom pra você / Tammara Webber ; tradução Cláudia Mello Belhassof. -- 1. ed. -- Campinas, SP : Verus, 2017.
    23 cm. (Entrelinhas, 3)

    Tradução de: Good for You
    ISBN: 978-85-7686-388-5

    1. Romance americano. I. Belhassof, Cláudia Mello. II. Título. III. Série.

17-41411
CDD: 813
CDU: 821.111(73)-3

Revisado conforme o novo acordo ortográfico

Para Tim
Sinto sua falta todos os dias

1

Reid

Meus pensamentos quando fiquei totalmente consciente: primeiro, *Merda, estou no hospital de novo*, e segundo, *Qual será o estrago no meu Porsche de uma semana?*

— Vejo que você está acordado. — Esse era o meu pai, declarando o óbvio, uma habilidade que ele domina.

— Ah, querido, que bom que você acordou. — Uma mão quente segura a minha, e viro na direção da voz da minha mãe, em minha tendência natural de ignorar meu pai. Especialmente na cara dele.

Minha satisfação cessa quando vejo os olhos da minha mãe, inchados e vermelhos, e sua boca tensa, numa tentativa fracassada de impedir o tremor do lábio inferior. Infelizmente, essa não é uma reação materna absurda. Se minha memória não falha, bebi demais e bati com o carro numa *casa*. Não foi uma das minhas proezas mais reconfortantes.

Num esforço inútil de desviar a atenção da parte dos ferimentos corporais do meu contratempo veicular, pergunto:

— Hum, como está o carro?

— Como está o *carro*? Como está o *carro*? — As sobrancelhas do meu pai quase encontram o cabelo. — É sobre isso que você quer falar primeiro, depois desse desastre? Você tem noção do estrago que provocou naquela casa? Isso sem falar do que pode ter acontecido com a sua carreira...

Será que era tão difícil assim simplesmente dizer que a porcaria deu perda total?

— Mark — o lábio inferior da minha mãe estremece —, ele está *vivo*. O resto pode ser consertado.

Eu me pergunto se ela quer dizer *consertado* como a apendectomia que me levou ao hospital no outono passado bem no meio das filmagens do meu último sucesso de bilheteria, ou *consertado* como quando fui preso um ano atrás numa festa em que todo mundo estava fumando maconha, mas eu acabei escapando por falta de provas.

— Pode mesmo? — meu pai retruca, pegando o casaco na cadeira e indo em direção à porta. — Que *droga*, Reid, não tenho certeza se alguma coisa em você pode ser consertada. Você nunca ligou muito para as necessidades dos outros, e agora estendeu isso para sua própria vida. Não consigo imaginar o que estava passando pela sua cabeça.

Não respondo. Acho que ele não quer ouvir que *não passar nada pela minha cabeça* era meio que o objetivo.

Dori

Tento manter a voz encorajadora, apesar de gritar a plenos pulmões.

— Tudo bem, pessoal, vamos começar do início!

Aquilo que dizem sobre pastorear gatos? Tente pastorear dezoito crianças de cinco anos para ensaiar a melodia final para a Noite dos Pais dos Estudos Bíblicos de Férias quando elas estão obcecadas pelo momento na piscina, que lhes foi prometido por bom comportamento.

— Srta. Dori? — Sinto um puxão no meu jeans capri. É Rosalinda, de quem escuto *srta. Doooooriiiii?* pelo menos uma dezena de vezes por dia.

— Oi, Rosa — digo, e, antes de as palavras saírem da minha boca, dezessete crianças de cinco anos levantam da cadeira e se espremem na janela para encarar, cheias de desejo, a piscina que tremula lá fora, sob o céu brilhante e sem nuvens de junho.

— Preciso *ir*. — *De novo?* Essa criança tem a bexiga do tamanho de uma moeda.

— Você consegue segurar só um minuto, querida? Estamos quase no fim... — Um gritinho ecoa do outro lado da sala. Jonathan está com uma tesoura em uma das mãos e a trança de Keisha na outra. — Jonathan, *solta isso.* — Mordo o lábio ao ver a expressão surpresa no rosto dele. Não posso rir. Não é engraçado. *Não é engraçado.*

Ele pisca, e os olhos se alternam entre a tesoura e a trança.

— Qual dos dois?

Estreito os olhos.

— Vamos começar com o cabelo da Keisha. — Ele solta a trança, e ela corre para as amigas, que se reúnem ao redor dela enquanto olham furiosas para ele. Nunca vi um grupo de amigas como este: uma panelinha protetora, um bando de guardiãs.

— Srta. *Dori* — choraminga Rosa, puxando com mais força. Pego sua mão para impedi-la de puxar minha calça até o chão. Eu *nunca* conseguiria restaurar a ordem se isso acontecesse.

— Só um minuto, Rosa. — Aperto a mão dela com delicadeza. — Jonathan — digo com mais seriedade. — Traga essa tesoura aqui. — Com os olhos nos tênis desamarrados, ele se aproxima o mais lentamente possível para um ser humano. — Onde foi que você pegou isso?

Ele segura a tesoura com as duas mãos, como se apresentasse um presente para a realeza. Sem ceder à sua falsa tristeza, arqueio uma sobrancelha.

Ele dá uma olhada para mim.

— Na mesa da sra. K — murmura, olhando de novo para os pés.

A secretária da nossa igreja, Filomena Kowalczyk, tem um forte sotaque polonês, apesar de ter imigrado para os Estados Unidos há mais ou menos um século. Ela mantém um pote enorme de balas sobre a mesa e usa sapatos ortopédicos decrépitos que têm o mesmo efeito de um sino no pescoço de um gato. As crianças a escutam vindo pelo corredor cinco minutos antes de ela chegar. A julgar pela mancha de chocolate na boca de Jonathan, eu diria que ele pegou um chocolatinho ou dois antes de brincar com a tesoura dela.

— Podemos pegar as coisas da sra. K sem permissão? — Fixo um olhar decepcionado nele.

Ele balança a cabeça.

— Pegar coisas que não são suas está na lista de bom comportamento do pastor Doug?

Seus olhos escuros arregalados pulam para os meus. Bingo, garoto. O tempo na piscina corre perigo.

— Mas, srta. Dori! — diz ele. — Eu não *cortei*!

— Ainda não estamos falando sobre a trança da Keisha. Estamos conversando sobre você pegar a tesoura da sra. K...

— Eu devolvo! — Lágrimas lhe enchem olhos. — M-m-me desculpa!

— Você está arrependido porque foi pego — digo, e ele cai no choro. Ah, meu Deus.

— Srta. Dori! — choraminga Rosa, se segurando, com uma das pernas erguida pressionando a outra.

Suspiro, derrotada, desistindo de ensaiar o programa por hoje.

— Está bem, todo mundo na fila pro banheiro!

— Eu primeiro! Eu *primeiro*! — diz Rosa, apertando minha mão com uma força mortal. Enquanto sigo para o início da fila, ela sai saltitando atrás de mim.

— Jonathan, fica aqui do meu lado. — Secando as lágrimas com o punho, ele segura minha outra mão, e eu deixo a sala com dezoito patinhos atrás de mim.

Daqui a poucas semanas, estarei numa viagem missionária para o Equador. Por mais exótico que pareça, vou fazer mais ou menos a mesma coisa que estou fazendo agora — só que em espanhol.

2

Reid

Afrouxo a gravata no instante em que viro para sair da sala de audiência. A próxima coisa que vou tirar vai ser essa porcaria no meu cabelo, que me faz parecer um dos funcionários idiotas do meu pai.

— Coloque isso de volta — rosna meu pai, com os ombros rígidos. Ele me julgou culpado, apesar de o promotor ter aceitado nosso acordo. Quer dizer, mais ou menos.

Penso em ignorá-lo durante meio segundo, até a voz menos ditatorial do meu agente pedir discrição.

— Reid, a imprensa vai estar lá. *Orgulho estudantil* está nos cinemas. Não é hora de parecer rebelde. Já perdemos uns dois comerciais. Sua imagem já sofreu o suficiente sem você dar a impressão de que não está agradecido por ter escapado com facilidade de algo que colocaria noventa e nove vírgula nove por cento das pessoas na cadeia.

— Você chama isso de *fácil*? — Eu nunca surto com George, mas não posso concordar com essa avaliação. As exigências do juiz para o meu acordo são mais do que ridículas.

— Sim... como qualquer pessoa com meio neurônio — interrompe meu pai. A sutileza nunca fez parte da natureza dele. — Coloque a maldita gravata de novo, Reid.

Meu maxilar se agita enquanto fecho os botões de cima da camisa social branca Armani e refaço o nó meio-Windsor perfeito na gravata Hermès. Quando eu tiver trinta anos, terei lixado meus dentes até virarem tocos.

Os amigos me perguntam por que eu simplesmente não me livro do meu pai. Tenho dezenove anos, sou adulto em todos os sentidos legais da palavra (exceto na permissão para beber, o que é irritante). Sou um legítimo astro de Hollywood, com um empresário, um agente, um ou uma relações-públicas, dependendo do caso — meu pai pode ter demitido Larry, quando ele não agiu com rapidez suficiente para salvar esses comerciais na semana passada.

Essa é a questão. Meu pai cuida de *tudo*. Ele é o CEO da minha vida, e eu sou o produto. Ele administra minha carreira, meu dinheiro, minhas questões jurídicas. Não tenho que fazer porra nenhuma, além de aparecer para os testes, filmagens, pré-estreias e alguns comerciais. Não suporto meu pai tanto quanto ele não me suporta, mas sei que ele não vai me foder.

Meu agente estava certo. A mídia está acampada na escadaria do tribunal, pronta para gravar meu depoimento. Não escrevi nem uma parte dele. George me deu na noite passada, quando meu pai e meu advogado — cujo nome não lembro, porque não poderia me importar menos com qual futuro associado júnior puxa-saco meu pai selecionou na sua empresa para me representar — estavam analisando a estratégia de acordo para hoje de manhã. Hora da minha encenação de arrependimento digna de Oscar.

Meu pai some atrás de mim conforme planejado, enquanto sou flanqueado por George e o puxa-saco júnior. Assumo uma expressão adequada de arrependido.

— Eu só quero pedir desculpas aos meus fãs. Sinto muito por ter decepcionado vocês. Garanto que esse incidente foi um lapso e não voltará a se repetir.

Alguém enfia um microfone no meu rosto.

— Você vai pra reabilitação?

Entra a expressão de vergonha no lugar do remorso.

— O juiz achou que não seria necessário. Mas pretendo seguir ao pé da letra as ordens do tribunal, e fatos como esse *não* vão se repetir.

Um cara de uma das emissoras hispânicas locais parece que está com o detector de mentiras ligado no máximo.

— E a casa que você destruiu, e a família que ficou sem ter para onde ir?

Por favor, seu babaca. Foi um cômodo de uma casa, e ninguém estava lá dentro, por isso não houve feridos.

— Os proprietários serão indenizados — digo. — Os detalhes são confidenciais, mas o acordo já foi acertado entre as partes.

— Seu pai vai pagar pra eles ficarem quietos, você quer dizer. — Que merda é essa? Esse cara é insistente. Talvez seja parente deles ou alguma coisa assim.

— Não, senhor. — Olho em seus olhos, cara a cara. — Eu fui responsável pelo acidente, e *eu* é que vou pagar.

— E você se sente confortável chamando isso de *acidente*, quando você, menor de idade, resolveu beber mais do que o dobro permitido para um *adulto*, depois dirigir um carro de uma tonelada numa área residencial?

— Bom, eu...

— A proprietária da casa é a imobiliária. E a família que mora lá, inquilina? São pessoas que trabalham muito, mas não têm seguro, e agora perderam pertences que não podem substituir, *além* do fato de que estão sem teto no momento. E eles?

Você *só pode* estar de brincadeira. Quero tanto dar um soco nesse cara que meus punhos já estão cerrados.

O puxa-saco júnior decide que é hora de interromper e ganhar a sociedade.

— Obrigado, senhoras e senhores. Como advogado de defesa do sr. Alexander, garanto que ele assume total responsabilidade por seus atos e pretende reparar *todos* os danos provocados e ainda mais.

Não foi isso que eu acabei de dizer?
E que diabos ele quer dizer com *e ainda mais*?

Dori

Enquanto meu pai faz a oração, minha mente vagueia. Não quero ser desrespeitosa e sempre mantenho os olhos fechados, mas às vezes tenho tanta coisa para resolver que meu cérebro fica fazendo listas e verificando detalhes toda vez que se dá conta de que é um momento tranquilo para isso.

Os ensaios das crianças para a Noite dos Pais terão que esperar até a próxima semana. Meu projeto na Habitat para a Humanidade tem prazo mais apertado, graças ao idiota egocêntrico e egoísta que bateu com seu carro esportivo imbecil na sala de estar da futura casa alugada da família em questão. Não entendo pessoas assim — gente que não pensa em ninguém, nunca, além de si mesmo. Que só ocupa espaço no planeta e nunca contribui para algo que valha a pena.

Ele é o oposto de alguém como o meu pai — pastor Doug, para os paroquianos da nossa igreja e seus arredores. Meu pai diria que Deus não ficaria feliz com meu preconceito em relação a Reid Alexander.

Deus tem um propósito, até mesmo para ele, diria meu pai.

Até parece.

Argh, lá vou eu de novo.

Vou passar os próximos dias trabalhando direto na casa que envolve esse projeto. Por sorte, quase tudo já está pronto. Infelizmente, isso não inclui o ar-condicionado, e o tempo já está quente e úmido. Boa parte de Los Angeles vive sem ar-condicionado central; eu não deveria reclamar. Tenho uma casa confortável, ainda que não seja repleta de objetos de luxo, como tevês enormes e cômodos com móveis combinando. Minha mãe sabe pintar paredes e é ótima quando usa aqueles sáris comprados em bazar como cortinas coloridas para as janelas e toalhas para a mesa, ou plantas para cobrir uma mancha no carpete ou uma rachadura nas paredes de gesso.

Tenho mais algumas coisas para entregar à Universidade da Califórnia em Berkeley antes de começar no próximo outono: resultado das provas, diploma do ensino médio, depósito do alojamento estudantil. Quase todo mundo que me conhece parece intrigado pelo fato de eu querer me formar em ciências sociais em vez de música. Normalmente me dizem que eu tenho uma voz bonita, mas essa não seria uma carreira prática. Prefiro *fazer* alguma coisa.

Meu pai é o único que entende esse sentimento. E foi dele que herdei a voz. Minha mãe e Deborah, minha irmã mais velha, são totalmente desafinadas, mas têm habilidades naturais e aplicadas que são úteis. Minha mãe é enfermeira obstétrica especializada em pré-natal, e Deb começou há pouco tempo a residência em Indiana — vai ser pediatra. Meu pai e eu simplesmente tivemos que ser mais criativos para encontrar um jeito de contribuir.

Neste verão, como nos últimos anos, estou trabalhando no programa que a nossa igreja oferece para os bairros pobres da vizinhança. Uma van pega as crianças de manhã, para que seus pais possam trabalhar sem se preocupar com o que fazer com elas. As crianças ficam lá o dia todo, o que significa que temos que inventar muitas atividades. A piscina foi ideia da minha mãe. Alguns membros do comitê financeiro da igreja se recusaram a instalar algo tão grandioso, mas minha mãe os convenceu de que poderíamos usar a piscina para os Estudos Bíblicos de Férias, os dias em família e os batismos mensais.

Meu pai diz que minha mãe conseguiria convencer o diabo a fazer biscoitos de Natal.

— ... Amém — diz meu pai, e eu abro os olhos, afastando os pensamentos de satã usando um avental e desenhando renas em biscoitos.

— Dori, seu pai tem uma notícia que pode te interessar. — Minha mãe me passa a tigela de purê de batatas, e os dois me observam com atenção. Estranho.

Meu pai pigarreia.

— Te ligaram mais cedo. Acho que a Roberta não tem o número do seu celular.

Roberta, líder do meu projeto na Habitat, não entende que as pessoas podem ser encontradas com facilidade por meio do telefone que elas carregam. Seu celular está sempre na bolsa e *desligado*, porque ela acredita que a bateria vai acabar se ela deixá-lo ligado, e o aparelho não estará pronto para usar se ela for assaltada e precisar dele. Nunca perguntei como ela vai fazer para manter o bandido longe enquanto o celular liga.

— Um novo voluntário vai começar amanhã, e ela quer que você o ajude a se enturmar e mostre a ele como as coisas funcionam.

Que novidade. Nós gostamos de voluntários, mas essa não é exatamente uma notícia importante nem incomum, embora meus pais estejam agindo de um jeito muito estranho.

— Tudo bem. Sem problemas. — Esperando a pegadinha, passo o purê para o meu pai. — É alguém com experiência em eletricidade, espero?

— Hum, duvido muito.

Como ele não desenvolve o assunto, finalmente digo:

— Pai, fala logo.

Meu pai não me encara e se comporta de um jeito misterioso, o que não é normal.

— Bom, esse voluntário pode ser alguém que você conhece. Não *conhece* exatamente. Mas sabe *quem* é.

Meu Deus, estou cansada demais para isso.

— Tenho que adivinhar quem é? — Suspiro. — É alguém da igreja? Da escola?

— É Reid Alexander — minha mãe solta de uma vez, sem conseguir se conter.

— O quê?

Meu pai tenta o argumento lógico!

— Parece que trabalhar para terminar a casa dos Diego mais cedo foi parte do acordo que ele fez.

Ah, não. Não, não, não. Isso não está acontecendo.

— Espera. Então ele nem é voluntário... ele vai ajudar na construção por causa de uma *ordem judicial?* — Não acredito que eles estão imaginando que eu vou bancar a babá desse provável alcoólatra egocêntrico e misógino.

— A Roberta disse que, como ele tem mais ou menos a sua idade, ela imaginou que você pudesse... hum...

— Ser babá dele. — Faço uma cara feia. — Por favor, me diz que é só por um ou dois dias.

Meu pai dá de ombros e começa a comer.

— Você vai ter que perguntar isso para a Roberta. Eu sou só o mensageiro.

Fecho os olhos por um instante, imaginando o absurdo que vai ser ter Reid Alexander na construção, e o desperdício de tempo que isso vai implicar. Eu tinha planejado colocar os azulejos do boxe do banheiro principal amanhã. De jeito nenhum eu poderia confiar nele para ajudar com isso — colocar azulejos é uma tarefa que exige muita habilidade e, apesar de eu ter feito isso o suficiente para dar conta do recado, ele provavelmente nunca tocou numa colher de pedreiro na vida.

— Por que eu?

Escuto a resposta do meu pai na cabeça antes de ele falar.

— Não sei, querida. Mas existe um motivo pra tudo. — E dá um tapinha na minha mão. — Vamos ter que ser pacientes pra ver qual é.

Como faço sempre que ele diz isso ou algo parecido, engulo o que eu diria se pudesse responder com sinceridade. Não acredito que existe um motivo para tudo, e ter fé não significa que sou cega. Acredito que as pessoas fazem escolhas ruins. Acredito que coisas ruins acontecem com pessoas boas. Acredito que existe uma maldade no mundo que eu nunca vou entender, mas nunca vou deixar de combater.

Se eu acreditasse, por dois segundos que fosse, que existe um motivo para algumas coisas horríveis que acontecem nesta vida, eu não aguentaria.

3

Reid

— Ora, isso é promissor. — Meu pai atravessa a cozinha enquanto coloca a pasta sobre o balcão de granito.

Não me dou o trabalho de responder. Ele me alfineta desse jeito desde que eu era criança. Levei um tempo para aprender a não morder a isca e deixá-lo provar que é muito mais inteligente. Meu pai é *pago* para argumentar — e, pelo tamanho desta casa, pelo corte do seu terno sob medida e pelos carros na garagem, ele é brilhante nisso.

Ele deve ficar desesperado por eu fazer o que faço e ganhar mais do que ele. Claro, ele não tem a menor ideia de como eu trabalho quando estou filmando, mas e daí? Ele que fique pensando que eu não faço quase nada. Isso o irrita ainda mais, e está bom assim.

— Eu até fiz café. — Aponto para a chaleira pela metade, ainda no fogo.

Ele enche sua caneca de viagem e fecha a tampa.

— Sua mãe já acordou?

— Não sei.

— Você vai precisar chamar um carro pra ir pro *trabalho* — ele me lembra —, já que sua carteira foi suspensa por seis meses. — Ele parece supersatisfeito com isso.

— Achei que você ia me levar. — Pisco para ele com meus olhos azul-bebê. Ele abre a boca e nenhum som sai enquanto me esforço para fazer uma expressão normal. — Estou *brincando*, pai. Já chamei o serviço. Eles chegam daqui a dez minutos.

— Ah. — Ele faz uma careta e fecha a boca. — Está bem, então.

Não tenho certeza se fico feliz ou puto por ele estar tão surpreso.

* * *

Quando dou ao motorista o papel com o endereço da instituição de caridade de construção de casas, ele o analisa antes de me olhar com uma expressão perplexa.

— É, cara, tá certo — digo, antecipando sua pergunta. — Me leva até lá, tá?

Ele abre a porta traseira do Mercedes preto.

— Sim, sr. Alexander. — Quando o carro começa a andar, percebo que ele será muito ostensivo no bairro onde vou ficar no próximo mês. Se eu pegasse um táxi comum, seria um pouco melhor. Para não chamar atenção, eu teria que contratar um membro de gangue num Monte Carlo cheio de prostitutas para me deixar lá.

No caminho, leio alguns dos roteiros que George e eu estamos considerando para os próximos projetos, mas nenhum deles me motiva a avançar além da primeira página. Um ano atrás, eu ficaria feliz com vários, mas agora penso que todos eles são a merda mais idiota que eu já li. Atribuo essa nova percepção a Emma, minha colega de elenco em *Orgulho estudantil*. No último outono, ela me disse que preferia fazer filmes sérios a filmes que provavelmente seriam um estouro de bilheteria imediato. Não faço ideia de por que o ponto de vista dela me afetou.

Emma também é a única garota em anos que eu me preocupei em correr atrás, mas não peguei. E estraguei qualquer segunda chance possível saindo com outras garotas quando ela não cedeu. Implorei por uma nova oportunidade, mas o erro já estava feito. Quando o elenco se reuniu para a estreia, ela estava com Graham, outro colega de elenco. Minha ex de muito tempo atrás, Brooke, queria o cara. Ela me ofereceu uma barganha do diabo: Brooke seduziria Graham, e Emma cairia direto nos meus braços.

Graham não caiu, mas, graças aos planos de Brooke, Emma achou que sim. Ela ficou arrasada. Fragilizada. Estava bem no ponto que eu queria, mas não consegui ir adiante. Um dos poucos princípios que tenho em relação a garotas: mentir para levar uma garota para a cama é trapaça. Se eu trapacear para ganhar, não ganho de verdade.

Fiquei um pouco introspectivo demais, depois disso. Uma sensação que passou rápido, por sorte. Saí desse estado depois do acidente, quando tive algumas reuniões obrigatórias com um terapeuta indicado pelo tribunal, o qual sugeriu que eu talvez estivesse *tentando* me matar. Ri na cara dele. Quer dizer, tem uma diferença entre ser suicida e não dar a mínima para viver ou morrer, certo?

— Senhor? — diz o motorista. — Chegamos. Tem certeza que é aqui que o senhor vai ficar?

Do lado de fora dos vidros fumê, surge um mar de bangalôs, quase todos idênticos — pinturas desbotadas, grades nas janelas e nas portas, casas separadas umas das outras por corredores superestreitos, cercadas por palmeiras malcuidadas, entre outras vegetações esparsas. Encaro a casa parcialmente pronta que fica literalmente a poucos passos da rua — como todas as outras, aliás. Um número de casa pintado de qualquer jeito num pedaço de compensado combina com o número que o tribunal me deu.

— É, é isso mesmo. Esteja aqui às três ou até antes para me buscar. Não quero esperar, por motivos óbvios. — Eu normalmente não seria pego dirigindo por este bairro, quanto mais ajudando a construir uma casa horrorosa. Que saco.

— Sim, senhor. Estarei aqui às 2h45.

A atividade ao redor da casa para, porque todo mundo encara o sujeito que sai de um Mercedes com motorista, em um bairro infestado de gangues. Cara, eu realmente devia ter pensado em chegar de outro jeito.

Enquanto caminho pela entrada inacabada, uma garota vem me cumprimentar, se bem que *cumprimentar* é um termo generoso. Ela está de cara feia conforme caminha na minha direção, as sobrancelhas franzidas numa expressão que me esforço demais para evitar, mesmo quando estou puto da vida.

Tenho uns vinte segundos para analisá-la fisicamente. O processo me consome dez.

Ela está usando uma camiseta desbotada e superlarga, com o logo MCDB, da instituição Mães Contra Dirigir Bêbado. Coincidência? Não consigo definir o tamanho dos peitos nem a forma por baixo dessa coisa, muito menos saber se ela tem cintura. Na minha experiência, se uma garota tem isso, ela vai se vestir para pelo menos dar uma dica do fato. Sua camiseta, que mais parece uma tenda, me diz que ela está escondendo imperfeições, não qualidades.

Seu short é tão fora de moda que nem tenho certeza se um dia *esteve* na moda. Salpicadas com gotas de tinta, suas botas de construção são gastas e surradas. Mesmo assim, ela consegue se dar bem com essa parte do visual de trabalhadora braçal, porque suas pernas são a única coisa remotamente gostosa nela. As batatas da perna têm uma forma perfeita, são fortes e musculosas. A maioria das garotas que eu conheço — atrizes, garotas da sociedade — quer pernas finas e compridas. Mas pernas como as dela são o que eu procuro quando presto atenção nos detalhes.

Ela é bronzeada em todos os pontos descobertos. Mas não é um bronzeado artificial — é de verdade. Sei disso porque tem uma faixa pálida de pele num dos pulsos, onde ela normalmente usa alguma coisa — um relógio com pulseira grossa, talvez. Não conheço uma única garota que saia de casa sem filtro solar de fator um milhão.

Cabelo: castanho comum, preso num rabo de cavalo. Provavelmente passa dos ombros quando está solto. Supondo que ela use solto em algum momento.

Rosto: previsivelmente, sem maquiagem, nem um toque de blush ou gloss labial. Olhos muito, muito escuros. Um leve salpicado de sardas nas bochechas e no nariz — as garotas que eu conheço as teriam queimado, disfarçado ou o que quer que seja para tirar essas sardas de lá. Finalmente, a boca — outra coisa curiosa, como as pernas. Seus lábios são cheios e perfeitos, mesmo quando estão pressionados numa linha fina, como agora.

Enfio as mãos nos bolsos da frente da calça jeans, paro a alguns passos da rua e espero.

— Sr. Alexander, suponho? — ela diz, ainda seguindo em frente. Faço que sim com a cabeça, acrescentando mais uma coisa à curta lista de características atraentes: a voz. Ela me dá vontade de ouvi-la cantar, apesar de sua inflexão me dizer que ela deseja que o chão me engula.

Pernas, lábios, voz. Se uma dessas coisas for atraente demais para ignorar, alguns insultos velados darão à sua autoestima um golpe suficiente para ela recuar, apesar de isso raramente afastá-las por completo. Garotas são atraídas por babacas de um jeito irracional. Não pretendo ser cruel, mas não vou andar por aí com uma samaritana enfadonha de bom coração. Só quero cumprir minhas tarefas e dar o fora daqui.

Dori

Um Mercedes? *Sério?* Não estou nem um pouco ansiosa por isso.

O instante em que vossa alteza chegou foi bem fácil de identificar, já que todos de repente pararam o que estavam fazendo para observar como idiotas a grande celebridade e aquele seu carro luxuoso. Num minuto, a casa zumbia com o barulho de pessoas conversando, rindo e trabalhando lado a lado e, no seguinte, um silêncio pontuado por sussurros, sem um único som de martelo ou pincel se mexendo. Não consigo imaginar como esse tipo de interrupção diária será benéfico para o projeto, mas ninguém *me* perguntou.

Ele está vestido adequadamente — calça jeans, camiseta, botas pesadas —, mas tenho a sensação de que essa calça custou mais caro do que a minha roupa mais chique. Possivelmente a camiseta também, que tem um símbolo que eu não conheço. Acho que é uma marca que não é vendida em lojas de departamentos.

Quando saí para encontrá-lo, ele me deu uma olhada displicente de cima a baixo — eu devia ter esperado por isso — e desprezou o que viu. A maioria das garotas certamente teria ficado ofendida, ou pelo menos chateada, mas eu agradeci. Não quero despertar o interesse de Reid Alexander. Se pudesse escolher, adoraria que ele realizasse seus serviços comunitários em outro lugar, mas o juiz quis que ele ajudasse a construir a casa da família que ele desalojou, e não posso argumentar contra essa lógica.

Ele escondeu as mãos nos bolsos e me observou com indiferença, como se não pudesse se importar menos com alguma coisa que aconteceu ou vai acontecer. Do nada, uma sensação absurda de tristeza inconsolável me tomou. Como se nada pudesse ser mais trágico do que esse garoto parado na minha frente. Ridículo.

— Sr. Alexander, suponho? — falei, e ele anuiu rapidamente. Virei antes que ele pudesse perceber o que eu estava pensando. Quando se trata de ter cara de paisagem, eu não tenho. Normalmente isso não é um problema, já que mentir é algo que eu me esforço para não fazer, porque não vejo motivo para isso. Mas, com alguém como Reid Alexander, seria insensato deixá-lo perceber alguma vulnerabilidade em relação a ele. Afinal eu moro em Los Angeles e, apesar de não andar no círculo dele e nem na mesma galáxia que o círculo dele, conheço o tipo: negligente, mimado e egoísta. Mesmo com aquele rosto de anjo, ele não é confiável.

Olho por sobre o ombro, e ele fica imóvel. Sem parar, digo:

— Vem comigo, por favor — e espero que ele obedeça, porque ninguém me disse o que fazer se ele não obedecer.

Solto a respiração assim que escuto o cascalho amassado por suas botas, o que indica que pelo menos ele está me seguindo para dentro da casa, e então digo a mim mesma que posso aguentar isso durante algumas semanas. Quis gritar quando a Roberta me disse que esse acordo de serviço comunitário duraria *um mês*. O que significa que ele será problema meu nas três semanas e meia que antecederem a minha partida para o Equador.

Enquanto atravessamos a pequena casa, meus colegas voluntários ficam boquiabertos, fascinados. Até os homens adultos param o que estão fazendo, apesar de as mulheres serem piores — ajeitam a roupa, alisam o cabelo. Caramba. Parece que elas nunca viram uma coisa bonita na vida. Essa é a primeira coisa que devo admitir e deixar pra lá — o simples fato de ele ser lindo.

Eu já tinha visto as capas de revistas, os pôsteres nas paredes do quarto de amigas, sua imagem na mochila de meninas de *nove* anos que frequentam o programa extracurricular da nossa igreja, pelo amor de Deus. Eu sabia que ele era bonito. Mas a verdade é que "bonito" não faz justiça a ele. Minha mãe chamaria seu cabelo de loiro-sujo, e meu pai diria que é um pouco comprido demais. Seus olhos são de um azul-escuro que eu sempre achei que era editado no Photoshop. Ele é tão sensualmente atraente que eu deveria acrescentar todas as garotas de quem ele vai chamar atenção à minha lista de oração, porque elas vão precisar de toda intervenção divina possível para resistir a ele. Sou grata por ele ter me desprezado com tanta rapidez.

— Eu ia colocar os azulejos do boxe hoje, mas esse é um procedimento complicado, e você simplesmente ia ficar me olhando fazer. Então, em vez disso, vamos pintar os quartos. — Chegamos ao quarto principal, cujas paredes e teto estão inacabados. Eu texturizei e preparei na semana passada. O carpete não foi instalado, então não preciso me preocupar de ele estragar o piso. — Eu faço o teto, porque é mais...

— Complicado? — ele interrompe, me observando com um olhar divertido.

Inspiro fundo e devagar. Vão ser três semanas e meia bem longas.

4

Reid

— E aí, você tem nome? Ou eu simplesmente te chamo de chefe?

Apresentações: etiqueta básica. A ponta das orelhas dela fica vermelha, mas o rosto não.

— Desculpa. — Ela vem na minha direção, estendendo a mão. — Sou a Dori.

Pego a mão dela e dou um aperto firme, irritado porque a combinação da sua voz perfeita e do seu toque é como um pequeno choque elétrico.

— Pode me chamar de Reid. Só meus subordinados me chamam de sr. Alexander.

Ela me entende de imediato e pisca, e suas orelhas ficam ainda mais vermelhas. Acho que esse mês pode ser mais divertido do que eu pensava. Qualquer cantada direta será acompanhada de um sinal visível. Aposto que ela usa o cabelo preso todos os dias, também.

Ela pigarreia e aponta para a pilha de coisas no meio do quarto, reunidas ao redor de uma escada.

— Tudo bem, então, *Reid*, aqui está a tinta que vamos usar, e os rolos, pincéis etc. Você já pintou?

Ela está falando sério?

— Não pintei *quartos*.

Ela não perde um segundo.

— Então acho que você vai aprender uma nova habilidade. — Ela pega um pequeno instrumento de metal no bolso e se agacha perto das latas de tinta. Tento não me concentrar na linha de músculos flexionados desde a borda da bota até onde desaparecem, na bainha do short.

— Duvido que eu sinta necessidade de pintar as paredes da minha casa tão cedo — digo, debochando da ideia de desperdiçar meu tempo fazendo qualquer tipo de trabalho manual, quando eu poderia pagar quase nada a um imigrante ilegal para fazer isso por mim.

Ela abre a tampa de uma lata de tinta, ignorando meu comentário e sorrindo para o azul-céu. Sem olhar para cima, coloca a tampa de lado.

— E se você aceitar um papel num filme em que precisa fingir que sabe pintar, mas você não sabe? Posso fazer você parecer um especialista até o fim da semana.

Minha estimativa da sua capacidade de manipular aumenta vários pontos. Ela é bem perigosa.

Quer dizer que ela vai me tornar um "especialista" em pintura? Qual a dificuldade disso?

* * *

Estou passando tinta com o rolo na última parte da última parede, com os bíceps e os deltoides queimando (pelo menos, não preciso me preocupar com a perda de massa muscular enquanto estiver aqui), e Dori está na escada "fazendo o acabamento" com um pincel — pintando o espaço da parede entre o teto e o ponto onde o rolo não alcança. Aprendi isso do jeito difícil.

As janelas estão abertas para ventilar, mas não tem nenhuma brisa para contar história, e o verão está prometendo ser violento. Hoje seria um dia perfeito para estar na praia. Ou em qualquer outro lugar.

— Está quente pra caralho aqui dentro. — Coloco o rolo na bandeja e analiso minhas mãos, que estão pintadas de azul. Tem azul nas minhas unhas, embaixo delas, salpicado nos antebraços e na camiseta Prada amarela que, por sorte, não é a minha preferida. Como a camiseta já está listrada e salpicada de tinta azul, mais algumas manchas provocadas pelos meus dedos não importam.

Tiro a camiseta e a jogo perto de uma pilha de panos depois de limpar meu rosto com ela. Dori está na escada, sem se mexer e me encarando, enquanto uma faixa de tinta escorre do pincel até seu punho, continuando pelo braço. Quando arqueio uma sobrancelha para ela, Dori volta a atenção para o pincel e o mergulha na bandeja de tinta, presa à escada.

Pego um pano, subo a escada atrás dela, pego seu pulso e limpo a tinta. Isso parece desconcertá-la totalmente.

— Essa escada foi feita só pra *uma* pessoa — diz ela, pegando o pano da minha mão.

Dou de ombros e desço.

— De nada. — Suas pernas, lisas e sem manchas, estão na altura dos meus olhos quando minhas botas chegam ao chão. Resisto à vontade de passar um dedo no ponto macio atrás do seu joelho. Ela provavelmente cairia da escada — e eu a pegaria —, depois ela começaria a gritar.

Que merda, cara, para com isso.

— Obrigada. — Com as orelhas vermelhas, ela solta a bandeja da escada e evita me olhar.

Estou aqui há meio dia e já ensinei boas maneiras para ela duas vezes. Isso deve doer. Ela está descendo da escada com o pincel e a bandeja quando pergunto se já terminamos com este quarto. Ela inclina a cabeça para o lado, como se estivesse tentando descobrir se estou falando sério, e me encara.

— Não. Só vamos fazer uma pausa pra almoçar e dar tempo pra tinta secar, depois aplicar a segunda mão.

— Você *só pode* estar brincando — digo. — Vamos ter que pintar esse quarto inteiro *de novo*?

Ela trinca o maxilar, mas se acalma com uma respiração.

— Sim. Você vai ver por que quando voltarmos depois do almoço. — Sua voz está repleta de paciência e coragem.

Não tenho nenhuma dessas características.

— Está bem. *Tanto faz*. Tenho que ficar aqui durante um mês mesmo... Não importa se eu pintar essa maldita parede cinquenta vezes.

Seus lábios formam uma linha, ela bufa e olha para mim, depois desvia o olhar.

— Você pode fazer o favor de colocar a camiseta?

Não contenho um sorriso.

— Por quê? Te incomoda se eu ficar sem camisa?

Ela revira os olhos num gesto bem exagerado, e eu me esforço para não rir.

— Não me importa se você estiver nu. Mas temos aposentados ajudando hoje, e alguns deles são do tipo "nada de chapéu dentro de casa", então duvido que eles fiquem felizes de ver você sem camisa durante o almoço. Mas fique à vontade.

Pego a camiseta no chão e a visto, seguindo-a porta afora.

— Nu, é? Não sei, Dori, acabamos de nos conhecer. — Ela não responde, mas as orelhas ficam vermelhas. *Ponto pra mim.*

𝒟ori

Não acredito que acabei de convidar Reid Alexander para ficar nu na minha presença. Como se eu não soubesse que ele não ficaria calado ao ouvir esse tipo de coisa.

Eu esperava que ele fosse preguiçoso e difícil de ensinar, mas ele escutou (apesar de parecer absurdamente entediado) e, na maior parte das vezes, seguiu minhas instruções. Tive que deixá-lo tentar do jeito dele primeiro, porque parece que ele é do tipo que aprende do jeito mais difícil. (Chocante.) Ele não confiou em mim quanto a não colocar muita tinta no rolo. Nem quanto a passar o rolo em arcos na primeira mão, em vez de em linhas retas. Nem quanto a não passar o rolo muito perto do teto.

Em frente à primeira parede que ele pintou tem manchas de tinta por todo o piso. Tive que apontar para diversas massas escorridas que ele precisava consertar antes que secassem daquele jeito. E, é claro, ele atingiu o teto em dois lugares e o rodapé em outros dois, tentando passar o rolo até a quina. Na segunda parede, ele já tinha melhorado, mais ainda na terceira, e a última ficou quase perfeita. Eu estava começando a relaxar quando ele tirou a camisa.

Consegui não ser afetada por peitorais masculinos durante dezoito anos, mas, meu Deus, nunca vi um peitoral como esse. Ele é como uma propaganda de perfume, sunga ou aparelho de ginástica — a pele toda perfeita e esticada sobre músculos tonalizados por igual. Por sorte, sua arrogância é tão brochante que não tive problemas para lhe pedir que colocasse a camisa.

Como hoje de manhã enquanto caminhávamos pela casa, as conversas se interrompem quando Reid e eu surgimos no local que será o quintal dos fundos, depois que colocarmos a grama. Vinte pessoas, mais ou menos, estão sentadas em baldes e cadeiras dobráveis espalhadas pelo pátio de concreto, com pratos descartáveis cheios de tamales e tacos no colo. Alguns trabalhadores estão aqui todos os dias — principalmente os líderes de equipe, como a Roberta. Outros se intercalam em dias variados — alunos de faculdade, grupos de igrejas, clubes de jardinagem ou empregados de empresas da região que apoiam projetos de serviço comunitário, dando tempo para eles serem voluntários.

Vou até a torneira para lavar as mãos, e Reid faz a mesma coisa, depois joga água no rosto e passa as mãos molhadas no cabelo, como se ninguém aqui fora estivesse olhando. Ele me segue até a mesa de jogos onde a comida está e age como se não fosse estranho uma celebridade de Hollywood receber um prato descartável e indicações de onde pegar talheres de plástico e água mineral gelada.

Sento num degrau, equilibrando o prato nos joelhos, e ele senta ao meu lado. Todos ainda nos encaram, apesar de as conversas sussurradas voltarem ao normal pouco a pouco.

— Me conta: por que *você* está aqui? — ele pergunta. — Suponho que você não tenha sido presa por dirigir bêbada nem pega com um baseado no armário da academia.

— Hum, *não* — digo, depois de terminar de mastigar. — Sou uma voluntária habitual.

Ele me olha, e não consigo decidir se está confuso ou entretido.

— Quer dizer que você faz isso o tempo todo. Hum.

— O quê?

Enquanto ele analisa os outros voluntários, avaliando cada um sem nenhuma alteração na expressão, encaro seu perfil, esperando o que ele vai dizer em seguida. Ele tem os cílios mais longos que eu já vi num cara, e seu cabelo agora úmido, loiro mais escuro quando molhado, forma cachos nas pontas sobre as orelhas e na nuca, que roçam na gola da camiseta manchada de tinta.

— Nada. — Ele dá de ombros. — Só fico imaginando o que mais você tem tempo de fazer, já que faz isso o tempo todo — acrescenta, mordendo metade de um taco. Pessoas como ele nunca entendem pessoas como eu. É como se fôssemos de espécies diferentes.

— Bom, como eu não tenho o hábito de ficar bêbada, fumar maconha, ir pra boates e dormir com qualquer coisa que se mexa, tenho muito tempo pra outras atividades. — *Aimeudeus*. Eu *não* disse isso.

Ele dá uma risadinha, virando para me olhar enquanto faço cara feia. Seus olhos azuis são impressionantes, emoldurados por cílios volumosos e escuros.

— Me deixa adivinhar: segunda é dia de clube do livro, terça é noite de jogo em família, quarta é dia de estudo bíblico e quinta você se encontra com o grupo de costura pra fazer mantas pros velhinhos. Cheguei perto?

Sem responder, eu me levanto para entrar. Não é a primeira vez que me ridicularizam pelo que sou, mas, não sei por quê — talvez porque pareça tão incompatível com o local onde estamos —, dessa vez é mais desanimador.

— Espera — ele diz, e, por algum motivo idiota, eu paro, supondo que ele queira pedir desculpa. — Quando é que você tem tempo pra fazer o sopão?

Ouço sua risadinha quando entro, sem olhar para trás.

5

Reid

Uau, isso foi uma coisa babaca de se dizer. Para alguém tão minimamente impressionada com uma celebridade, ela tem sido legal. Até aquela lista surreal de atividades corruptas que, verdade seja dita, eu realmente faço. Mesmo assim, meu Deus. Ela se acha a superior?

Eu me levanto para entrar quando as conversas diminuem e as pessoas voltam ao que estavam fazendo antes do intervalo. Os que ainda estão lá fora me lançam olhares sorrateiros enquanto jogo no lixo o prato e os talheres, termino a garrafa de água e a lanço no contêiner de reciclagem.

— Sr. Alexander — diz alguém, aquela tal de Roberta. — Como está indo até agora?

— Maravilha.

— Ah, que bom. — Ela sorri, sem entender meu tom sarcástico. — A Dorcas é uma das nossas melhores voluntárias. Temos muito orgulho dela; talvez ela até te ensine alguns truques novos!

— Ãhã — respondo, sorrindo para ela enquanto meu cérebro processa: *Dorcas?* Quem diabos chama a própria filha de *Dorcas?* E, falando nisso, senhora, o dia em que uma fresquinha chamada Dorcas me ensinar algum truque novo, eu entro no prédio mais alto que encontrar e pulo lá de cima.

Volto para o quarto que estávamos pintando e a encontro com fones de ouvido, um iPod de modelo antigo preso no short e o fio passando por baixo da blusa. Ela reuniu o equipamento que usou para pintar o teto hoje de manhã. Ela pausa a música sem tirar os fones e diz:

— Você sabe o que fazer aqui; vou pro quarto ao lado pra começar o teto, a menos que você precise de mim pra te supervisionar.

Engulo meia dúzia de respostas diretas.

— Acho que consigo dar conta.

Ela faz que sim com a cabeça.

Quando ela chega à porta, acrescento:

— Ah, *Dorcas*, preciso que você assine um documento pro tribunal antes de sair.

Seus ombros ficam tensos, mas ela continua saindo do quarto, com as orelhas iluminadas como uma chama. Pressiono os lábios para evitar uma risada. É fácil demais irritá-la.

Às três da tarde, já terminei o quarto. Dori aparece às 3h01 com uma caneta na mão. Quando ela olha ao redor, analisando meu trabalho, pego o formulário no bolso traseiro e dou a ela. Tirando algumas manchas azuis no teto da primeira parede (no fim, ela estava certa sobre não chegar perto demais com o rolo), parece muito bom. Sem comentar, ela assina o formulário — *Dorcas Cantrell* — e me devolve.

Agradeço, achando que ela adoraria dar as costas e sair sem responder, mas ela não se arrisca a fazer isso, depois que zoei com ela.

— Te vejo amanhã — diz. Sua voz lírica provoca um leve sacolejo em mim, mas ela já está saindo do quarto.

Meu motorista está esperando no meio-fio. Ele leva um susto quando me vê, suado e salpicado de tinta azul. Tenho certeza de que ele está imaginando o que as minhas roupas vão fazer com seus bancos de couro, mas ele não diz nada além de "Boa tarde, sr. Alexander", quando abre a porta traseira e me espera entrar.

Graças a essa merda de acordo, tenho que cumprir vinte dias de serviços comunitários. Estão me esperando no set de filmagem em Vancouver, em meados de agosto. Não terei folga até lá. Então. Um dia se foi, só faltam dezenove.

Dori

Meu pai me pega umas duas horas depois de Reid ir embora.

Entrando no trânsito, ele batuca levemente no volante. O caminho para casa envolve um tempo na rodovia, e ele ligou na estação de música clássica para se desestressar. O "Concerto para dois violinos", de Bach, enche o carro. Inclino a cabeça para trás e fecho os olhos, agradecendo por não ter que dirigir. Odeio dirigir nas rodovias de Los Angeles. Minha mãe diz que fico possuída pelo diabo. Pelo jeito como as pessoas dirigem na 110, acho que não sou só eu.

— E aí, como foi hoje? — Meu pai é muito óbvio quando quer informações. O simples fato de ele ter demorado alguns minutos para falar revela que ele está tentando parecer espontâneo.

O que eu digo? Que Reid é tão mimado e arrogante quanto eu pensava, teimoso, mas educado, e mais bonito do que qualquer cara tem o direito de ser?

— Tudo bem. — Não consigo manter a irritação distante da voz.

— Querida, eu já te vi arrebanhar duas dezenas de munchkins e transformá-los num coral de anjinhos. — E dá um tapinha no meu joelho. — Duvido que isso vai ser mais difícil.

— Os anjinhos tinham medo de mim, pai.

Ele ri.

— As crianças sempre te amam, Dori.

— Amor e medo, pai: esse é o segredo da motivação. Amor e medo.

A 110 simplesmente para na hora do rush. Mal avançamos; se eu fosse *a pé*, chegaria mais rápido. Literalmente. Abro um pouco os olhos.

A vista pelo para-brisa é a traseira de um carro, e estamos bloqueados nos dois lados, também por carros parados.

— Você está planejando aplicar essa tática ao sr. Alexander?

Fico arrepiada quando meu pai o chama assim. E alguém como eu nunca vai inspirar nem amor nem medo em alguém como Reid.

— Não consigo imaginar como eu o obrigaria a fazer alguma coisa que ele não quer fazer.

Meu pai franze a testa.

— Ele se recusou a trabalhar hoje?

Pensando na expressão de choque no rosto de Reid quando eu lhe disse que o quarto precisava de uma segunda mão de tinta, abafo uma risada.

— Não, ele pintou *um* quarto... com a minha ajuda.

Preparei o banheiro para colocar os azulejos amanhã. Reid pareceu capaz de pintar sem orientação no fim do dia, então talvez não precise de monitoramento constante.

— Acho que isso é alguma coisa... se ele realmente *trabalhou*, em vez de fazer um dramalhão.

Com os olhos fechados, viro a cabeça de um lado para o outro para alongar o pescoço depois de passar o dia pintando tetos.

— Tive que assinar um documento do tribunal no fim do dia, afirmando que ele estava lá e trabalhando de verdade. Acho que ele ficaria encrencado se não *realizasse* o serviço comunitário.

O concerto se eleva, e nenhum de nós fala por vários minutos. A música, para nós dois, é a mais pura expressão de emoção. Quando é inspirada, fico com lágrimas nos olhos e sem fôlego. Para mim, não existe nada melhor do que cantar e saber que emocionei alguém desse jeito.

— E aí, qual é a agenda de hoje à noite: festa até de madrugada? Participar de uma corrida de carros? Encontro empolgante? — Meu pai ri da própria piadinha. Sei que ele não quer dizer nada com isso; para ele, sou uma menina boazinha incorrigível. Acho que sou a única garota da Califórnia cujo pai a estimula a ficar na rua até tarde com amigos.

— Claro... todas as opções. Não me espera acordado.

— Você ainda está saindo com... — Ele estala os dedos duas vezes.

— O Nick?

— Esse mesmo.

— Nunca fomos um casal, pai.

Nick é um cara da escola conhecido por seus esforços voluntários civis. Em outras palavras, sou *eu* na forma masculina. Todo mundo tenta nos juntar desde que ele se transferiu para cá no primeiro ano. Saímos algumas vezes e ainda saímos de vez em quando. Ele é simpático o suficiente, bonito o suficiente, mas consigo passar dias sem pensar nele. E é isso que eu faço.

— Ele sabe disso?

— Pai, caramba. — Acho divertido meu pai se interessar pela minha vida amorosa. Ou pela falta dela. — Nós nos damos bem. Ele é legal. Divertido. Fácil de conversar. — Tudo que Reid não é.

Por que estou pensando *nele*?

— Ai — diz meu pai, se encolhendo. — Não tem química, né?

— O quê?

— Legal, divertido, fácil de conversar... Parece que você está falando de mim! — Ele olha por sobre o ombro direito para trocar de pista, piscando para mim enquanto faz isso.

— Poderia ser alguém pior do que você, pai. — Dou risada.

Ele finge se admirar no espelho retrovisor, balançando as sobrancelhas.

— Verdade. Mas não tem pressa.

— Definitivamente não.

Tenho dezoito anos, então ele está certo — não tem pressa. Não digo a ele como eu *quero* esse tipo de conexão — um relacionamento como o dele e da minha mãe. A confiança e o respeito entre eles são visíveis, mas eu sei que, por baixo disso, o relacionamento dos dois é cheio de paixão. Não digo a ele como me preocupo de isso nunca acontecer comigo. Não digo a ele que, em certos dias, parece que tudo que faço é tentar ser amada desse jeito.

6

Reid

Minha mãe me encontra na porta com uma bebida na mão.

— Reid! — Ela segura minha camiseta, arregala os olhos e entorta a boca. Em seguida solta o tecido, como se ele estivesse coberto de esterco em vez de tinta, e esfrega os dedos.

— É só tinta, mãe. E já secou. — Tiro a camiseta e continuo andando em direção à escada curva de mármore.

— Você conseguiu passar alguma tinta nas paredes? — Está claro que o temperamento irônico é genético, e eu recebi uma dose dupla.

— Na verdade, consegui, sim. Vou tomar banho. Que horas é o jantar? — grito para baixo quando chego ao patamar do segundo andar.

— A Immaculada deve servir o jantar às sete.

— Acho que vou tirar um cochilo também. Vou sair mais tarde e estou morto de cansaço.

Não espero uma resposta. Se meu pai não vai estar em casa — ele normalmente não está —, não faço ideia de como ela vai passar a noite, além de tomar mais um coquetel — ou três.

* * *

— Ainda não consigo acreditar que você destruiu seu 911, cara. — John diminui a marcha do seu Jaguar XJ para fazer uma curva. — Que merda, sério.

Meu Porsche 911 GT2 RS de uma semana era lindo. Eu nem me lembro de entrar nele naquela noite. Acho que eu deveria ficar feliz por não ter levado ninguém daquela boate para casa — a lateral direita foi totalmente amassada.

Cara, *esse* é o tipo de pensamento mais politicamente correto que eu queria ter hoje à noite.

— Vai substituir?

— Por enquanto não adianta, minha carteira foi suspensa por seis meses. — Seis meses. *Merda*. O juiz ainda descontou o tempo desde o acidente até o julgamento. Ele iniciou a sentença no dia do julgamento, o que significa que ainda faltam cinco meses, duas semanas e quatro dias.

John franze a testa, confuso.

— E daí?

Eu deveria saber que meu melhor amigo não entenderia por que eu não ia dirigir com a carteira suspensa. Ele não conhece o conceito de "consequência". Ele é o canalha mais sortudo com quem eu saio — nunca é pego fazendo alguma coisa. É bizarro. Sem falar que é injusto demais.

— Tenho que ficar numa boa por um tempo. Primeiro eu fui pego naquela festa, e agora essa coisa de dirigir bêbado e a porcaria do serviço comunitário.

— Mas eles retiraram a acusação da erva, não foi?

— Ãhã. Mas ali, em pé na frente de um juiz, dá pra sentir que ele sabe de tudo que você já fez.

— Orra. — John é um desses caras que frequentemente parecem dopados até a alma. Ele é mais inteligente do que parece, a menos que esteja dopado de verdade. Nesse caso, ele fica praticamente com morte cerebral.

Estamos indo para Hills, em uma festa que uma garota vai dar. John diz que ela é uma herdeira que está batalhando para ser atriz em Hollywood. As casas pelas quais passamos no caminho são tão luxuosas quanto a dos meus pais. É, ela está batalhando muito.

— Então, sobre essa festa... Alguma possibilidade decente de pegar alguém? — Não quero nada além de ficar totalmente chapado, pegar uma garota igualmente chapada, gostosa e maior de idade e encontrar um quarto. Nada de cabelo castanho, nada de olhos castanhos. Nenhuma supervisão, orientação ou conselho. Nada de ironia. Nada de *conversar*.

— Claro, cara. Grandes possibilidades.

— Maneiro. — Estou pensando numa loira alta, de pernas compridas, olhos azuis e peitão.

Estamos em Los Angeles — não é possível jogar uma pedra e *não* acertar uma dessas garotas.

Dori

O terceiro dia *não* foi como eu previ. Claro, nem o segundo dia.

Primeiro, ele apareceu com uma hora de atraso e de ressaca. Ele achou que conseguiria esconder (com óculos escuros, sério?), mas, só porque sou ingênua quando se trata de ficar bêbada ou usar drogas, isso não significa que não reconheço quando vejo alguém assim. Os bairros onde trabalho são repletos de subterfúgios que as pessoas usam para suportar sua vida decepcionante — e esses mecanismos às vezes incluem substâncias que não fazem nada além de mascarar os problemas reais.

Sinceramente, seus olhos levemente vermelhos e seu desânimo, somados ao atraso e a uma atitude ainda mais teimosa que a do dia anterior, quase me fizeram estourar. Eu queria jogá-lo de volta no banco traseiro do carro luxuoso e mandá-lo para casa. Eu deveria estar acima dessas reações. Serei uma bela assistente social, se não conseguir me equilibrar melhor. Terei clientes com mais limitações de personalidade do que ele, por mais que seja difícil imaginar isso nesse momento.

Ele era um risco ambulante à segurança. De jeito nenhum eu poderia deixá-lo sozinho com um rolo de tinta, sem falar no que o cheiro da tinta poderia provocar nele, nesse estado físico já detonado. Qualquer coisa com ferramentas, especialmente elétricas, estava fora de cogitação. A única tarefa que consegui imaginar para delegar a ele era ajudar a colocar a terra no quintal dos fundos. Achei que estava lhe fazendo um favor — ele poderia usar os óculos escuros e respirar ar puro (mais ou menos, afinal estamos em Los Angeles), assim não martelaria um prego na própria mão.

Claro que colocá-lo lá fora significou abandonar a colocação de azulejos que eu havia planejado e pintar, porque *alguém* tinha que fazer isso antes da chegada do carpete. Determinada a voltar ao trabalho, eu o deixei lá fora com Frank, encarregado do paisagismo.

Quando saí para ver como ele estava, pouco antes do almoço, na esperança de que ele não tivesse complicado a vida de Frank, ele estava parado no meio do quintal com terra pela metade, sem camisa, apoiado numa ferramenta de soquete e conversando com uma garota bonita, usando macacão e uma blusinha cor-de-rosa. A julgar pelo cooler aos pés dela, a garota deveria estar distribuindo garrafas de água. Quando ela virou, vi que era Gabrielle Diego, filha das pessoas que em breve seriam donas desta casa — e em cuja casa alugada Reid tinha batido o carro.

A família de cinco pessoas estava morando num quarto de hotel barato por causa dele, e ela estava sorrindo para Reid como se ele pudesse bater na casa dela a qualquer momento, como se não fosse nada de mais.

Quando me viu parada na varanda, ela encostou no braço dele e disse alguma coisa que o fez virar. Nossos olhos se encontraram. Sem desfazer o contato, ele tomou um longo gole da garrafa de água, se inclinou para perto dela e falou algo. Ao som da risada dela, minha paciência estourou. Entrei de novo batendo os pés e terminei de pintar a segunda mão de rosa nas paredes do quarto de Gabrielle e uma de preparador no quarto dos meninos, sem parar para almoçar ou para um intervalo.

Quando meu pai chegou para me buscar, os músculos das minhas costas estavam gritando e pedindo misericórdia. Reid deve ter pedido para Frank assinar o papel, porque eu não o vi novamente até hoje de manhã.

Terminamos o quarto principal e as paredes do banheiro hoje, sem falar mais do que perguntas e respostas obrigatórias. Ele sentou com Gabrielle na hora do almoço, o que me deixou desconfortável. Ao rabiscar meu nome na linha que marca o fim do seu terceiro dia, digo:

— Você não está aqui pra socializar, você está aqui pra ajudar na construção da casa dos Diego e, talvez, se tornar mais consciente em termos de comunidade.

Ele bufa antes de fazer uma observação sobre meu humanitarismo (usando um palavrão), diz que *ele* não precisa de um salvador, e, se precisasse, não seria eu.

Em vez de engolir em seco, digo a ele que eu não lhe daria um copo d'água se seu cabelo estivesse em chamas e que ele nunca precisa se preocupar comigo tentando *salvá-lo*, porque aprendi, anos atrás, que algumas pessoas não valem o esforço.

— O quê? Então, de acordo com você, alguém como eu não é digno de redenção? — Ele dá um sorriso forçado ao pensar nessa ideia tão absurda.

Viro de costas para sua expressão presunçosa e começo a passar arcos de argamassa na parede do boxe com uma colher de pedreiro.

— Não acredito em desperdiçar meu tempo com causas perdidas.

Ele ri.

— Que parte de mim é perdida?

Nem me incomodo de olhar para ele.

— O que *não é* causa perdida? — Pressiono um azulejo no canto, acrescento um espaçador, pego o próximo azulejo e o alinho com perfeição ao primeiro. — Desde seu modo de falar até sua falta de moral, sua incapacidade de considerar as necessidades e os sofrimentos das pessoas que não sejam você... Sinceramente, o que existe aí de valor para alguém? Além de você, quero dizer.

— Estou *aqui*, nesse bairro horroroso cheio de gangues, como voluntário para fazer um trabalho braçal...

— Voluntário? Trabalho braçal? Sério? — debocho, ignorando sua avaliação elitista do respeitável bairro de operários. — Pra começar, você está aqui por ordem judicial; depois, você não faz tanta coisa até a hora do almoço quanto o restante de nós faz antes de você chegar. Você termina o dia no exato instante em que seu acordo especifica, ou até antes, se você se distrair com alguma coisa ou *alguém*. — Na verdade, ele tem trabalhado mais do que eu esperava, mas sua atitude arrogante só faz meu julgamento normalmente imparcial sair voando pela janela.

— Ah, eu percebi uma garota atraente. É *esse* o seu problema? Ciúme?

Eu bufo e balanço a cabeça.

— *Não*, longe disso. Você me dá nojo.

Ele ri.

— Nojo? Isso é meio forte...

— Não. Confia em mim, não é forte o suficiente. Se você me der licença, tenho coisas realmente construtivas pra fazer...

— O que exatamente, em todo o seu treinamento *altruísta*, te autoriza a fazer a diferença entre causa perdida e recuperável? — ele pergunta, ignorando minha tentativa de dispensá-lo. Alguma coisa na sua escolha de palavras e no seu tom mortalmente calmo me faz olhar para cima enquanto ele se assoma sobre mim.

Eu me levanto devagar. Ele tem pelo menos uns vinte centímetros a mais do que eu, e não estamos a mais do que meio metro de distância no espaço reduzido, mas esse garoto não me assusta. Vejo através da sua indignação arrogante, tão acostumado a conseguir o que deseja, que a negação é incompreensível para ele. Para ser sincera, pode até haver algo que valha a pena ali dentro, mas não importa, porque ele nunca vai reconhecer o que é. Estou calma, porque agora eu sei por que senti uma onda de melancolia quando o conheci.

— Como você disse, você não quer se salvar, Reid. Isso torna inútil qualquer esforço, supondo que eu tivesse pelo menos pensado em tentar... mas eu *não* pensei. — Minha voz está tão serena quanto a dele, mas minha raiva desapareceu, enquanto a dele ainda irradia como ondas de calor no asfalto.

— Sr. Alexander, seu carro chegou — diz Roberta, parada na porta.

— Obrigado — ele responde sem virar.

Eu me agacho e mergulho a colher na argamassa de novo, jogo na parede e começo a alisá-la. Sabendo exatamente que ele ainda está perto de mim, eu me recuso a continuar dando bola. Por mim, ele pode ficar parado ali até suas pernas cederem.

— Quer dizer que você só salva aqueles que se encaixam na sua ideia preconcebida de dignidade? Não me parece uma vitória. Parece preconceituoso e hipócrita, na verdade. — Ele vira e se afasta, e a porta da frente bate com força um instante depois.

Fim do terceiro dia. Deus do céu, isso vai ser mais difícil do que eu pensava.

Eu não queria ter deixado chegar a esse ponto, sinceramente. Como dirigir no trânsito da rodovia, Reid simplesmente me deixa possuída pelo diabo.

Amanhã, vamos preparar os rodapés, as portas e os armários do banheiro. Quero terminar de colocar os azulejos do banheiro principal, mas é bobagem fazer tarefas que exigem uma mão firme quando estou com raiva. O azulejo precisa estar nivelado com perfeição, e não uma bagunça torta. Respiro fundo, depois repito. Tenho uma ou duas horas até meu pai chegar — tempo suficiente para afastar Reid da mente e adiantar bem o serviço no boxe.

Exceto por uma insinuação irritante, que nem tenho certeza se ele percebeu que fez. Eu o chamei de caso perdido, e ele me chamou de hipócrita por dispensá-lo como alguém que não é digno de ser salvo — pouco depois de dizer que ele *não precisa* ser salvo.

Não gosto de ter que modificar minha posição depois que a escolhi, mas isso não me torna incapaz de mudar. Assim, não consigo parar de pensar — ele só estava disposto a vencer um bate-boca, ou Reid Alexander acabou de me dizer que quer se salvar?

7

Reid

Você me dá nojo. Essa é uma declaração tão sem precedentes que não tenho ideia do que fazer com ela. Se fosse outra pessoa, eu teria rejeitado como preconceito porque sou jovem, famoso, rico, merecedor — já ouvi isso tudo, ou pensei que ouvi. O único outro motivo para a animosidade irracional é uma garota aleatória que não vira o amor da minha vida depois de uma noite de sexo — e, de algum jeito, fica surpresa com isso. *Por favor.*

Será que Dori ficou ressentida por eu não ter tentado tirar seu short fora de moda? Achei que ela era do tipo que não queria nada além de respeito, apesar de ela aguentar uma boa quantidade de zoeira e retrucar sem se abalar. Acho que ela é a pessoa mais paciente que já encontrei, tirando George. Não importa o que eu faça, incluindo aparecer uma hora atrasado com uma ressaca absurda, ela tolera. Talvez esse seja o jeito esquisito de ela demonstrar atração. Talvez haja mesmo uma garota por baixo daquelas camisetas gigantescas que só quer atenção, como todas as outras.

Ou talvez eu acrescente uma acusação de assédio sexual à condenação por dirigir embriagado.

Faltam três semanas e dois dias. Já trabalhei em sets de filmagem mais exaustivos, aturei colegas de elenco ridiculamente não profissionais e sobrevivi a diretores cujos surtos fariam Dori sair correndo. Três semanas e meia, e estarei de volta à minha vida.

* * *

John está prestes a me fazer perder a cabeça. Ele e uns outros caras querem sair hoje à noite. Não existem festas maneiras, por isso decidimos tentar algumas boates. E, como todos somos menores de idade, eles querem que eu vá junto porque normalmente consigo colocar todo mundo para dentro com tratamento VIP.

Na maioria das noites, nenhum problema. Fico feliz de fazer esse favor. Hoje à noite, estou morto — e já tomei algumas doses para me acalmar depois daquela discussão com *Dorcas*. A última coisa que eu preciso é de barulho, pessoas e paparazzi. Só quero ficar em casa e zapear os canais até cair no sono, para poder acordar de novo amanhã e pegar um carro alugado para ir até uma casa inacabada patética que estou ajudando a construir e embelezar. Meu Deus, que inclinação absurda.

John não quer nem saber.

— Vamos lá, cara, só umas horinhas. Por que não? — Ele parece um bebê chorão. Um bebê egoísta, bem crescidinho, de dezenove anos.

— Porque estou exausto, queimado de sol e tenho que acordar de madrugada de novo amanhã. Tá bom pra você?

— É verão!

— E daí?

— Tempo de sair pra festas, não de ficar em casa hibernando!

— John, nós moramos em Los Angeles. Não tem essa de hibernar. Não importa. Estou morto. A gente sai na sexta.

— Tudo bem — ele diz, desanimado. — Se eu e os caras morrermos de tédio até sexta, a culpa é sua.

Não me incomodo de responder nada além de repetir "sexta" e desligar. Tenho uma pilha de mensagens de texto, todas querendo basicamente a mesma coisa. Festas para as quais sou convidado, festas em que alguém quer entrar, convites para sair, pessoas entediadas ao extremo e todo mundo querendo chapar para escapar disso. Depois de garantir que nenhuma mensagem ou chamada perdida é de George, jogo o celular na mesa ao lado da minha cama e aumento o volume da televisão antes de desligá-la novamente e andar pelo quarto, balançando o gelo no fundo do copo.

Estou inquieto, e eu *nunca* fico inquieto. À primeira insinuação de inquietude, costumo sair, e não andar de um lado para o outro no quarto como um prisioneiro na cela. Por que vou ficar em casa, afinal? Para não ter uma ressaca amanhã e a *Dorcas* me criticar? Por que eu daria a mínima para o que ela chama de comportamento aceitável? Ela provavelmente está em casa *tricotando*, pelamordedeus.

Pego o celular e ligo para John, que está a caminho antes que eu mude de ideia.

Duas noites atrás, eu queria encontrar o oposto de Dorcas Cantrell, mas isso não a exorcizou da minha mente. Hoje à noite, vou procurar sua gêmea, por mais impossível que seja encontrar alguém tão sem graça nos lugares que frequentamos. Depois que eu encontrá-la, duvido que ela não implore para eu comê-la na parede do banheiro antes de eu ir embora com os caras.

Dori

— Ei, irmãzinha. Quando é que você viaja para o Equador? — Deb deve estar exausta, mas sempre arruma tempo para mim. Acho que ela percebeu, pelas últimas mensagens de texto, que estou estressada. Ela sempre consegue saber. É como se ela tivesse uma conexão sem fio comigo desde que eu nasci.

— Em vinte dias.
— A contagem já chegou aos dias, é? — Ouço o sorriso na sua voz. — Você está contando até a hora de *chegar* a Quito ou até você *sair* de Los Angeles?
— As duas coisas.
— Ouvi dizer que você está com uma celebridade na Habitat.
Suspiro profundamente e solto um gemido, deitando na cama.
— Não vamos falar dele.
Deb ri.
— Ah, vamos lá. Você não quer falar dele nem um pouquinho? Hein?
— O quê?
— Eu tinha oito anos quando você nasceu, Dori; te conheço muito bem. Se você não quer falar dele, ele deve estar te frustrando de um jeito muito profundo.
— Confia em mim, não tem nada de profundo nele. O cara é tão superficial e vazio quanto eu imaginava. — Ótimo. Estou quase explodindo.
— Tá bom, tá bom, só estou provocando. — Deb raramente é indelicada. Ela é o aspecto da minha vida que me dá mais alegria e mais culpa. Tenho uma família adorável e solidária, sempre tenho dinheiro suficiente para as necessidades — comida, roupas, livros —, enquanto outros sentem de perto a pobreza, a negligência, a doença e a fome constante de nunca ter o suficiente. Por algum motivo, essa linha de pensamento me faz lembrar de Reid, o que é absurdo. Ele tem todas as vantagens e ainda mais, sem nenhuma desculpa para seu egocentrismo em relação a pessoas que têm tão pouco.

Eu o afasto da minha mente e pergunto a Deb sobre a residência. Depois de quatro anos de faculdade de medicina e mais quatro de estágio, ela finalmente é a dra. Deborah Cantrell. Para se tornar a pediatra que sempre quis ser, ela vai trabalhar durante longas horas alucinadas nos próximos três anos, ganhando apenas o suficiente para se alimentar e começar a pagar os empréstimos estudantis.

— Você não iria acreditar em quantos casos de emergência são pessoas em busca de drogas. — Ela suspira, frustrada. — Eles chegam desesperados por uma dose e aparecem com sintomas falsos. Os médicos mais experientes supõem que todo mundo que chega com o sintoma de "dor" é uma fraude. Temos uma lista dos infratores frequentes.

Tento imaginar minha irmã nesse ambiente, com seu idealismo social e sua ambição de ajudar as pessoas.

— Talvez você seja exatamente o que esses médicos precisam: um equilíbrio ao pessimismo.

— Bom, serão três anos de briga.

— E aí... conheceu algum médico bonito?

Ela ri da mudança súbita de assunto.

— Na verdade, sim... um dos médicos do plantão. Mas, pra minha sorte, também é o mais pessimista. Na noite passada, ele quase deixou passar um descolamento de placenta porque a futura mãe é uma viciada conhecida. Ela alegou estar com muita dor nas costas, e ele estava quase mandando ela embora com um Tylenol. Eu o convenci a me deixar fazer um ultrassom, e tivemos que fazer uma cesariana de emergência. Se ela tivesse ido pra casa, o bebê teria morrido, e a paciente poderia ter sangrado até morrer.

— Uau. — Não sei exatamente do que ela está falando, mas parece assustador. — Você salvou a vida deles, Deb.

— Pois é. Ela jurou que não usava nada desde que descobriu que estava grávida, mas, pra ele, *uma vez viciada, sempre viciada*. — Ela solta um suspiro desesperado.

— Sabemos que isso não é verdade. — Nossos pais ajudaram dezenas de pessoas a saírem de todo tipo de vício em drogas ao longo dos anos. Apesar de uma maioria deprimente voltar a usar, alguns ficam limpos. Meu pai diz que precisa continuar lutando por esses poucos, porque nunca se sabe quem é capaz de parar para sempre.

— O Bradford foi criado num ambiente diferente do nosso. Ele não sabia muita coisa sobre viciados e pobreza até virar médico. Consegui fazer ele falar um pouco sobre isso, hoje. Ele cresceu num subúrbio de classe média-alta, e a pior coisa que encontrou foi outros garotos que fumavam maconha ou usavam um pouco de ecstasy. Pra ele, um viciado em cocaína ou metanfetamina é um caso perdido pra sempre.

Penso em Reid e no fato de eu ter dito que ele era um caso perdido. Em quanto ele ficou com raiva por eu tê-lo considerado indigno do meu tempo e da minha atenção. Não sei se ele é viciado em alguma substância específica, apesar de certamente ser viciado no estilo de vida hedonista. Mas será que ele é um caso perdido? Talvez ele esteja certo. Talvez meu julgamento precipitado em relação a ele me torne uma hipócrita.

— Quer dizer que você está ensinando pro Bradford como é a vida real?

— Estou tentando, mas ele é o homem mais teimoso e obstinado com quem já lidei desde o dr. Horsham, no segundo ano de patologia. — Deb quase desistiu da faculdade de medicina por causa do dr. Horsham, até minha mãe convencê-la a voltar lá e provar que ela era mais forte do que isso.

Depois de desligar, fico deitada na cama pensando na minha irmã lutando por um ex-viciado. Ela estava certa desta vez, mas não estará todas as vezes. Sempre haverá viciados que mentem para conseguir uma dose, tirando recursos hospitalares daqueles que realmente precisam. Mesmo assim, Deb vai encontrar as pessoas de quem todo mundo já desistiu e resolver o problema mais impossível, supondo que *exista* uma solução. Ela é assim.

Minha mãe estava fazendo turnos de doze horas na ala da maternidade quando descobriu que estava grávida de mim. Ela passou os últimos dois meses da gravidez em repouso ordenado pelo médico, e seu plano de arrumar o quarto do bebê foi por água abaixo.

O velho berço da minha irmã, desencavado do sótão, ficou parado no meio do quarto vazio até Deb e meu pai assumirem a decoração do quarto do bebê. Minha mãe tinha planejado um tema de carneirinhos, mas essa ideia foi descartada. Graças ao Discovery Channel, Deb estava num clima de vida marinha, apaixonada pela Grande Barreira de Corais. Ela insistiu em decorar meu quarto com peixes.

Meu pai diz que eu tive sorte — a próxima paixão de Deb foram os lagartos.

Deb e meu pai pintaram o quarto de turquesa. Saindo dos rodapés havia seções de corais em espiral criadas com cartolina laranja, e vinte e dois peixes foram pendurados no teto, cortados com um molde na marcenaria do meu pai, todos pintados de azul-esverdeado iridescente. Minha mãe tinha sugerido que eles usassem vários tons, mas Deb recusava qualquer coisa que não fosse idêntica às imagens de peixes tropicais da *National Geographic*.

O coral de cartolina acabou há muito tempo, e minha mãe e eu repintamos o quarto com um azul mais claro antes de eu começar o ensino médio. Mas os peixes continuam. Grudados em fios de linha de pesca transparente presos ao teto, eles nadam em cardume desde a porta até a janela. Minhas lembranças mais antigas são desses peixes. Enquanto deito com a cabeça no pé da cama, eles nadam de um jeito fluido na brisa gerada pelo ar-condicionado, passando de um lado a outro até a eternidade.

8

Reid

— Supermodelo dando uma conferida em você, duas horas.

Olho numa direção e depois na outra.

— John, cara, isso é dez horas.

Apesar de sua incapacidade de lembrar como ver as horas no mostrador de um relógio de verdade, meu parceiro está certo. Uma supermodelo de verdade. Realmente me dando uma olhada. E, agora que eu percebi, ela está se aproximando. Magra como um palito, ela balança os quadris inexistentes, o corpo e o rosto totalmente planos e angulosos, bem longe de uma sósia de Dorcas Cantrell.

— Oi — diz John.

— Olá. — Ela estende a mão para mim. — Sou a Dorika.

Claro que é. E o único motivo para eu me lembrar do nome dela amanhã é por ele ser ridiculamente parecido com o da garota com a qual ela não se parece nem um pouco e em quem, por algum motivo insano, não consigo parar de pensar.

— Sou o Reid. — Ela está de salto, e ficamos na mesma altura. Maquiagem perfeita, olhos escuros semicerrados e envoltos em ametista, ela sorri quando passo os lábios nos nós dos seus dedos.

— É, eu sei. Reid Alexander. — Ela sabe quem sou. Melhor ainda.

— E eu sou o John.

O olhar dela não desvia do meu rosto, e ela nem registra a presença do meu amigo, apesar de ele *não* ser feio. Ele pode ser um pouco baixo para ela, a menos que ela esteja descalça — mas ela deve estar acostumada a isso. Ela é mais alta do que a maioria dos caras aqui.

Faço sinal para a garçonete trazer mais um drinque para ela.

— De onde você é, Dorika? — Seu sotaque é da Europa oriental.

— De Budapeste.

— E o que te traz a Los Angeles? — Eu não poderia me importar menos com a resposta; isso é só parte do jogo.

— Os homens bonitos, é claro. — Ela ri, jogando ondas de cabelo escuro por sobre o ombro. Seu olhar é calculado, e eu também dou uma risadinha para confirmar que entendi sua insinuação. — Além disso, estou fazendo, como se diz, uma *divulgação* para a revista *Elle*.

Percebo um comentário vulgar vindo de John e lanço a ele meu olhar de cala-a-porra-dessa-boca. Para minha surpresa, ele obedece.

A garçonete retira o copo quase vazio dos dedos de Dorika e lhe dá um novo drinque com habilidade.

— Está muito barulhento aqui — diz Dorika, bebericando.

— Bom, a gente está numa *boate*.

— Conheço um bar silencioso aqui perto — interfere John, mas ele poderia ser mudo, pela atenção que ela lhe dá.

— Meu hotel fica a poucos quarteirões. É mais confortável. Menos barulhento. Você vem comigo?

Eu a analiso por um instante a mais. Não há motivo para dizer não. Nenhum motivo.

Dori

Puxo o palito de mexer a tinta para testar a consistência, derramando uma espiral na superfície branca lisa, onde o rabisco de líquido desaparece quase de imediato. Perfeito. Respiro satisfeita; o aroma químico nunca foi algo de que eu desgostei, mesmo quando queima minhas narinas.

Do mesmo jeito que nos últimos três dias, o trabalho é interrompido quando Reid chega. Agora que ele já conhece a planta da casa, estou determinada a não sair para procurá-lo. Quando o cheiro de café se mistura ao odor da tinta, sei que ele me encontrou. Fecho os olhos para contar até três e respirar antes de virar, me empertigando.

Ele está segurando dois copos da Starbucks, um dos quais estende para mim.

— Trégua?

Pego o copo, confusa.

Ele sorri de um jeito afetado, porque previu minha reação.

— É um latte de soja duplo. Se você odiar, meu motorista pode voltar lá e comprar outra coisa.

Piscando, eu me pergunto que tipo de investigação ele fez para saber qual é meu café preferido.

Certo. Porque uma celebridade vai *me* investigar.

— Não, está ótimo. Obrigada.

Ele olha ao redor do pequeno banheiro e toma um gole do copo.

— Segunda mão nos armários e acabamentos hoje, certo?

— Hum. Sim, é isso.

— Você terminou de colocar os azulejos? Até que horas ficou aqui? — Ele parece impressionado, os dedos se estendendo na direção da parede e se curvando de novo. — Posso tocar?

Faço que sim com a cabeça.

— Claro. Está seco.

Ele passa um dedo nos quadrados brancos brilhantes e diz:

— Estão superalinhados. — Sua risada é diferente da risadinha depreciativa com a qual me acostumei nos últimos dias. — Se eu tivesse feito isso, ia parecer uma ilusão de óptica bem horrível. — Seu meio sorriso me faz discordar.

Minha boca se curva involuntariamente para cima num dos lados.

— Hum, obrigada.

* * *

Quando termino de calafetar o boxe do banheiro principal, verifico se Reid está na tarefa dos armários no segundo banheiro. Ouço a voz de Gabrielle antes de fazer a curva, então fico parada do lado de fora, só escutando.

— Quero viver a minha vida, sabe? Não me importo com a faculdade. Já estudei o suficiente.

Pelo que me lembro de uma conversa com a mãe dela, Gabrielle passou as últimas seis semanas na escola de verão depois de ter tropeçado pelo décimo ano, mais interessada em garotos e festas do que em fazer seus deveres.

— Ãhã. — Ele não se compromete, ao contrário de mim, que, se fosse possível, tentaria desestimular essa decisão idiota dela.

— Quero ser modelo. E atriz, sabe, mais tarde. Depois que eu estiver velha demais pra fazer, tipo, fotos de biquíni e coisas assim.

— Gabrielle? — Eles levam um susto com o som da minha voz, que ecoa no pequeno cômodo. Finjo não perceber a reação idêntica dos dois. — Achei que você estava trabalhando lá fora com o Frank...

Ela me encara, petulante.

— Eu só estava fazendo uma pausa.

— Ah — digo de um jeito amigável, apoiando um ombro na moldura da porta, como forma de alertá-la que é hora de sair.

Ela solta um suspiro e revira os olhos, virando de novo para Reid.

— Te vejo no almoço?

— Claro. — Os olhos dele vão rapidamente até ela e voltam para o armário, passando o pincel de cima para baixo no sentido da madeira, de um jeito especialmente reto. Quando mergulha o pincel na tinta, ele olha para mim. — Precisa de alguma coisa, chefe?

— Você sabe que ela só tem dezesseis anos.

O pincel para no meio do caminho, e ele arqueia uma sobrancelha, me olhando.

— Estou ciente disso.

— Está *mesmo*?

— Qual é a sua? — Seu tom é de puro desafio, com os olhos semicerrados.

Eu me empertigo, passando o dedo na ranhura da moldura da porta. Ele deveria ter preparado essa parte quando preparou os armários. Fazer toda a preparação antes é mais eficiente.

— Ela é filha das pessoas pra quem estamos construindo esta casa. Me sinto responsável em relação a ela.

— Responsável em que sentido?

Olho com raiva para ele e sei que ele está megaconsciente do que está fazendo. Ele quer que eu fale com todas as letras. Tudo bem. Posso fazer isso.

— Responsável no sentido de garantir que o "voluntário" com ordem judicial entenda que precisa manter distância da garota menor de idade enquanto está aqui.

Ele me encara por um instante.

— Então, se eu encontrar com ela fora daqui, por exemplo...

— *Não*. Não foi isso que eu quis dizer. Quero dizer pra você simplesmente ficar longe dela, ponto. Por que você... Não entendo por que... Você não quer ser uma pessoa melhor? — Minha respiração fica presa. Não acredito que acabei de dizer isso.

— Espera aí, *o que* você falou? — ele diz, surpreso.

Isso foi *muito* fora de propósito, mas, antes que eu consiga voltar atrás, ele bate com o pincel, cercando-o com um halo de tinta na cobertura plástica. Ele se levanta e me olha de cima para baixo com cara feia.

— O que eu decido fazer ou não fazer não é da sua conta. *Quem* eu escolho comer ou não comer *também* não é da sua conta. Que *merda*.

Ele passa esbarrando em mim e vai direto para o quintal dos fundos. Eu devia ir atrás e pedir desculpa, mas duvido que ele queira ouvir alguma coisa que eu tenha a dizer. Além do mais, estou certa em relação a Gabrielle. Ela é nova e está encantada por ele ser uma celebridade. De jeito nenhum eles estão no mesmo nível. Posso achar que ela é um pouco tonta, mas isso não me impede de querer evitar que ela termine emocionalmente prejudicada por um cara como Reid Alexander.

Adeus, trégua.

9

Reid

Que diabos *deu* nessa garota? Não importa o que eu faça, ela não dá um tempo com esse papo de me criticar.

A verdade? Essa tal de Gabrielle é gostosa, então, para não ficar entediado até a morte, não me importo de ela me paquerar. Também aposto que ela não é virgem. Mas, virgem ou não, ela devia sair com um cara da idade dela, se é isso que ela quer, e não com um cara que já passou muito dos dezoito. E, como não sou um completo *idiota*, não preciso que me digam isso.

Quando falei aquele negócio de encontrar com ela fora daqui, eu só estava mostrando o enorme furo no argumento de Dorcas. Prova A: Gabrielle Diego é chave de cadeia *em qualquer lugar*, não apenas "aqui". (Efeito colateral de ter um excelente advogado como modelo paternal: se você vai argumentar comigo, não deixe furos na sua lógica.)

Estou tão puto que minhas mãos estão tremendo. Normalmente, esse tipo de reação acontece após uma conversa com o meu pai, depois da qual eu vou para o porão socar um saco de areia de cinquenta quilos.

Temos uma academia completa lá embaixo; meu treinador me encontra várias vezes por semana quando não estou no set de filmagem. Ou fazendo serviços comunitários compulsórios.

O quintal dos fundos está muito cheio de gente, e é claro que foi para cá que a Gabrielle foi banida. A julgar pela expressão no seu rosto, ela pressupõe que eu a segui até ali. Quando me olha com um sorriso provocante, um esquema para acabar com o tédio surge na minha cabeça. Um esquema que vai deixar Dorcas absurdamente maluca nas próximas três semanas.

O serviço comunitário acabou de ficar consideravelmente mais interessante.

Dori

Vou dar dez minutos para ele ter um chilique antes de trazê-lo de volta para dentro. Ele precisa entender que provocar a Gabrielle é inaceitável. Eu sairia e diria isso desse jeito, mas ele evidentemente está entendendo tudo que eu digo como um desafio, e essa é a última coisa que eu quero.

Finalmente, decido pedir desculpa a ele pelo comentário de *ser uma pessoa melhor* — ainda não consigo acreditar que eu disse isso — e conversar com a Roberta em particular sobre minha ansiedade em relação à Gabrielle. Espero que ela fique de olho na situação. Sem o meu envolvimento, ele não vai se sentir estimulado a fazer uma coisa da qual todos se arrependeriam.

O quintal dos fundos está repleto de voluntários porque recebemos uma entrega de árvores e arbustos ontem, que devem ser transplantados dos recipientes imediatamente. Não levo muito tempo para localizar Reid, porque todas as mulheres do quintal e a maioria dos homens o observam. Por mais que eu quisesse, não posso culpá-los. A visão é simplesmente atraente.

Enquanto cava um buraco para um dos três carvalhos de cem quilos que serão enfileirados na cerca dos fundos e farão sombra no quintal, ele tira a camiseta. Linhas rígidas e definidas oscilam nas suas costas e nos seus ombros enquanto ele enfia a pá no solo, tirando montes de terra e empilhando na lateral. A calça jeans está baixa nos quadris, mostrando o abdome invejável de astro de cinema. Os músculos flexionam e se contraem, deixando claro que ele está fazendo um trabalho extenuante, mas não diminui o ritmo nem se cansa quando outros voluntários fazem pausas ofegantes para beber água.

Parece que terei que terminar os armários.

Antes de eu virar para entrar, vejo Gabrielle a alguns passos de Reid. Depois de dar um olhar insolente na minha direção, ela joga o cabelo preto brilhante por sobre o ombro e vira de novo para observá-lo. Apesar de ela ser apenas dois anos mais nova do que eu, parece uma vida inteira de diferença. Testando a própria sexualidade, ela acha que pescou um belo peixe, quando, na realidade, pescou um grande tubarão. Assim que ela se aproximar, ele pode simplesmente devorá-la.

Quero acreditar que Reid não é bem assim, mas sei que estou errada. Não existe um único osso confiável naquele corpo impecável e cheio de músculos.

10

Reid

Não vejo Dori desde que a deixei parada no banheiro, boquiaberta. Eu queria um pouco de privacidade para me recompor depois daquela conversa, mas, com um quintal cheio de gente, solidão não era uma opção. Portanto, fiz a melhor coisa que podia: peguei uma pá e cavei um buraco enorme do caralho.

Na hora do almoço, tínhamos plantado três árvores e metade dos arbustos. Dori se materializa lá fora, conversando com um ajudante que eu nunca tinha visto. Eles enchem os pratos descartáveis, e ela senta na cadeira de jardim ao lado dele, comendo o hambúrguer enquanto ele fala. Ele parece desconhecer um princípio básico da conversa: *fala recíproca*. Apesar disso, ela parece entretida com o monólogo. Ou isso, ou ela é bem mais educada com outras pessoas do que comigo.

Gabrielle está literalmente sentada aos meus pés, no solo ainda por terminar. Não preciso fazer nada para mantê-la fascinada, exceto sorrir de vez em quando. Ela tagarela sobre suas aspirações de ser modelo e atriz, seu ódio pela escola e pelos colegas de turma imaturos e o tipo de carro que seu namorado mais velho dirigia. (Um Mustang? Por favor.) Acho que é uma tentativa de mostrar sua experiência com garotos. E/ou com carros velozes.

— O carro que você tinha era um Porsche, certo? — Ela pisca os cílios como se esse não fosse um assunto peculiar para trazer à tona ou para nós dois discutirmos.

— Hum, sim. Você falou bem, *tinha*.

Seus olhos se arregalam.

— Acho que você ficou muito puto por ele ter ficado destruído, não é? — Como se o meu carro tivesse ficado destruído sozinho.

— Podemos dizer que sim.

Ela coloca a mão no meu joelho.

— Ah, sinto muito mesmo, Reid.

Não consigo evitar uma risadinha. Essa é a conversa mais constrangedora do mundo.

— Você sente muito... por eu ter batido com o meu Porsche na sua casa?

— Você não fez de propósito.

Dou uma risada alta e sorrio para ela.

— Bom, isso é verdade. Eu queria que *você* tivesse sido a juíza do meu caso. — Ela fica radiante.

Dou uma olhada de relance para Dori, que me encara com adagas no olhar. Juro que, se estivéssemos a uma distância que desse para atacar e ela tivesse um *garfo de plástico* na mão, eu ficaria preocupado. Em vez de retribuir sua expressão esquentada, mantenho o sorriso grudado no rosto, com uma pitada de cinismo — uma sobrancelha arqueada e olhos indiferentes. Esse olhar foi refinado à perfeição ao longo de muitos anos com o meu pai, que fica a ponto de explodir de tanta raiva. Será que funciona com a Dorcas?

Ah, sim. Funciona, sim.

Ouço o cara ao lado dela dizendo:

— Ei, Dori? Você ouviu o que eu acabei de... — Pouco depois, ela se levanta num pulo e entra em disparada, sem responder para ele. Pela expressão no rosto do cara, esse comportamento não é característico dela.

Acho que vou passar as duas últimas horas do dia plantando arbustos e pedir ao Frank para assinar o meu papel. Não faz sentido forçar demais a barra com ela hoje à tarde. Tenho duas semanas e meia para perturbar essa garota até ela ficar maluca.

Dori

— Entendo sua preocupação, Dori, mas acho que ele não vai *fazer* nada realmente... — A frase de Roberta some, indecisa.

Cabe a mim convencê-la.

— Eu ficaria menos preocupada se a Gabrielle fosse designada pra trabalhar com alguém que vai cuidar melhor dela, só isso. — Sinto que estou fazendo fofoca. Depois de acabar de dizer à diretora do projeto que suspeito de que um voluntário adulto está socializando demais com uma voluntária juvenil, acho que *estou* fofocando. — Só pra garantir — acrescento.

Ela batuca com a caneta na prancheta, mordendo o lábio inferior.

— Bom, a coisa menos confrontadora a fazer é designar a Gabrielle pra *você* e o Reid para o Frank.

Uma sensação confusa de decepção me atinge, mas eu a afasto.

— Por mim, funciona.

— A Gabrielle não vem às sextas, então vou deixar o Reid com você amanhã, e falo com ele sobre mudar pra equipe do Frank na próxima semana, antes de ele ir embora. Falamos com a Gabrielle na segunda.

— Obrigada, Roberta.

— Bom, melhor prevenir do que remediar, não é? — Ela sai apressada enquanto limpo as ferramentas que usei ao longo do dia e me preparo para amanhã. Reid vai ficar furioso com a interferência, e Gabrielle provavelmente vai odiar quando não tiver mais permissão para ficar perto dele. De jeito nenhum ela vai entender que estamos tentando protegê-la; do ponto de vista dela, essa separação vai parecer pura malícia.

* * *

Meu último dia supervisionando Reid foi quase tranquilo. Ele apareceu na hora certa e não fez observações nem comentários depreciativos (além de me chamar de Dorcas o dia inteiro, mas não posso fazer nada, afinal o meu nome *é* esse). Ele foi um voluntário-modelo. Até ficou de camiseta.

Meu iPod fritou ontem à noite, então eu trouxe um rádio hoje de manhã e liguei numa estação de música pop quando ele chegou. Falei que ele poderia trocar para o que quisesse, mas ele não trocou. Enquanto terminamos o dia, o DJ toca um novo dueto. Sem perceber, canta-rolo junto. No refrão final, Reid vira para mim e canta no pincel:

— "Onde você estava, baby, onde você estava? Quando eu estava sozinho, sem ninguém comigo?"

E eu canto em seguida:

— "Onde você estava, baby, onde você estava? Quando eu precisava de você, quando mais ninguém se importava?"

— "Eu estava aqui, eu estava bem aqui, procurando você, é..." — cantamos juntos, depois rimos da nossa palhaçada.

— Você tem uma ótima voz — ele diz, sem parecer surpreso.

Baixo o olhar e murmuro "obrigada", me sentindo estranhamente satisfeita. Vindo dele, as palavras parecem diferentes, como se eu não tivesse ouvido essa exata expressão de elogio centenas de vezes antes.

Na porta, Roberta diz:

— Sr. Alexander, pode falar comigo antes de ir embora? Vou estar na cozinha, verificando os encanamentos da pia.

— Sem problemas. — Ele desliza os olhos de volta para mim quando ela desaparece, com a cabeça levemente inclinada para o lado, e pergunta: — Do que se trata?

Oh-oh. Sem Gabrielle por perto o dia todo, quase me esqueci dela e da troca de supervisores que vai ocorrer na segunda.

— Hum, talvez alguma coisa sobre a distribuição de trabalho. Deve ser isso.

— Distribuição de trabalho? Achei que você era minha chefe. — Seu sorriso é hesitante, como se ele estivesse me provocando, mas também me testando para ver se tem alguma coisa que não estou lhe contando.

Como sou covarde, dou de ombros e começo a limpar os pincéis, e Reid fica em silêncio por um instante, antes de martelar a tampa de um galão de tinta e colocar seu registro de horas dobrado no chão, ao meu lado.

— Passo pra pegar isso depois de conversar com a Roberta.

Quando ele volta, cinco minutos depois, me preparo para um comentário ofensivo ou outra discussão sobre minhas críticas e interferências indesejadas, mas nada disso ocorre. Ele pega o papel que assinei sem dar uma palavra e sai. Enquanto dispara para fora, eu me encolho, cheia de culpa depois da camaradagem ilusória que permeou o nosso dia. Com a inevitável batida da porta da frente, alguém no corredor grita "Jesus" e, um instante depois, eu me lembro de respirar.

A segunda-feira será um pesadelo.

* * *

Nick vai à minha casa hoje à noite. Depois de ele aparecer na casa dos Diego ontem — um sopro de ar fresco usando calça jeans sem marca e camiseta de brechó —, não pude negar seu convite para sairmos juntos.

Escuto a voz dele no andar de baixo, dizendo "Boa noite, reverendo Cantrell", apesar de meu pai já ter pedido várias vezes para ele o chamar de Doug.

Quando saio do quarto, olho para o relógio na parede. Ele chegou exatamente na hora marcada, e o ponteiro dos minutos atinge o doze quando meu pai entoa "Boa noite, Nicholas".

Nick não percebe o tom de brincadeira que reconheço imediatamente nas palavras do meu pai.

— É só Nick, senhor. — Ele dá uma olhada rápida na minha direção quando chega ao último degrau.

— E é só Doug, Nick. — Meu pai dá um tapinha de leve no ombro dele.

— Você quer sair? — pergunta Nick depois que meu pai desaparece no escritório. — Acho que ainda está passando aquele filme com seu novo parceiro. *Orgulho estudantil*, não é? Ouvi dizer que é... fofo.

Nick não é fã de coisas fofas e, de modo geral, eu também não. Nem pensei em ver *Orgulho estudantil*, mas, agora que Nick falou, fiquei curiosa. Conheço Reid Alexander pela fama, mas não sei nada do seu suposto talento. Nunca vi nenhum dos seus filmes — assim como Nick, não os chamo exatamente de *cinema*. O cinema é algo com implicações sociais ou apelo histórico, mas um filme é um entretenimento vazio.

Ai, meu Deus. *Sou uma esnobe do cinema.*

Apesar da minha súbita compulsão para ver o filme de Reid, de jeito nenhum vou vê-lo com Nick.

— Vamos pedir comida chinesa e ver alguma coisa aqui. Meu pai acabou de receber uma nova leva de DVDs. — Nick sorri, assentindo. Pego o telefone e o cardápio de delivery na gaveta e tomo a decisão de não pensar em Reid novamente hoje à noite. — Vou pedir frango com gergelim. Qualquer coisa com frango é muito boa. Os pratos de carne não são tão bons.

Quando a comida chega, meu pai se materializa por um instante.

— Quer ver o filme com a gente, rever... hum, Doug? — pergunta Nick.

Meu pai suspira e balança a cabeça.

— O sermão dessa semana está um *saco*. Estou determinado a encarar alguns conceitos inspiradores. — Ele pega um refrigerante diet, sua caixa de arroz frito e um par de pauzinhos, e acrescenta: — Não vou sair do escritório até sua mãe voltar pra casa. — E pisca para mim, como se Nick e eu planejássemos nos bolinar no sofá (um termo do meu pai que é mais adequado à geração dos pais dele do que à dele). O turno da minha mãe termina à meia-noite.

Nunca sei se meu pai simplesmente tem absoluta confiança de que eu nunca faria nada errado, ou se ele realmente acha que eu deveria me soltar. Espero que não seja a última opção, porque, se eu for essa garota que até o pai pastor acha que é reprimida demais, isso seria absurdamente deprimente.

Nick senta no meio do sofá enquanto eu me encolho no canto, com as pernas cruzadas. Entre uma garfada e outra, seu cotovelo se apoia levemente no meu joelho dobrado. Todo mundo na minha família tende a comentar tudo que assiste, mas Nick nunca conversa durante um filme. Aposto que vou morder a língua em sentido figurado ou literal pelo menos meia dúzia de vezes. Por fim, os créditos aparecem.

— Foi menos genial do que as críticas prometeram — ele observa, clicando o controle remoto. Sua mão se apoia levemente no meu joelho, uma pressão não insistente de difícil leitura. O mundo está escuro lá fora, e a sala está mal iluminada com um único abajur aceso, sem o brilho da tela da televisão. — Sua casa é sempre tão silenciosa. O oposto da minha... uma bagunça difícil de controlar.

Nick é filho único, mas seus pais recebem órfãos com necessidades especiais e treinam cães de serviço, por isso sua casa está sempre num alvoroço constante. Eu já pensei, mas nunca tive coragem de perguntar se algum dia ele desejou a atenção exclusiva que teria como filho único, ou se ele se sentia negligenciado pelo cuidado que os pais dedicavam aos filhos de outras pessoas.

Meus olhos encontram minha cadela velhinha, encolhida na caminha do outro lado da sala.

— É verdade, a Esther e eu não fazemos muita bagunça. — As orelhas dela se levantam ao ouvir o próprio nome, os olhos pretos piscando enquanto espera para saber se estou pedindo sua atenção. O focinho esbranquiçado está apoiado nas patas igualmente esbranquiçadas.

Nick entra na minha linha de visão, tirando da minha mente os pensamentos sobre Esther enquanto inclina a cabeça e me beija. Seus lábios são quentes, e seu beijo é cuidadoso e delicado. Eu retribuo, desejando que ele aprofundasse o beijo, que sua mão acariciasse minha perna ou fugisse até minha cintura para me puxar para perto. Nenhuma dessas coisas acontece. Este não é nosso primeiro beijo, mas todos que compartilhamos foram iguais: *agradáveis*.

Ele se afasta, sorrindo. Retribuo o sorriso e digo a mim mesma que não estou decepcionada.

Nem corro o risco de perder o controle. Isso é bom e seguro. Exatamente o que preciso.

Esther solta um suspiro suave na caminha e fecha os olhos. Nick, mesmo com os diversos cheiros de cachorros e pessoas, não é um risco para mim.

11

Reid

Dori não confia em mim. Já percebi isso. Com certeza ela não tem ideia do que oferecem diariamente a um cara na minha posição. Eu poderia transar com uma garota diferente — ou várias — toda noite. Sempre tem mais uma pronta para isso. Já recebi ofertas — que eu absolutamente não aceito — de garotas tão novas que chego a sentir vontade de dizer a seus pais que eles deveriam ser presos por criar prostitutas bebês. Mesmo quando se trata daquelas que têm quase idade suficiente, não pego uma garota que acha que é adulta só porque tem experiência.

Eu subestimei a determinação de Dori de manter a filha dos Diego longe de mim. Não só ela conseguiu me transferir permanentemente para o Frank como agora é ela quem supervisiona a Gabrielle. Não tenho certeza do que se esperava com esse arranjo, mas aposto que não era o ataque de raiva que aconteceu hoje de manhã, quando Gabrielle descobriu.

Supostamente, ela pegou um martelo e o *jogou*. Não numa pessoa, mas parece que quase acertou uma janela e se alojou na parede de gesso da sala de jantar. Não testemunhei esse surto, mas, como Frank é viciado em fofocas, todo mundo no quintal fica totalmente informado de todos os boatos que circulam pela casa. Não é diferente de um pequeno set de filmagem.

— A Roberta ameaçou ligar para a mãe dela e mandar ela pra casa se ela não se acalmasse, mas a Gabrielle ainda deve pelo menos trinta horas. — Frank olha para mim e dá de ombros. — Eu não tinha ideia que aquela garota ia sentir tanta falta assim de trabalhar comigo.

— Só nos seus sonhos, meu velho — ironiza a esposa dele, Darlene, enquanto coloca mudas de plantas num carrinho de mão. Seu cabelo é totalmente grisalho e comprido para uma mulher da sua idade. Está preso numa trança grossa que desce pelas costas. — Vem, garoto, vamos colocar essas violetas no chão.

Percebo que ela está falando *comigo* quando mais ninguém se mexe.

Na hora do almoço, aprendi a plantar violetas ("Não tão fundo! Não tão próximas!") e descobri que Frank e Darlene se aposentaram cinco anos atrás, ficaram superentediados seis meses depois e decidiram fazer o paisagismo em casas da Habitat, em vez de curtir cruzeiros marítimos e fazer artesanato.

— O que o Frank quis dizer, sobre a Gabrielle ainda estar devendo trinta horas? — Encaro minhas mãos, que estão nojentas. Não consegui plantar flores usando luvas (e ouvi um "novato" da Darlene), então estou com sólidas marcas pretas de terra debaixo de todas as unhas. Minha manicure vai me matar.

— As famílias aprovadas para ganhar uma casa têm que dar umas cem horas de "equidade de suor". Os pais da Gabrielle têm dois empregos, e os irmãos dela são muito novos pra ajudar. — Ela me lança um olhar esquisito. — Até a semana passada, a Gabrielle estava totalmente desinteressada em ajudar.

Eu a sigo até a torneira, onde ela lava as ferramentas que acabamos de usar. Como não elabora, viro a mão.

— E...

— E aí *você* se tornou voluntário.

Ah.

— Então você acha que foi a minha presença, humm, que a motivou a participar?

Ela faz que sim com a cabeça, me lançando aquele olhar indireto de velhinha que percebe tudo. *Jesus*. Será que a Dorcas alertou *todo mundo* que estou caçando a garota menor de idade?

— Olha, eu *não* estou interessado na Gabrielle. Ela é uma *criança*. Não quero nada com ela, tudo bem?

Várias coisas acontecem ao mesmo tempo. Darlene pisca, as sobrancelhas se erguem, e ela olha por sobre meu ombro. No mesmo instante, escuto um lamento estrangulado e passos recuando rapidamente.

Ai, que merda.

Dori

Eu sabia na sexta-feira que teria que aguentar a Gabrielle hoje. Passei o fim de semana todo apavorada com isso. Mesmo assim, julguei mal o nível de seu surto de raiva por ter sido separada do Reid. Eu deveria saber.

O barulho do martelo atingindo a parede, por mais estranho que pareça, foi o catalizador para acalmá-la. Acho que ela ficou surpresa por conseguir fazer algo tão destrutivo e potencialmente mortal. Graças a Deus ninguém estava no caminho da ferramenta voadora; o saca-pregos *entrou* na parede de gesso. Roberta, Gabrielle e eu ficamos paradas ali, em choque, durante um minuto antes de Roberta pigarrear e perguntar:

— Talvez você esteja irritada demais pra trabalhar hoje, não acha?

A resposta de Gabrielle foi um sussurro na direção do próprio pé.

— Não.

Roberta e eu trocamos um olhar, e assenti de um jeito quase imperceptível.

— Está bem, então. Fica com a Dori. Vejo vocês na hora do almoço.

Gabrielle e eu passamos a manhã consertando a parede de gesso danificada da cozinha, depois medimos, marcamos e furamos os buracos de todas as portas dos armários, para colocar os puxadores hoje à tarde. Meus ouvidos estavam zumbindo por causa do barulho agudo da furadeira naquele espaço fechado.

Gabrielle não deu uma palavra durante três horas.

— Mais dois e é hora do almoço — falei, virando e descobrindo que ela não estava ali.

Eu não fazia ideia de quanto tempo eu estava ali sozinha, mas tinha uma boa ideia de onde poderia encontrá-la.

— Ratos — resmunguei, seguindo em direção à porta dos fundos.

Eu me esqueci de tirar os óculos de proteção e de deixar a furadeira sem fio para trás. Graças aos céus, eu estava carregando a porcaria de ferramenta com a ponta para baixo, porque, assim que abri a porta com violência, Gabrielle entrou em disparada. Dei um pulo para trás quando ela passou por mim, chorando.

— Gabrielle? — O som da minha voz só a fez acelerar mais.

Ela abriu a porta da frente com força, dizendo: "Me deixa em *paz*!" por sobre o ombro. O motor da sua lata-velha de vinte anos rugiu ao ligar alguns segundos depois.

Reid.

Enquanto vou até o pátio dos fundos, ele vira de onde está parado com Darlene, na fonte.

— O que foi que você fez com ela? — Eu me aproximo e baixo a voz quando percebo a multidão fingindo não ouvir. Não me importo de envergonhar o *Reid*, mas o estresse da Gabrielle não é da conta de ninguém. — O que foi que você disse pra ela? — sibilo.

Seus olhos percorrem meu corpo de cima a baixo, do mesmo jeito que ele fez na semana passada, quando nos conhecemos, só que hoje seu olhar para nas minhas pernas, na furadeira em minha mão e nos óculos de proteção ainda no meu rosto. Sua resposta é uma insolência preguiçosa.

— Não sei do que você está falando.

Ergo os óculos até a cabeça e levanto o queixo.

— Estou falando da Gabrielle, que acabou de sair daqui como um furacão, superchateada. Para de agir como se não tivesse percebido, já que nós dois sabemos que foi você que provocou isso.

Ele se aproxima e olha para mim, insolente.

— Não fiz nem falei porcaria nenhuma pra ela. — E aponta para Darlene, sem interromper nosso contato visual. — Tenho um álibi muito sólido, *Dorcas*.

Darlene se aproxima.

— Dori, fica calma, flor. A Gabrielle apareceu aqui fora e ouviu uma coisa que ela entendeu mal, só isso. Ela vai superar.

Fico sem fala, de tão surpresa. Não consigo *acreditar* nisso. Ele conseguiu conquistar a *Darlene!* Existe alguma mulher neste *mundo*, além de mim, que seja imune a ele? Viro e saio batendo os pés, sem responder, o que é incrivelmente grosseiro da minha parte. Vou ter que pedir desculpa para ela mais tarde.

Eu adoraria jogar um martelo na parede de gesso também. É uma pena não haver demolição neste projeto, porque hoje eu seria um dervixe de destruição. Gabrielle e eu poderíamos nos unir e derrubar uma casa do tamanho desta aqui como dois furacões.

Depois do almoço (durante o qual Reid e eu sentamos em lados opostos do quintal), pego o conjunto de chaves de fenda, reúno os puxadores, as maçanetas e os parafusos e vou para o banheiro principal. Eu me resignei a trabalhar sozinha pelo resto do dia, e não tenho problemas com isso, mas é um tédio sem música. Eu me esqueci de trazer o rádio hoje, e meu iPod, tragicamente, não tem conserto. Se eu quiser música, terei que cantar.

Começando com os armários embaixo da pia, alinho os parafusos com uma dobradiça cromada enquanto equilibro a porta no pé, encaixo a chave de fenda num parafuso e aperto — *clique-clique-clique*. Quando estou colocando o puxador cromado, o ritmo é lento e constante, e começo a cantar uma música chamada "Gravity", de Alison Krauss. É sobre uma garota que sai de casa e meio que nunca mais olha para trás, porque, depois que vai embora, percebe que a vida não é tão simples quanto ela achava.

Quando me levanto para pegar outra dobradiça e mais parafusos para a próxima porta, Reid está parado na entrada, com as mãos enfiadas nos bolsos. Minha voz falha, mas termino o último verso antes de me calar. Não sei há quanto tempo ele está ali. Por um instante, ele não diz nada, depois seus olhos vão até as portas do armário, empilhadas e apoiadas na parede.

— A Roberta me mandou pra ajudar com os armários.

Pego uma porta sem responder e a posiciono como fiz com a última. Como as dobradiças serão colocadas no lado oposto da anterior, não vai ser tão fácil de pregar, mas eu sei o que estou fazendo, e não é uma tarefa impossível de fazer sozinha. Além do fato de que eu preferia fazer isso sem ele parado ali, me encarando.

Como ele não percebe a deixa silenciosa, digo:

— Não preciso de ajuda.

Espero que ele vire e vá embora, mas ele não faz isso. Ele se apoia no batente da porta, cruza os braços e me observa. Eu o ignoro, equilibro a porta, alinho a dobradiça nos buracos já furados e tento apertar os parafusos parcialmente com a mão.

O primeiro parafuso não prende, salta da dobradiça e voa pelo piso de cerâmica, parando quando atinge a bota dele. Rapidamente, pego outro parafuso e repito o processo, com resultado idêntico.

— Deus do céu — resmungo, e isso provoca uma gargalhada grosseira de Reid quando ele se abaixa para pegar os parafusos aos seus pés. Ele os sacode na mão como meu pai faz com moedas soltas.

— Quando você quiser que eu segure ou enfie alguma coisa, é só me avisar.

Maravilhoso. Uma tirada de duplo sentido patenteada por Reid Alexander.

Finalmente os parafusos prendem, e faço uma oração silenciosa enquanto me pergunto se eu ficaria muito encrencada se me levantasse e chutasse sua canela com minha bota de biqueira de metal. *Com muita força.*

12

Reid

Acho que ela realmente quer me estrangular, neste momento. Não sei se é assim que quero que ela se sinta ou não.

Eu a observo pregar a terceira porta — a que tem dobradiças no lado direito. Ela é canhota, então é bem fácil para ela. A última coisa que ela quer é minha ajuda. Estou pesando o desejo de manter seu nível de irritação o mais alto possível contra a suspeita de que, quanto mais tempo eu me demorar ali na porta, maior a probabilidade de ela se recusar a assinar meu registro de horas às três da tarde.

Ela suspira antes de alinhar as dobradiças à última porta, e eu imagino as palavras emboladas em sua mente enquanto ela implora para a madeira cooperar. Assim que a porta começa a sair do prumo, eu me aproximo e a pego da mão dela. Nossos dedos se encostam. Ela salta como se minha mão estivesse em chamas, se recupera rapidamente e começa a apertar os parafusos com a ponta dos dedos. Quando eles já entraram ao máximo sem ajuda da chave de fenda, ela pega a ferramenta e os aperta até o fim enquanto eu seguro a porta. Ela não fala, e eu também não.

Odeio o fato de que observá-la manusear a chave de fenda está me deixando excitado.

Odeio esperar uma desculpa para encostar de novo nela.

Odeio o fato de que eu mal resisti a implorar que ela continuasse cantando.

Eu a sigo até o próximo banheiro e encaro as linhas curvas das suas panturrilhas e o balanço não tão imperceptível dos seus quadris (escondidos debaixo de outra camiseta enorme, que diz O.U.S.E.). Tenho a súbita impressão de que ela é vidente, porque, juro por Deus, suas orelhas estão ficando vermelhas como se ela conseguisse ler a minha mente. E me concentro mais.

Quando ela coloca a chave de fenda no balcão, eu a pego.

— Eu faço a próxima — digo quando ela vira e me vê segurando a ferramenta. — Sua tarefa é me ensinar, certo? — Sua boca se fecha, e ela vira para escolher a porta. Só existem duas para instalar neste banheiro minúsculo, que todos os três filhos dos Diego vão compartilhar. O *cômodo* inteiro caberia no meu boxe.

Dois minutos depois: admito que achei que esse negócio todo de trabalhar com ferramentas seria mais fácil. Fazer o maldito parafuso ficar grudado na ponta da chave de fenda é uma merda. Uma observação interessante, no entanto: apesar dos meus xingamentos mais pesados, é óbvio que Dori está adorando o fato de que não tenho a capacidade inata de manusear uma chave de fenda com facilidade. Seu sorriso é um pouco convencido demais para o meu gosto.

— Acho que não tenho dom para *esse* jeito de enfiar — digo e, meu Deus, o rosto dela. Acabei de descobrir o segredo para espalhar aquele vermelho *por toda parte*.

* * *

— Tudo bem, eu não entendo. Ela é gostosa ou não é? — pergunta John. Estamos largados no terraço do seu apartamento no vigésimo segundo andar do Olympic, sentados em poltronas Adirondack, com um pacote de seis cervejas geladas no concreto vitrificado entre nós. O centro da cidade está agitado e atraente, mas eu o convenci, por enquanto, a fazer uma pausa de uma noite.

— É difícil dizer — respondo, e ele me lança um olhar confuso, inclinando a garrafa na mão enquanto encaro a paisagem da cidade. Por algum motivo, falei alguma coisa sobre Dori e, agora, eu preferiria deixar isso de lado. — Me fala mais do apartamento — digo.

Nas últimas duas semanas, John tem tentado me convencer a alugar a cobertura que fica alguns andares acima do apartamento dele. Falei que ia pensar, apesar de não ter certeza se quero ficar tão perto do John vinte e quatro horas por dia, sete dias por semana. Ele começa a tagarelar sobre a metragem quadrada, a vista e as possibilidades de dar festas, enquanto tento não responder à pergunta dele na minha cabeça.

Dori Cantrell: gostosa ou não?

Ela não parece nem um pouco com o meu cardápio habitual. Nem um pouco.

Mas isso não responde à pergunta, não é?

Dori

— Estou com saudade de você. — Tento não dar a impressão de que estou fazendo drama, mas sinto a ausência de Deb mais do que nunca. — Você está tão longe agora. — Tecnicamente, ela foi embora há oito anos, mas fez a faculdade de medicina perto de casa. Agora ela está num fuso horário diferente, e as horas em que trabalha são impossíveis. Trabalhando oitenta horas por semana no hospital, num esquema enlouquecedor, ela não tem uma agenda regular. Mandar mensagem ou telefonar para mim quando tem cinco minutos se tornou a regra, se nesses cinco minutos ela não estiver comendo ou dormindo.

— Eu sei, irmãzinha. — Ela parece exausta, e fico arrependida de estar chateada. — Também estou com saudade de você.

— Como está, hum, o Bradford?

Ela fica quieta por um instante, e eu interpreto o silêncio entre nós.

— Dori, você consegue guardar um segredo?

— Pfff — faço. — Você sabe que sou a melhor guardadora de segredos.

Saboreio o som da sua risadinha agradável no meu ouvido.

— Verdade. Bom, a gente meio que teve um encontro no domingo à noite. Quer dizer, não foi um encontro de verdade... Ele dividiu comigo a comida que pediu comigo quando eu tinha dez minutos pra jantar.

— Ele não é, tipo, um dos seus chefes?

— Não diretamente... A única vez que interagimos foi porque ele estava substituindo alguém... — Pelo modo como suas palavras somem, ou ela está dormindo enquanto fala comigo ou está pensando no que não está me contando. — Então, hum, como está a casa da Habitat?

— Estou contando os dias pra terminar. — Junto o casal Deb e Bradford na minha cabeça, mas decido deixar que ela me conte sobre ele no ritmo dela. Nunca escondemos nada uma da outra por muito tempo.

— O Reid Alexander ainda está sendo babaca?

— É, pode-se dizer que sim.

— Você vai pro Equador daqui a pouco. Quando voltar, o serviço comunitário dele vai ter acabado, e você nunca mais vai ter que ver ou trabalhar com ele de novo.

— É. — Não estou decepcionada com a ideia da ausência dele. Não estou. Ele não faz nada e não diz nada espontaneamente; ao contrário, tem tudo calculado na cabeça, só para me deixar desconfortável.

— Hum — diz Deb, em um desafio sutil. Então mudo de assunto e discuto temas como sua vida na universidade, no alojamento e como fazer para evitar os quilos ganhos no primeiro ano.

13

Reid

Eu estava me perguntando quando é que uma equipe de filmagem não solicitada ia aparecer. Na verdade, estou surpreso por terem demorado tanto.

Os paparazzi, por mais que pareçam indiscretos, sabem que não devem invadir uma propriedade privada. Mas a propriedade da Habitat é minúscula, e lentes telescópicas são a especialidade desses caras. Acampados em quintais adjacentes, esses espertinhos sem dúvida pagaram aos vizinhos para se aproximar. É o tipo de coisa que o George chamaria de "relações públicas positivas gratuitas" — algo que eu, aparentemente, não tenho muito. O único obstáculo é o fato de que eu preciso estar aqui pelo resto desta semana mais duas, e essa situação pode virar uma loucura se não for controlada.

Tiro as grossas luvas de trabalho enquanto ando, e entro para encontrar Roberta. Ela está conversando com o mestre de obras sobre o grau de isolamento térmico que deve ser usado no sótão. Eu poderia dormir de extremo desinteresse a qualquer momento. Por sorte, eles terminam em um minuto, mais ou menos, e ela vira para mim, preocupada.

— Sim, hum, Reid?

— Eu só queria te avisar que tem fotógrafos lá fora... paparazzi... não *na* propriedade, mas o mais próximo que eles conseguem chegar legalmente. Se eu ficar lá fora, vai virar um zoológico. Achei que eu devia te avisar.

— Ah. — Ela fica imediatamente agitada; obviamente, isso é algo novo. Então vai até uma janela nos fundos. — Eles estão lá fora agora?

— Isso.

Ela espia, estreita os olhos, vasculhando, e ofega baixinho.

— Mas que coisa! Tem alguém equilibrado no alto de um balanço infantil e outro no *telhado* da casa ao lado!

Dou de ombros.

— O que vamos fazer? Acho que eu devia ter considerado essa possibilidade.

— Eles não vão a lugar nenhum, agora que sabem que estou aqui. Já liguei pro meu agente. Ele vai mandar seguranças pra garantir que eles mantenham distância de mim e vai alertar a polícia pra ter certeza que eles vão respeitar os limites da propriedade.

— Polícia? Ai, caramba.

Roberta continua a encarar o cara no telhado da casa ao lado enquanto eu me afasto do balcão e volto lá para fora, calçando as luvas de trabalho. Frank diz que vamos demolir uma cerca velha nos fundos da propriedade — tão comida por cupins que um bom chute pode transformá-la numa nuvem de farpas. Pintar paredes era entediante. Derrubar coisas? Não.

Como era de se prever, os fotógrafos ficam ligados quando eu saio pela porta dos fundos. Alguns tentam me chamar, como se eu estivesse andando pelo tapete vermelho ou coisa assim, e isso me deixa puto.

Estou *trabalhando*. Eles não conseguem ver isso?

Dori

Enquanto tentava dormir ontem à noite, pensei em pedir para Roberta terminar esse serviço sem mim. Sinto falta das minhas crianças da EBF e de suas vozes alegres e simples ensaiando os arranjos do coral. Sinto falta de cantar com eles. Sinto falta de ser babá de pessoas que são imaturas porque têm *cinco* anos, não porque são idiotas arrogantes. Acima de tudo, sinto falta de não ter conhecido Reid Alexander.

Bem quando penso comigo mesma *o que me aguarda*, sinto que eu não devia ter me perguntado isso. *É claro* que os paparazzi apareceriam. Tem uma supercelebridade no pedaço.

Encostada na parede da sala de estar como uma assassina ninja, espio pela janela. Reid continua trabalhando, sem prestar atenção aos fotógrafos, que estão simplesmente *por toda parte*. Eles me lembram de um especial sobre natureza que falava de exércitos de formigas, que me deixou paralisada de pavor quando eu tinha seis anos. Devorando tudo que estivesse no caminho, as formigas se amontoavam até perder de vista, numa linha preta, ondulante e grossa. Não consegui dormir durante uma semana, até Deb me convencer de que formigas de exército africanas geralmente não apareciam na região urbana da Califórnia.

Exausta depois de uma noite virando de um lado para o outro, penso se estou com fome suficiente para me arriscar a aparecer no cantinho dessas fotos. Que ridículo. Ainda faltam várias horas para minha próxima refeição. Eu não devia sentir necessidade de me esgueirar dentro da casa por causa de uns fotógrafos idiotas. Além do mais, eles não estão interessados em *mim*.

O plano: ir lá fora, pegar alguma coisa para comer e voltar correndo para dentro.

Minutos depois, estou evitando a multidão com uma tigela de frutas e um chá gelado, quando uma de nossas voluntárias vem direto na minha direção, lançando olhares convidativos para os fotógrafos, reunidos no telhado do vizinho. Quando percebo, tarde demais, que ela não me vê, escapo para entrar rápido. Ela passa, nossas mangas se esbarram, e eu respiro, aliviada. Mas aí ela gira de repente e, sem querer, me dá uma cotovelada e me empurra pela escada ainda sem corrimão.

Tudo acontece em câmera lenta. Com os olhos arregalados, a boca formando um "O" em choque, ela me agarra enquanto caio para trás. Ela só consegue pegar o ar, e eu também. A tigela sai voando, e os pedaços de frutas são lançados em todas as direções. O chá levita do copo, formando um arco acima de mim. E, apesar de eu saber que emiti um gritinho de surpresa, não consigo ouvir nada — é como se o mundo tivesse ficado mudo.

Se você nunca caiu e foi pego por alguém, estou aqui para te dizer que o pouso não é macio e tranquilo como Hollywood retrata. Na realidade, as partes pousam onde querem e, apesar de atingir um corpo humano provavelmente ser menos doloroso do que atingir o chão, não é como cair num sofá, num trampolim ou em qualquer coisa que *ceda*.

Meus membros se debatem inutilmente, minha cabeça atinge um ombro e meu joelho acerta meu queixo enquanto o corpo no qual tropecei vai para baixo de mim.

— *Uff* — ele diz ao atingir o chão, meu cotovelo golpeando seu abdome enquanto ele absorve todo o peso do meu corpo.

Não preciso ver o rosto — conheço a voz —, mas não consigo evitar de olhar. Com um quintal cheio de pessoas olhando para nós, além de vários quintais cheios de fotógrafos, estou deitada em cima de Reid, que está estendido no chão, me segurando com força, piscando enquanto o céu azul faz chover frutas sobre nós.

Obturadores de câmeras clicam ao longe. E pensar que eu estava com medo de aparecer no cantinho de uma foto dele.

Eu me esforço para rolar de cima de Reid, e ele me solta devagar, até perceber que não estamos mais caindo. Meu chá gelado salpicou uma faixa que atravessa nossas camisetas brancas, e pedaços de abacaxi, melão e diversas frutas vermelhas caem das roupas e dos cabelos quando nos sentamos.

As pessoas que, um instante atrás, estavam imóveis e ansiosas agora correm em nossa direção, perguntando se estamos bem e ajudando a nos levantar.

Morta de vergonha, olho para minha roupa encharcada e manchada de frutas. Minhas pernas também estão molhadas — rios de chá gelado escorrem do meu short e descem pela pele nua. Não consigo encarar Reid.

— Desculpa — falo na direção dele antes de murmurar "Preciso me limpar", em resposta às ofertas de ajuda de meia dúzia de pessoas.

Pego uma pilha de guardanapos e entro, lutando contra a vontade de fugir. Os encanamentos do banheiro já foram instalados, graças a Deus, apesar de os espelhos ainda não terem sido pendurados. Depois de secar o chá das pernas, pressiono inutilmente um guardanapo na blusa já manchada. Passo os dedos no cabelo, tiro os pedaços de fruta e me esforço para não imaginar o que pode aparecer nas colunas de fofoca ou, ai caramba, na *internet* amanhã:

```
Fã desequilibrada derruba galã, veja na página 2.

Garota desajeitada cai em cima de Reid Alexander – clique
aqui para ver as fotos!
```

Meu Deus.

— Você deixou passar um melão. — Reid me impede de virar, com uma das mãos no meu ombro, os dedos no meu cabelo, enquanto pega uma fatia fina de melão laranja no meu rabo de cavalo. — Poderia ser pior, sabia?

— Ah, é? — Tenho certeza de que ele está certo, mas, neste momento, não consigo imaginar como.

— Claro. Espaguete com almôndegas teria sido pior. Leite com chocolate. Sangria. Essas coisas mancham tudo, confia em mim. — Ele dá um peteleco numa amora que está no meu ombro, e ela cai na pia, rolando, deixando um rastro roxo. Faço uma anotação mental para pegar com a Roberta um limpador com cloro e escovar a pia, para não manchar a porcelana branca.

Eu me imagino coberta de espaguete, viro e o encaro sem uma pista de sorriso.

— Não costumamos servir macarrão. Nem sangria.

— Então, acho que você está livre das manchas de molho de tomate e vinho tinto. — Sua expressão é séria, mas seus olhos dançam.

— Sim.

— Ei, dá uma olhada se não tem nenhuma fruta perdida no meu cabelo. — Ele inclina o topo da cabeça na minha direção. — Passei as mãos, mas acho que deixei escapar alguma.

— Não estou vendo nada. Ah, espera. Tem uns pedaços de morango. — Tento remover a fruta amassada sem encostar na cabeça dele, o que é impossível. Sementes de amora estão enroscadas numa mecha alguns centímetros acima, e eu desisto e passo os dedos no seu couro cabeludo, procurando frutas escondidas.

— Hum — ele faz, como se gostasse das minhas mãos no seu cabelo, que é mais macio do que eu tinha imaginado. De repente, o banheiro parece muito pequeno.

Deixo as frutas e as sementes na pia, ao lado da que ele tirou de mim.

— Não estou vendo mais nenhuma.

Ele levanta a cabeça, seus olhos ainda brincando, e eu não tenho ideia do que ele está fazendo até ele fazer. No início, acho que ele viu outro pedaço de fruta no meu cabelo, então não reajo imediatamente quando ele levanta a mão. A parede está a mais ou menos um passo atrás de mim, e ele precisa de pouco esforço para me empurrar em direção a ela, com uma das mãos segurando minha nuca e a outra deslizando no meu quadril enquanto ele se abaixa. Alguma coisa desperta no meu cérebro, e eu viro o rosto para o lado quando sua boca roça na parte mais distante do meu maxilar. Minhas mãos sobem até o seu peito e o empurram.

— Reid, *não*.

Ele recua imediatamente, com as mãos levantadas, mostrando as palmas. Com um sorriso forçado, um canto da sua boca se curva para cima, e ele dá de ombros.

— Desculpa. Não vai acontecer de novo. Eu só estava, você sabe, curioso.

— Com o *quê*? — Minha voz, não sei como, está firme, apesar de eu não estar nem um pouco. Ele quase me beijou. *Ele quase me beijou.*

Ele dá de ombros de novo, o que me faz querer socá-lo. Ele é muito *desinteressado*.

— Eu não queria dizer nada. Sério. Não vai acontecer de novo.

Não há responsabilidade para aceitar, porque tudo simplesmente *acontece* perto dele, como se ele estivesse no olho de um furacão que não causou nem forçou a se manter. Passo por ele e o empurro, com o coração martelando. Ele mal me tocou, e parou no instante em que protestei. Ele disse que não vai acontecer de novo. Duas vezes, na verdade.

As pessoas levantam o olhar quando eu passo, perguntam se estou bem, e eu grudo um sorriso falso no rosto, digo que estou ótima, apesar de sentir que estou prestes a ter um treco. *Por quê?* Porque ele é uma celebridade podre de rica? Dificilmente. Porque ele é lindo? Por causa da sua arrogância casual — aquela coisa intangível que ele exala e que algumas mulheres acham tão irresistível? Não, e *não*.

Tudo bem. *Por quê*, então?

Porque tudo que eu queria sentir quando Nick me beijou na última sexta-feira eu senti no quase beijo que acabou de acontecer.

14

Reid

Merda. Bem, *isso* foi burrice.

Por outro lado, que diabos? Não sou empurrado desse jeito decidido há algum tempo. Se é que já fui. Estou, tipo, com síndrome de Estocolmo ou alguma coisa assim, e Dorcas é minha carcereira. Foi por isso que eu tentei beijá-la, é óbvio. Preciso sair dessa situação o mais rápido possível.

Talvez eu devesse tê-la deixado cair no chão, mas, quando vi aquela mulher empurrá-la na varanda, simplesmente reagi. Não foi a queda mais graciosa nem o salvamento mais competente na história de quedas acidentais. As consequências: meu ombro está roxo e um cotovelo está arranhado, meus músculos abdominais quase arrebentaram, e eu descobri — sem querer, eu juro — que Dorcas Cantrell esconde umas curvas notáveis por baixo daquela coleção de camisetas enormes e altruístas.

Quando estou no carro, ligo para George — de novo.

— Reid? — ele responde, surpreso por ter notícias minhas, horas depois da ligação anterior.

— É, só pra te informar sobre algumas fotos que provavelmente estão sendo publicadas enquanto nos falamos... Uma garota na casa meio que caiu da varanda e eu meio que a segurei.

— *Caiu da varanda?*

— Uma pessoa atropelou a garota. Empurrou ela pra fora.

— Jesus.

— Não, uma mulher de meia-idade desatenta.

Ele ignora minha ironia.

— Bom, essa garota que você pegou... ela não é menor de idade, casada, imigrante ilegal, traficante de meta?

Dou risada.

— Dezoito anos, solteira e certinha como a estrada pro inferno.

— Áhã. Mais alguma coisa que eu devo saber? — Ele deixa a pergunta no ar como sempre, sem nenhuma dica, sem perguntar os detalhes. Uma das muitas coisas que eu adoro no George. Confio mais nele do que em quase todo mundo, e ele sabe disso. Ele também sabe que vou ser sincero com ele, mesmo que eu raramente siga seus bons conselhos.

— Nada que possa ser divulgado. Ela não está interessada em mim, cara.

Do lado de fora do carro, a parte leste de Los Angeles passa voando, tudo destruído, decadente... os prédios, as calçadas, até mesmo alguns postes de luz... cansados do ambiente deplorável. Um cara com enormes bíceps tatuados pilota sua cadeira de rodas e contorna um hidrante que pode ou não funcionar se for necessário para apagar um incêndio. A centímetros do meio-fio, ele gira ao redor do hidrante como se o objeto fosse parte de um percurso sinuoso de corrida de cadeira de rodas. Se ele perder uma curva fechada, vai cair na rua e ser atropelado. Esportes radicais, estilo deficiente.

— Ah, é?

Fico lisonjeado pela descrença do George.

— É, ela é uma verdadeira samaritana.

— Ah, ouvi dizer que tínhamos uma dessas em Los Angeles. — George é um cara engraçado. — Acho que seria demais pedir pra você deixar a garota do jeito que a encontrou.

Minutos atrás eu estava impaciente para terminar com esse espetáculo da Habitat — e com a Dori. Dizendo a mim mesmo que isso também vai passar. A alusão do George ao fim da minha ligação com Dorcas Cantrell ou, na verdade, a minha reação a essa alusão me diz que eu não estava ligando totalmente essas duas coisas. Estou surpreso por descobrir que não estou preparado para o fim disso.

George suspira.

— Bem, achei que valia a pena dar a sugestão.

Digo a ele o de sempre; e é verdade, no fundo.

— Obrigado pelo conselho, cara. Vou pensar.

— Ãhã.

Dori

Eu. Sou. Muito. *Covarde.*

Acordei às três da manhã ontem, sonhando com ele. No sonho, não virei a cabeça. Sua boca pousou na minha em vez de roçar no meu maxilar. Minhas mãos o puxaram para perto, em vez de empurrá-lo. E, em vez de recuar com um sorriso desdenhoso, ele se aproximou, me pressionando contra a parede num beijo que continuou até eu acordar, assustada e sem fôlego.

Esther levantou a cabeça no pé da minha cama enquanto eu sentava, as orelhas erguidas numa pergunta canina e a cabeça inclinada, quando bati na cama com o punho e sussurrei:

— Filho. De. Uma. *Fruta.* — Levei a mão aos lábios, meio esperando que estivessem inchados, porque estavam formigando, depois joguei as cobertas para o lado e saí batendo os pés até a cozinha, para fazer uma xícara de chá de camomila. Esther desceu num pulo e me seguiu por curiosidade ou solidariedade.

Liguei para Roberta cedo hoje de manhã e avisei que precisavam de mim na EBF e eu não poderia trabalhar na Habitat pelo resto da semana. Não era exatamente mentira. Também não era exatamente verdade, por isso estou presa àquela zona nebulosa e desconfortável entre as duas coisas. Ela foi ótima — toda *sem problemas* e *é claro que as crianças sentem sua falta*, e eu senti vergonha até pensar em Reid e naquele quase beijo. Eu precisava me afastar um pouco dessa tentação, porque isto é tudo que essa situação é para mim: tentação. Para ele, não é nada além de obter vantagem, e não quero que ele faça isso.

Estou supervisionando o tempo na piscina e pensando no que falta fazer na casa dos Diego, quando me pego sonhando acordada com ele, como se todos os padrões de pensamento acabassem levando a Reid. Seu cheiro de terra naquele espaço fechado. Sua contradição me jogando na parede com uma mão firme enquanto aninhava minha nuca com a outra. O azul profundo dos seus olhos pouco antes de ele inclinar a cabeça para perto. Pouco antes de eu empurrá-lo.

Com esforço, obrigo meus pensamentos a voltarem para as crianças e sua apresentação iminente, Deb e os desafios da residência médica, minha lista de tarefas da faculdade, Nick. O relógio à prova d'água do meu pai no meu pulso vai apitar quando chegar a hora de entrar. Se eu pudesse fazê-lo me dar um choque quando meus pensamentos se desviassem para Reid, seria o máximo.

Obrigá-lo a sair da minha mente não está funcionando muito bem. Acho que preciso de um exorcismo.

Quando termino o dia, dou uma olhada nas minhas mensagens. Algumas são de Aimee e Kayla, amigas da escola que eu só vi umas duas vezes desde a formatura. As duas são melhores amigas desde o ensino fundamental. Elas me deixaram entrar no círculo de amizade no primeiro mês do décimo ano. Nunca fui tão próxima de nenhuma das duas como elas são entre si, mas tudo bem. Nenhuma delas tem uma irmã como a Deb.

> **Aimee**
> Quando você ia nos contar sobre REID ALEXANDER???

> **Kayla**
> Sério, tem fotos de vocês em toda a internet naquele lance da Habitat, e você está totalmente EM CIMA DELE.

Ligo para Aimee, sabendo que existe uma probabilidade de noventa e nove por cento de ela estar com Kayla, depois dos textos parecidos. Na escola, todo mundo as chamava de gêmeas, porque elas faziam *tudo* juntas. Frequentavam as mesmas turmas, faziam parte dos mesmos grupos, namoravam garotos que eram amigos ou irmãos. Em poucas semanas, elas vão começar a estudar na UCLA. Morando juntas, é claro.

— Dori! — Kayla atende o telefone da Aimee. — Você virou *amiga* do Reid Alexander? Vocês são *mais* que amigos? Aimeudeus, as festas que vamos poder frequentar! Você *vai* levar a Aimee e eu, *né?*

— Não somos amigos de verdade e certamente não somos mais que amigos.

— Mas aquela foto! Você está esticada em cima dele, como se ele estivesse *vestindo* você!

Argh, não acredito que ela acabou de dizer isso. Será que as fotos são *tão* ruins assim?

O telefone dá um solavanco, e a voz de Aimee totalmente sem pontuação assume.

— Dori eu sei que você não confia nos homens e o Reid Alexander é o último cara no planeta que é confiável mas sinceramente esse não é um momento de confiar ou não confiar é um tipo de momento único na vida!

Eu não confio nos homens? Quê?

Suspiro, sabendo que elas me estrangulariam com as mãos perfeitamente bem cuidadas se soubessem o que aconteceu em particular alguns minutos *depois* de eu cair em cima de Reid ontem.

— Vocês sabem que a imprensa manipula as coisas pra dar uma certa impressão.

— Dori, preciso repetir que você estava *em cima dele*! A menos que você esteja sugerindo uma edição *excelente* no Photoshop, aquilo não foi manipulação da imprensa.

Uau. Isso não é bom.

— Eu caí. Ele me pegou. Foi só isso que aconteceu.

Ela suspira, como se eu tivesse acabado de confirmar um caso de paixão.

— É isso que os artigos estão dizendo, que você tropeçou nos degraus... *Brilhante*, por sinal! E aí ele te pegou. Que *romântico*.

Minha cabeça ainda dói, meu joelho está ralado, e tenho quase certeza de que ele me apalpou quando estávamos caindo, mesmo que não tivesse consciência de fazer isso. Não é exatamente minha ideia de romântico.

— Dori. — Kayla pega o telefone de volta. — Você realmente não é amiga dele?

— Realmente não.

— Ah, que droga. — Ouço Aimee dizendo alguma coisa ao fundo, depois a voz de Kayla retorna. — Você pode *ficar* amiga dele?

Não consigo evitar uma risada. Aimee e eu crescemos com Hollywood na nossa esquina, e Kayla se mudou para cá quando era criança. Todas nós devíamos ficar menos impressionadas com famosos.

— Acho que nem vou voltar mais pra lá até a próxima semana, e viajo pro Equador na semana seguinte. Além do mais, ele é uma celebridade egoísta. Não está interessado em garotas comuns.

— *Humpf*. — Seu tom é magoado. — Acho que vamos ter que procurar garotos de faculdade comuns, então.

Isso é especialmente engraçado, considerando o fato de que ouvi as duas se encantarem com garotos de faculdade nos últimos três anos.

15

Reid

A multidão de paparazzi aumentou. George está recebendo ligações de hora em hora de jornalistas propondo reportagens completas e exclusivas sobre a minha recuperação. Nós dois sabemos que eles estão muito mais interessados em obter informações lucrativas sobre minha possível ligação com um membro do proletariado.

Não fiquei chocado quando Dori não apareceu ontem. Com certeza isso se deveu à nossa proximidade no banheiro e ao fato de que os sites dos meus fãs estavam bombando com fotos de nós dois, dando a impressão de que estávamos nos agarrando no quintal dos fundos. Estou acostumado com boatos infundados e fotos mal interpretadas. Você tem que rir dessa merda toda, senão acaba algemado depois de bater num fotógrafo babaca ou num perseguidor esquisito, ou vira um prisioneiro de si mesmo, escondendo-se da xeretice pública.

Mesmo assim, eu tinha certeza de que Dori ia aparecer hoje, usando uma camiseta proclamando seu ódio por algum defeito meu que se revelou em algum momento, se não regularmente. Mas Roberta acabou de me dizer que ela não vai voltar até a próxima semana.

— Ela ficou tão abalada assim pelas fotos na internet? — Aponto vagamente para os quintais vizinhos, cheios de fotógrafos, depois de pegar uma garrafa de água no cooler. O que eu não digo: *Ou será que a minha tentativa de beijá-la a apavorou?*

— Ah, acho que não. — Roberta franze a testa, hesitante. — Ela está trabalhando no programa de EBF da igreja dela, e eles precisam dela esta semana.

— EBF?

Roberta me olha como se eu fosse um alienígena porque não reconheço a sigla.

— Estudos Bíblicos de Férias — ela explica.

Não ajudou em nada. Essas palavras não se juntam de maneira nenhuma na minha experiência.

— E o que ela faz lá de tão importante? — Abro a tampa da garrafa e bebo enquanto nos dirigimos para a fila do almoço.

— Ela é coautora da parte musical do programa da Noite dos Pais e responsável pela apresentação do jardim de infância. — Roberta obviamente tem orgulho dessa realização, mas isso está fora da minha esfera. Programas musicais de igreja são a forma mais baixa possível de teatro comunitário. Dirigir um programa musical religioso para crianças de cinco anos? Me mata antes.

— Uau. Isso é fantástico. — (Sério. Me mata antes.)

— Oi, Reid.

Ah, Gabrielle. A distração de que eu precisava.

— Vai sentar comigo hoje? — pergunto, sorrindo para ela. Ela deve ter me perdoado por aquele comentário sobre não querer nada com ela.

Gabrielle lança um olhar de desafio para Roberta antes de sorrir e me cutucar no peito.

— Dã, foi pra isso que eu vim pra cá.

Roberta franze os lábios, vasculhando o cérebro para inventar uma desculpa para nós dois não confraternizarmos no almoço. Quando não fala nada, finjo não perceber.

Dori

Três dias sem Reid, e *não* estou conseguindo dominar a tentação. Tenho alternado entre me perguntar se ele provocou alguma confusão na minha ausência ou se ficou decepcionado por eu não estar lá — se é que ele percebeu.

Hoje à noite, na privacidade do meu quarto, e contrariamente a todo bom julgamento que eu achei que tivesse, procuro Reid Alexander no Google. Primeira ocorrência: as fotos idiotas de nós dois, comigo espalhada em cima dele feito um linebacker derrubando um quarterback. Há um excesso de especulação online sobre quem eu sou e se sou ou não algo mais do que apenas uma garota descoordenada em seu local de voluntariado (cerro os dentes — *voluntariado* coisa nenhuma). Seus fãs também discutem o que estamos *fazendo* na foto, mas tivemos testemunhas oculares mais que suficientes, então, sinceramente, o pior que alguém pode dizer é que eu caí como uma idiota em cima dele. Ou, como Kayla e Aimee pensam, que eu caí brilhantemente em cima dele.

A opinião da maioria é que eu sou uma zé-ninguém sem nenhum atrativo — dito de maneira mais dura, na maioria dos casos. Dou de ombros, porque, por um lado, eu *sou* uma zé-ninguém sem nenhum atrativo e, por outro, nenhuma dessas pessoas me conhece pessoalmente. Todas baseiam seus veredictos na mesma coisa: como eu pareço em relação a ele. Suas avaliações são superficiais e excessivas. Muito semelhantes às avaliações que fazem dele, na verdade — baseadas em pouco mais do que evidências circunstanciais. (No caso dele, *atração* circunstancial.)

Ignoro outros editoriais e comentários de fãs e vou direto para o link das imagens, porque imagem é tudo na vida de Reid Alexander. Seu belo rosto. Seu corpo liso e musculoso. O apelo sexual flagrante que vem daquela confiança interior e se projeta na câmera. Clico em fotos de um editorial na revista GQ de um ano atrás. Ele aparece na capa e em várias fotos internas usando um terno risca de giz escuro que, tenho certeza, foi feito sob medida e custou os olhos da cara. Ele não usa nada além de calça jeans em várias fotos, baixa o suficiente para mostrar o abdome esculpido. O peito e os braços são definidos e perfeitos sem ajuda de computação gráfica, e sei disso pelos diversos encontros próximos quando ele estava sem camisa.

Clico na seta e a próxima foto aparece — um close hipnotizador. Meu estômago afunda, e solto um "Ah" deslumbrado. Usando uma camiseta preta sem manga, ele segura um galho de árvore pouco acima da cabeça. Nas outras fotos, sua expressão é habilmente arrogante — idêntica ao seu verniz normal, agora familiar. Mas nesta ela é o oposto: sincera, carinhosa, sensível.

Fecho o notebook.

Procurá-lo no Google foi uma péssima ideia.

16

Reid

Devo começar a filmar em menos de dois meses. Como consegui o papel principal convencendo a equipe de produção e o diretor de que eu podia ficar mais musculoso *e* fazer as cenas sem dublê, não posso estar apenas numa forma decente. Tenho que estar numa forma incrível. Meu personal trainer começa as sessões de tortura comigo amanhã de manhã, então a noite de hoje termina cedo.

Isso é chato, porque saí com meu amigo Tadd, colega de elenco de *Orgulho estudantil*, e ele vai voltar para Chicago amanhã. Nós nos encontramos para jantar e terminamos no bar do hotel dele depois.

— Você viu alguém desde maio? — ele pergunta depois que a garçonete, que está tentando ao máximo fingir que não sabe quem somos, deixa as nossas bebidas.

— Fui numa festa com o Quinton e encontrei a Jenna por acaso, numa premiação no mês passado. Ela está bem gostosa.

Tadd faz uma pausa, com o martíni a meio caminho dos lábios.

— Cara, a Jenna tem, tipo, dezesseis anos.

— Meu Deus, por que é que todo mundo fica me alertando sobre garotas menores de idade? Eu *sei*, tá bom? — Suspiro, passando a mão pelo cabelo e controlando meu temperamento. Por conta da questão Gabrielle-Dori, posso estar exagerando um pouco na reação.

— Calma, cara... não estou te acusando de nada. — Tadd se inclina com os cotovelos sobre a mesa. — Eu sei que você é mais esperto do que isso. — Ele dá um sorriso forçado. — Por mais que você seja um canalha babaca em outros assuntos.

Dou uma risada e balanço a cabeça.

— A Emma, né?

— Eu estava falando do fato de você ter acabado com o seu carro e quase se matado... mas, é, cara, você detonou com a sua vida amorosa também.

Ficamos em silêncio por um minuto, e sei que ele está esperando que eu pergunte o que ele sabe que vou perguntar.

— Você tem visto ela?

Ele se recosta e me dá uma olhada, como se estivesse analisando até que ponto eu aguento.

— Nos encontramos umas semanas atrás, em Nova York. Ela vai começar a estudar na NYU daqui a algumas semanas, mas se mudou pra lá no mês passado. Ela e o Graham, hum, não querem ficar separados o verão todo.

Imagino os dois juntos, esperando me sentir magoado, mas isso não acontece.

— Então esse lance está funcionando.

— Até agora, está. — Tadd toma um gole do martíni, verificando minha reação através da franja clara pendurada eternamente sobre seu olho direito. — Encontrei com os dois, na verdade. Eles parecem bem... tipo, eles *se encaixam*, sabe? Posso calar a boca, agora.

Dou de ombros e balanço a cabeça.

— Não. Fico feliz por ela estar feliz. — Surpreendentemente, percebo que estou falando sério. — E você, garanhão? Tem uma fonte regular ou ainda está partindo corações e bolas por todo o país?

Tadd se inclina de novo, com o rosto sério.

— Cara, conheci uma pessoa faz um mês e estou tão apaixonado que nem é engraçado. Estou, tipo, de quatro pela primeira vez na vida. É *doentio*.

— Mandou bem, Thaddeus. — Levanto o punho e ele dá um soco, radiante. — Quem é ele? — Eu me inclino. — Você vai tirar alguém do armário? Porque, se for, você sabe que pode confiar em mim.

— Não, ele é arquiteto. Tão absurdamente inteligente que fico pirado. Criativo, lindo, engraçado, sexy... — Ele fica perdido nos próprios pensamentos por alguns segundos.

— Tudo bem, tudo bem, para, senão vou ter que considerar a hipótese de virar gay, cara — digo, e ele ri.

— Brôu... mal conseguimos não nos pegar em público. Sempre me pareceu um pouco ousado... essa coisa de esconder. — Ele dá de ombros. — Nunca me senti assim. Quero andar de mãos dadas com ele, ou tirar o cabelo dos olhos dele quando ele está com um café numa das mãos e a coleira do cachorro na outra. — Sua boca se curva para cima num lado, enquanto ele encara a bebida. — É diferente quando você se apaixona.

Penso em todas as coisas que não valorizo. Posso agarrar uma desconhecida, beijá-la em público, e o pior que as pessoas vão pensar ou dizer é *leva pra casa*. Tadd está apaixonado, mas eles não podem dar as mãos na maioria dos locais públicos sem se preocupar com o que alguém pode fazer ou dizer.

— É um saco ser você, cara — digo, e ele finge que vai me dar um soco no braço. Eu me encolho e derramo parte da bebida na mesa. — Brôu!

Nós dois estamos rindo quando ele diz:

— E você? Alguém novo?

Balanço a cabeça.

— Nem queira saber.

— Ah, é? — As duas sobrancelhas se erguem enquanto ele se aproxima. — Ah, quero, sim. Quero *muito*. Manda ver, cara. É aquela garota da Habitat?

Malditos paparazzi.

— Aquela foi só uma garota desajeitada caindo da varanda.

Do nada, lembro das frutas caindo do céu, tão surreal, e da sensação dela nos meus braços quando a peguei. Seu rosto se incendiando enquanto ela se esforçava para me afastar. Quase fiz um comentário sarcástico sobre sua falta de graça, mas ela já estava tão humilhada que não consegui dizer nada. Em vez disso, a segui para dentro da casa.

Não sei o que eu esperava. Claro que eu não esperava beijá-la — aquilo foi totalmente espontâneo. Quando ela passou os dedos na minha cabeça para procurar pedaços perdidos de frutas, tive uma visão clara e rápida dela deitada sob mim na minha cama, suas mãos acariciando meu cabelo enquanto eu me abaixava para beijá-la.

— Planeta Terra chamando Reid. — A voz de Tadd é puro cinismo. Pisco e olho para cima, e ele balança a cabeça devagar. — Ah, sim. Não tem nada acontecendo *lá*. Nada mesmo.

Fui pego.

— É, bom, ela não está nem um pouco a fim de mim. Tentei beijar a garota e ela recusou de um jeito *enfático*, do tipo não-é-não. E depois desapareceu a semana inteira.

Tadd sorri e levanta a bebida na minha direção.

— Um brinde aos desafios, brôu.

Meu amigo pode ter razão. Talvez Dori só esteja bancando a difícil melhor do que qualquer garota que eu já conheci, e eu simplesmente fiquei preguiçoso.

Dori, um. Reid, zero.

Mas não por muito tempo.

Dori

Nick e eu estávamos planejando sair hoje à noite, mas ele se esqueceu da promessa de cuidar dos irmãos adotivos enquanto os pais levam sua irmã adotiva a San Diego para uma visita supervisionada à mãe biológica. Garanti a ele várias vezes que entendia completamente e aceitava numa boa o cancelamento de última hora.

Meus pais saíram com amigos.

— Bem, Esther, somos só eu e você hoje à noite — digo a ela, acariciando delicadamente atrás de suas orelhas caídas de spaniel, o único componente da raça que existe nela. O resto é uma mistura curiosa de, até onde conseguimos identificar, golden retriever, pastor-alemão e, talvez, dachshund. Ela é uma vira-lata legítima. — Vamos fazer sanduíches. — Pego os ingredientes na geladeira e na despensa e enrolo fatias de peito de peru para ela. Seu rabo bate com delicadeza enquanto coloco o prato na frente dela. — Quer picles pra acompanhar? Não? — pergunto enquanto ela pega cuidadosamente cada rolinho e o devora.

Em seguida deita ao meu lado no sofá (uma proibição que não vale quando estamos sozinhas) enquanto como meu sanduíche de pão árabe e zapeio pela TV a cabo. Nada parece interessante, então procuro entre as opções de pay-per-view. Estou no clima de ver alguma coisa fofinha. Nada de violência, nada de suspense, nada de duplas em perigo. Nada de drama histórico nem filmes de redenção-pela-dor-ou-pelo-sofrimento. Especialmente, nada que diga *profundamente comovente* ou *pegue um lencinho!* na descrição.

— Lá vamos nós, Esther: "Trey começa o último ano numa nova escola, com amigos atletas e garotas desmaiando por ele. As coisas ficam complicadas quando ele se apaixona pela tranquila e estudiosa Amanda, que se torna uma pária social depois de dedurar o esquema de cola dos jogadores de futebol americano, metade deles ser reprovada em inglês e o time perder o grande jogo do campeonato".

Esther vira de lado e coloca a cabeça na minha perna.

— Acho que temos um ganhador. — Clico em *comprar*, aperto play e pego um punhado de pipoca, pensando que eu deveria estar triste por Nick ter me dado um bolo. Por eu não ter tido tempo de fazer planos com mais ninguém. Por passar a noite de sábado sozinha. Mas estou bem. Estou mais que bem.

O filme é tudo que eu esperava. Até uns dez minutos, quando percebo que um dos atletas é Reid. Levo um susto, e Esther levanta a orelha de repente e olha ao redor, procurando a ameaça desconhecida.

Eu devia ter procurado a filmografia dele no IMDb ontem à noite. Tudo que eu sei dele são seus dois últimos papéis mais importantes. Este filme tem quase três anos.

Seu papel é insignificante, e ele passa a maior parte do tempo em segundo plano, mas, depois que o reconheço, fico olhando para ele ou esperando que ele apareça outra vez. O filme tem uma hora e cinquenta e sete minutos, mas levo quase o dobro do tempo para ver tudo, porque fico voltando e assistindo novamente a todos os momentos em que ele aparece na tela.

Numa cena de festa, vários casais aparecem se agarrando. Vejo Reid no lado esquerdo da tela, sentado numa poltrona, beijando uma líder de torcida, sentada com as pernas abertas no colo dele. A boca dos dois está grudada, mas observo as mãos dele — agarrando os braços dela, deslizando até a lombar, segurando-a como me segurou quando caí em cima dele. Volto a cena e a vejo pela terceira vez.

— Ah, carambola — sussurro, e Esther olha para mim e suspira.

17

Reid

Olaf é um monstro.

Acho que meu treinador não esperava que eu ainda estivesse em boa forma, apesar de eu ter dito a ele que estava trabalhando numa construção para a Habitat. Ele não é fã de fisiculturismo por meios naturais, por isso utiliza pesos, roldanas, elásticos e bolas de pilates para moldar seus clientes. Até onde Olaf sabe, exercícios não envolvem pintar, escavar buracos de cerca ou balançar uma marreta para quebrar uma rocha de cem quilos. Exercícios são feitos em ambientes fechados, enquanto um cara que poderia te quebrar ao meio com seus quadríceps duros como pedra te motiva com coisas do tipo:

— O que você quer ser quando crescer? Uma *menina*?

Acho que deixei o cara com raiva, exibindo meu tônus muscular mantido organicamente. Eu devia ter fingido fraqueza. Quando ele viu que eu estava preparado para o que ele tinha planejado, aumentou o fator de dor em vários níveis, no que só consigo supor que era uma tentativa de me matar, para ele poder me ressuscitar e me matar de novo.

Saí com John ontem à noite — *não* foi a melhor ideia, depois de uma sessão com Olaf — e apaguei no sofá dele por volta das duas da manhã. Eu o escuto roncando no quarto, a expiração parecendo uma mistura de buzina de caminhonete e o grito de acasalamento de uma morsa. Não tenho ideia de que horas são, mas, a julgar pela luz, ainda não é meio-dia. Todos os músculos do meu corpo doem, minha cabeça lateja, e não posso culpar ninguém, exceto a mim mesmo. E talvez o John.

Eu me arrasto até sua cozinha para fazer café, mas não tem. Maravilha. Não tem nada na geladeira além de cerveja, um pote de margarina praticamente vazio e caixas de delivery com frango agridoce e bife com castanhas, bem suspeitas, por sinal. Nada de leite. Nada de suco. A despensa tem uma caixa de cereais velhos e um pacote de Doritos igualmente velho. A cozinha deste lugar é de última geração, e essa é toda a comida que ela tem a oferecer? Que triste.

Faminto, não tenho escolha a não ser tomar banho e sair em busca de algo para comer. John e eu somos quase do mesmo tamanho, e pego emprestados uma camiseta e um short, apesar de que eu apostaria dez contra um que tem alguma coisa minha no closet dele que posso simplesmente pegar de volta.

Tem uma loja de bagels a poucos prédios de distância do de John. Quero bagels e cream cheese, mas Olaf está determinado a aumentar meus músculos e reduzir meu percentual de gordura corporal para perto de zero. Então tenho que chegar a um acordo — bagels e salmão defumado. Peixe tem proteína, certo?

Sair a pé ou sem um guarda-costas é sempre complicado. Fãs de Los Angeles ou Nova York têm menos probabilidade de cercar celebridades, mas está longe de ser inédito, e os paparazzi estão sempre de olho. Pego os óculos escuros e um boné (Lakers — tenho quase certeza de que é meu). Puxo a aba para baixo, pego a chave do apartamento de John no balcão e saio.

*D*ori

Estou ajudando na distribuição de café e donuts depois da escola dominical, esperando fazer efeito a cafeína da xícara que tomei enquanto arrumava as coisas. O café não é muito bom — mas a sra. K o compra no atacado num depósito mais barato, com creme em pó, guardanapos vagabundos e pratos molengas. Altas expectativas seriam irreais.

— Não tem de chocolate com granulado? — O sr. Goody, o paroquiano mais antigo da igreja, franze a testa para mim do outro lado do bar onde estou, completamente desnorteada. Seu olhar passeia pelas diversas caixas abertas de donuts variados.

— Hum, não... Só temos o que está aí. Tem alguns de chocolate com nozes...

— Nozes? Meu Deus, não! — Ele pega um simples com cobertura de açúcar e me olha furioso, como se eu tivesse sugerido uma massa coberta de lama.

— *Humpf.* — A sra. Perez olha para as costas dele enquanto ele se afasta. — Quem não gosta de nozes?

— Talvez ele seja alérgico — sugiro.

— Alérgico a ter *bons modos*. — Ela ajeita a pilha de guardanapos com espessura mínima enquanto verifico meu celular. A luz de mensagem está piscando.

> **Kayla**
> Eu e a Aimee vamos ver Orgulho estudantil de novo. Quer ir? Vamos lá, você sabe que quer.

Orgulho estudantil, o mais recente sucesso de bilheteria de Reid. Meus batimentos falham. Depois de estar afastada dele por cinco dias, minha paixonitezinha idiota está *pior*. Como isso é possível?

Definitivamente eu devia dizer "não". A última coisa que preciso ver é um filme com Reid como *protagonista*.

> **Dori**
> Claro, vem me pegar, vou estar em casa à uma.

Às vezes, acho que meu pai consegue ler a minha mente. No primeiro ano, eu era *muito* fã da Hello Kitty. Um dia, Annabelle Hayes foi para a escola com um pacotinho de lápis de cor da HK. Durante o recreio, eu o peguei da mesa dela. Naquele domingo, meu pai pregou sobre dois pecados: cobiça e furto. Quando comecei a chorar no banco da igreja, minha mãe me levou para o banheiro, achando que eu estava doente. Na verdade, eu era uma criança de seis anos com um complexo de culpa fácil de analisar.

O sermão do meu pai hoje de manhã: *tentação*. Quando seus olhos encontram os meus, imagino que ele sabe de todos os pensamentos errantes na minha cabeça em relação a Reid. De jeito nenhum meu pai poderia saber, mas lá está ele, detalhando como identificar a tentação e resistir a ela. Querendo prestar atenção e fazer anotações, clico a caneta e abro o pequeno caderno que mantenho na bolsa.

E aí não consigo parar de pensar nas mãos de Reid no meu cabelo e na minha cintura, me empurrando para a parede, seus lábios roçando na minha bochecha enquanto eu virava o rosto.

Não existe motivo lógico para minha incapacidade de parar de pensar naquele quase beijo. Nenhum motivo mesmo. *Especialmente no meio do culto.*

A página do meu caderno ainda está em branco no fim do sermão.

18

Reid

Dori pareceu surpresa, mas satisfeita, no dia em que levei um latte de soja para ela (depois de ouvi-la dizer a alguém por telefone na tarde anterior que ela estava com vontade de tomar um), então acrescento isso à minha compra de café da manhã. Só para desestabilizá-la, levo a mesma coisa para Gabrielle.

Quando chego lá, as duas estão no futuro quarto de Gabrielle, que pintamos num tom de rosa de revirar o estômago. As peças do ventilador de teto estão espalhadas de maneira organizada no chão: porcas, parafusos e lâminas de ventilador em pilhas arrumadas. Dori lê as instruções enquanto Gabrielle fica em pé, de braços cruzados, parecendo entediada — até me ver.

— Reid! — Ela fica radiante.

Por uma fração de segundo, desejo que Dori ficasse tão entusiasmada com a minha presença, mas não: seu disfarce inabalável de indiferença é um aspecto importante do seu desafio. Ela não levanta o olhar, mas está muito consciente de mim — as mãos agarram o manual de instruções com força suficiente para amassar as bordas, as orelhas quase da cor das paredes.

Pego meu macchiato de caramelo na bandeja, abafo uma risada pela expressão apreensiva de Dori e me concentro em Gabrielle, que faz uma careta quando falo na soja.

— Tem calda aí dentro? — ela pergunta, esperançosa.

— No latte? Hum, não...

— Tenho certeza que a Roberta tem uns sachês de açúcar — interfere Dori. Seus olhos vêm rapidamente até os meus e fogem. Gabrielle me dá um abraço entusiasmado (Dori franze os lábios, mas não faz comentários) e sai em busca de açúcar.

— Vamos lá, Dori... a primeira dose é sempre de graça.

Ela aceita, relutante, o copo que estendo e diz "Obrigada" como se precisasse de um esforço hercúleo para isso.

Em seguida analisa as instruções e beberica o latte enquanto eu a observo em silêncio. Ela está usando a camiseta vermelha desbotada da MCDB de novo, mas hoje seu elástico de cabelo combina com a blusa, e ela usa brincos de argola prateados. E aquilo ali na sua boca é *gloss*? Comportamento interessante e atípico de Dori.

No dia em que comecei a trabalhar aqui, assumi, idiotamente, que levar Dori para a cama não exigiria esforço, e logo em seguida concluí que não ia perder meu tempo ficando com ela. Será que ela sentiu esse veredito mental vaidoso e decidiu me fazer pagar por ele?

— Essa não é a primeira *dose* pra mim, sabia? — Ela obviamente hesita em usar o jargão de viciados, mesmo de brincadeira.

— Humm. Acho que você está me devendo, então.

Ela não responde, só coloca o copo no peitoril da janela e dá uma última olhada nas instruções. Armada com uma chave de fenda, pega o componente mecânico volumoso e sobe na escada, bem abaixo do buraco cortado no centro do teto. Ao observá-la, entendo que ela tem que ligar os fios antes de poder prender o motor na caixa elétrica no teto. Ela equilibra o negócio volumoso na mão direita enquanto junta os fios com a esquerda, pegando proteções no bolso e afixando-as nos fios ligados.

No meio do caminho, ela se atrapalha com o motor e quase o derruba. Então exclama:

— Picolé!

Subo atrás dela e pego o peso do motor, mas não consigo evitar de rir. O que ela quer dizer com *picolé*? Já a ouvi dizer *carambola* — um substituto mais óbvio. Estou começando a achar que ela simplesmente fala o primeiro nome de comida que lhe vem à cabeça.

Sem dizer uma palavra, ela conecta a fiação.

Se eu não estava consciente de sua proximidade antes, estou agora. A leve pressão do corpo dela no meu e seu aroma doce inesperado me deixam abrupta e totalmente consciente dessa proximidade. Ficar em pé no degrau abaixo do dela deixa minha boca no mesmo nível de sua orelha.

— Que cheiro bom. O que você está usando?

A respiração dela fica fraca, de ameaça ou desejo.

— Desodorante.

Dou uma risada suave, inspirando com cuidado.

— Hum, não, alguma coisa a mais do que isso, acho.

— Eu... eu não sei. Loção? Acho que alguma marca de farmácia.

Ela não sabe? Minha mãe e todas as garotas que já namorei, incluindo Emma, coordenavam loções, talcos e colônias. Se perguntassem, qualquer uma delas teria dito qual essência estava usando sem pensar.

— Não, é parecido com bolo, ou alguma outra coisa comestível. — Encaro os pelos finos da sua nuca, o pequeno lóbulo da orelha esquerda, a argola prateada que o atravessa, os cílios escuros de perfil. Ela fecha os olhos, como se estivesse tonta.

— Hum, tudo bem. — Ela abre os olhos e vira um pouco na minha direção. — Reid, eu... quero descer agora.

Salto do degrau para o chão, estendo a mão para cima e a trago devagar até o solo, minhas mãos se demorando em sua cintura. Ela segura a parte superior dos meus braços, sem soltar quando seus pés tocam o chão. Parece que estávamos dançando e alguém apertou o botão de pausa. O bom senso me diz para não tentar beijá-la outra vez. Ela ainda não está pronta. Então ficamos parados ali, nos encarando, imóveis e em silêncio.

Ela já está cedendo território; está nos seus olhos. Disfarço um sorriso pelo conflito que percebo nela, porque ela está inspecionando cada nuance de emoção no meu rosto, procurando alguma coisa que possa revelar minhas intenções.

— Oi. — A voz de Gabrielle nos surpreende. Momento perfeito.

Solto as mãos enquanto Dori dá um pulo para longe de mim. Viro para pegar meu copo de onde o coloquei, sobre a pilha de lâminas do ventilador. Então digo "Até mais", dando uma piscada sorrateira para Dori e batendo o punho no de Gabrielle ao sair.

Dori

Se eu conseguir aguentar mais uma semana, nunca mais vou precisar vê-lo.

O motor do ventilador era pesado e desajeitado, e eu devia ter esperado a ajuda de Gabrielle para prendê-lo no teto. Mas eu senti os olhos dele em mim no instante em que ele entrou no quarto, e não consegui fingir que estava lendo as instruções nem mais um minuto.

De repente, meu coração estava martelando por quase deixar cair aquele motor idiota e, no seguinte, ele já estava atrás de mim, rindo pela minha escolha de palavrão-que-não-é-palavrão enquanto pegava o motor e o segurava no ar como se não pesasse nada. Eu o teria repreendido por quebrar a regra de uma-pessoa-na-escada, mas não conseguia falar.

Seu peito pressionou as minhas costas enquanto seu braço me envolvia, seu bíceps duro nas minhas costelas, roçando levemente no meu peito. Eu me estiquei para cima, os braços ardendo, e trabalhei para conectar a fiação o mais rápido possível. Depois que a peça estava acomodada no teto, achei que ele recuaria. Em vez disso, ele continuou onde estava, nossos corpos conectados, de leve, em vários pontos importantes. E aí ele me disse que eu estava cheirando bem.

Presa na escada, tudo que eu podia fazer era fechar os olhos e me concentrar. *Respira. Respira. Respira.* Até que suas mãos estavam na minha cintura, me descendo da escada como se eu fosse uma pluma.

Nunca fiquei tão feliz de ver Gabrielle.

Depois que Reid desaparece, digo a ela para levar a caixa dos ventiladores para os quartos dos irmãos e dos pais, para os instalarmos antes do almoço. Isso deve me dar tempo para prender as lâminas do ventilador e me recuperar do que ele acabou de fazer comigo.

19

Reid

Javier, um dos novos voluntários, é membro de uma fraternidade que vai estar aqui esta semana: Pi Kappa alguma coisa. Acho que ele decidiu que seremos melhores amigos durante esse período. Temos a mesma idade, mas a maior parte do tempo parece que estou conversando com uma criança.

Durante o intervalo do almoço, eu o divirto com histórias de celebridades — os sites, as estrelas, as festas, as cartas de fãs —, enquanto ele observa com curiosidade todos os fotógrafos parados nos pátios vizinhos.

— Quer dizer que pode ter fotos *minhas* em sites de fofocas de celebridades? Tipo, amanhã?

Não consigo evitar uma risada — as celebridades fazem de tudo para evitar o assédio dos paparazzi, mas Javier está adorando a ideia.

— Provavelmente vão estar no ar hoje à tarde, se não daqui a meia hora — digo a ele.

Ele tira o celular do bolso e começa a digitar uma mensagem.

— Sério? *Maneiro*. — Aposto dez contra um que ele está mandando mensagem para um amigo verificar os sites para ver se ele já apareceu em alguma foto. Um caso extremo de photobomb. — Então, tipo, o que você faz com essas fotos que as garotas te mandam? Você, sabe como é, liga pra uma dessas gostosas e sai com ela?

Balanço a cabeça.

— De jeito nenhum. As fotos mais, hum, *picantes* não chegam até mim... Meu correio e meu e-mail têm filtros. Só recebo as fotos de roupa. E as cartas do tipo "Você é um deus" e "Acho que você devia ter ganhado um Oscar", e não as merdas do tipo "Você é péssimo" e "Eu queria que você morresse". Meu agente rasga ou apaga tudo que não serve. — Pegamos um prato para cada um e vamos em direção à comida.

— Até as gostosas que tiram fotos peladas? *Por quê?* — Javier está horrorizado.

— Porque fotos de garotas de quinze anos peladas *não* são algo que eu queira guardar, mesmo que elas *digam* que têm dezoito.

— É, acho que não. — Ele faz uma careta, mas não parece convencido.

— Oi, Reid. — Falando na diaba menor de idade.

— Oi, Gabrielle. Esse é o Javier.

Os olhos dele se arregalam um pouco, analisando-a. Ela sorri e gorjeia:

— Oi. — Enquanto ele a analisa, ela vira para mim. — Então, o *namorado* da Dori apareceu de novo. Meu Deus, ele é tão *chato*.

Namorado?

— Quê?

Ela pisca inocentemente.

— O namorado dela, o Nick... ele esteve aqui uma semana atrás, mais ou menos. Vou me matar se tiver que trabalhar com os dois *a tarde toda*. — Ela olha de relance para a porta dos fundos. — *Meu Deus*, lá estão eles.

Estou encarando quando Dori gruda o olhar no meu. *Nick* é o cara que estava sentado ao lado dela durante o almoço na primeira semana.

Aquele com péssima habilidade para conversar. Ela rompe o contato visual comigo e vira para guiá-lo até a fila, com a mão no braço dele enquanto ele tagarela sobre alguma coisa. *Esse* cara é o namorado dela? Só pode ser uma brincadeira de merda. Parece que ele acabou de sair de uma comédia de nerds, em que faz o papel do cara que sempre consegue destruir as próprias chances de ficar com *qualquer pessoa*.

E aí eu me pergunto se a Dori sente tesão por nerds, porque já ouvi dizer que algumas garotas são assim.

Javier convida outro cara de fraternidade para se juntar a nós. Sentamos todos na borda da varanda para comer, e Gabrielle está vermelha e falante, curtindo a proporção entre homens e mulheres. Javier e seu amigo, Kyle, estão mais do que felizes de conversar com ela e, embora eu pareça fazer o mesmo, estou observando Dori e *Nick*.

Os sorrisos dela parecem verdadeiros, e sua linguagem corporal está relaxada; quando os joelhos se encostam ou ele se inclina para dizer alguma coisa, ela não recua nem fica com vergonha. Ele não é bonito, mas não é repulsivo. Só que não há uma química observável entre eles, nem mesmo toques comedidos, e ela fica olhando sorrateiramente na minha direção de vez em quando, enquanto eu pareço concentrado no que Gabrielle está falando.

O almoço está quase no fim quando Dori me olha de novo, e desta vez eu também a encaro. Seus olhos se arregalam quase imperceptivelmente e, enquanto ela retribui meu olhar, conto cinco longos segundos. Quando um sorriso lento atravessa o meu rosto, ela volta a atenção para o namorado — se é que ele é isso mesmo — e não olha de novo para mim.

Dori

Minutos depois de Reid sair do quarto hoje de manhã, Nick apareceu, determinado a compensar por ter cancelado nossos planos no sábado e estragado a minha noite. Quando garanti que ele não fez nada disso, ele abaixou a cabeça, tímido, e admitiu que só queria uma desculpa para me ver, e, se só fosse necessário um pouco de trabalho braçal, ele estava disposto a isso. Ele é tão sincero e doce que desejei, pela centésima vez, sentir mais por ele do que uma admiração intensa pelo seu caráter e uma leve atração pela sua pessoa.

Gabrielle estava sendo a garota irritante de sempre a manhã toda, mas, com Nick me ajudando, achei seus suspiros atormentados até engraçados. Tive que morder o lábio para não rir alto durante a primeira interação entre os dois.

Enquanto eu prendia os espelhos dos interruptores, Nick estava na escada, conectando a ventilação do aquecimento e do ar-condicionado.

— Ei, Gabby, pode me alcançar aquelas chaves de fenda, por favor?

— Meu. Nome. É. *Gabrielle*. — Ela olhou furiosa para ele, as mãos se fechando em punhos na lateral.

Nick piscou com seu tom veemente, depois sorriu.

— Ah, desculpa. *Gabrielle*, por favor, me alcança aquelas chaves de fenda?

Ela girou nos calcanhares, pegou o pacote no chão e o colocou com raiva na mão aberta dele.

— *Meu Deus* — ela disse bem baixinho.

— Obrigado, Gabrielle. — Ele sorriu de novo, o que pareceu deixá-la ainda mais furiosa.

A presença de Nick me ajuda a ficar concentrada no trabalho, mas não inibe as cenas do filme de Reid, que não param de girar na minha cabeça desde ontem à tarde. Eu não sabia nada sobre *Orgulho estudantil* antes de ver, enquanto Aimee e Kayla tinham decorado algumas partes. A ideia era meio boba — uma adaptação atual de *Orgulho e preconceito*, ambientada numa escola de ensino médio —, mas escalar Reid como um Will Darcy arrogante foi genial. Sua autoconfiança natural era fácil de perceber nas cenas quentes entre Reid e sua colega de elenco, Emma Pierce. E, quando ele a beijou, eu juro que senti. *Argh*.

Quando saímos para almoçar, minha atenção se voltava para ele constantemente, sentado com Gabrielle e dois voluntários de fraternidade da UCLA.

Nick estava falando sobre uma viagem missionária que ele fez no início do verão para Honduras.

— ... porque cinquenta por cento da população vive abaixo da linha de pobreza... Dá pra imaginar?

— Hum, uau, que horrível. — Meus olhos foram para o outro lado da varanda. Na primeira meia dúzia de vezes que olhei, Reid não percebeu. Mas, naquela última vez, seus olhos azul-escuros grudaram nos meus. Meus batimentos aceleraram. E aí sua boca se ergueu num dos lados, e eu não tive escolha a não ser desviar o olhar.

Encarei os olhos de Nick, agradecendo por sua voz reconfortante, seu sorriso gentil. E lutei contra o impulso magnético do garoto sentado do outro lado do pátio, que é tudo de que eu não preciso e não devo querer.

* * *

Fico acordada até tarde, fazendo uma lista das coisas que tenho que levar para minha viagem missionária, quando Deb liga. Assim que atendo, ela diz:

— Dori, ele me beijou — parecendo a garotinha alegre que nunca foi, em vez da mulher capaz e independente que conquistou o título de doutora dois meses atrás.

— Quem... o velho Doc Bradford? — Não consigo evitar de provocá-la.

— Ele tem trinta e um!

— Hum, trinta e um é razoável, suponho. — Sei que ela percebe o sorriso na minha voz. — E quando aconteceu esse encontro romântico? Achei que você estava trabalhando vinte e quatro horas por dia, sete dias por semana.

— Ele me pegou ontem à noite no intervalo do jantar, perto das dez e meia. Só tínhamos uns vinte minutos, então ele trouxe hambúrgueres, estacionamos nos fundos do hospital e conversamos.

— Conversaram, é? — Deixo a lista na minha mesa e deito na cama. Meus peixes no teto estão imóveis, esperando o ar-condicionado ser ativado.

— Ele me disse que quer ter certeza de que eu sei o que ele sente por mim, já que não podemos demonstrar na frente de ninguém no hospital. Qualquer fofoca pode virar um inferno, mesmo ele não sendo meu supervisor direto.

— E como Doc Bradford se sente em relação a você?

Minha irmã lógica e analítica *dá uma risadinha*, e eu cubro a boca, esperando a resposta. Faz muito tempo que ela não fica tão interessada em alguém.

— Ele gosta de mim. Muito, ele disse.

— E se alguém descobrir? Ou se ficar sério? Quer dizer, vocês não podem fingir que não se conhecem durante toda a sua residência médica.

— Perguntei pra ele sobre alguém descobrir. Ele disse que já aconteceu. Contanto que não haja relacionamento de supervisão, o pior que pode acontecer é recebermos um sermão. — Ela não responde à segunda pergunta.

— Minha irmã mais velha, se escondendo pra beijar garotos em estacionamentos? Estou chocada! Detalhes, por favor.

— Eu tinha que voltar pra dentro, então falei que podíamos andar até lá, e ele disse de jeito nenhum, que não queria desperdiçar os últimos dois minutos comigo. Aí ele se aproximou e tocou meu rosto, e nós nos movemos em direção um ao outro, e, bem...

— Não me deixa na expectativa! Como foi? Fazia, tipo, uns dez anos que você não beijava um cara, né?

— Ha. Ha. Muito engraçadinha. Acho que fazia um tempo, mas beijar o Brad foi simplesmente *perfeito*.

O ar-condicionado entra em ação, e meus peixes começam a balançar.

— Por favor, me diz que você se atrasou *um pouquinho* pra voltar.

— Um pouquinho. — Ela suspira, e eu sei que ela está revivendo tudo. — Tenho que voltar pro trabalho. Mas precisava te contar.

— Adorei você ter me contado. Vou orar pra vocês não serem pegos. — Rimos e nos despedimos, e fico deitada ali, sorrindo, por mais alguns minutos. Até meus pensamentos voltarem para Reid e o beijo que não aconteceu. Talvez eu devesse ter deixado que ele me beijasse, antes de empurrá-lo.

Mas, se eu o tivesse deixado me beijar, talvez não fosse capaz de empurrá-lo.

20

Reid

Pouco antes de eu ir embora ontem, Darlene me falou que fui designado para trabalhar com Dori pelos próximos dois dias, para ajudar a terminar os closets e a despensa.

— Isso significa que a Gabrielle vai estar fora na terça e na quarta?

A resposta foi seu melhor olhar semicerrado, enquanto Frank, passando por trás de nós para lavar as mãos, não se conteve tanto.

— Filho, você devia ter umas lições de quando manter seus pensamentos só para si. Sabe, as mulheres estão sempre dizendo que querem diálogo e sinceridade, mas isso só acontece porque elas não sabem todas as porcarias idiotas que nós, homens, pensamos na maioria das vezes. Um cara mais inteligente, como eu, consegue manter o mistério sabendo quando calar a boca.

— *Humpf* — Darlene resmunga, dando um sorriso forçado.

***

Dori está tirando tábuas de um metro e oitenta do depósito de material quando chego com seu latte. Apesar de menos surpresa do que ontem, ela ainda está cautelosa. Passo a ponta dos dedos sobre os dela quando lhe entrego o latte. Ela me olha quando finjo interesse na treliça que Frank está instalando, do outro lado do quintal.

— Então essas tábuas precisam ser pintadas antes de ser colocadas nas prateleiras, certo? — Quando olho para ela, Dori coloca o copo sobre uma pilha de ardósia irregular e volta a descarregar as tábuas.

— Hum, isso.

Esta manhã, ela está usando uma camiseta branca que caberia num linebacker, e nas costas tem o que imagino ser o nome da sua igreja e o tema da EBF: "Nas mãos de Deus". Na frente, tem um desenho infantil do globo, coberto com manchas azuis e verdes. No círculo Ártico, ilogicamente verde, crianças desenhadas como bonecos de palito de todas as cores (incluindo roxo). A Terra flutua sobre duas mãos enormes.

Dou a ela meu café.

— Segura o café e me deixa fazer isso. — Pego uma pilha de tábuas. — Aonde vamos com isso?

— Primeiro, temos que cortar no tamanho certo. Já tirei as medidas. — Ela pega uma folha de papel no bolso de trás, segura o próprio latte e me leva até a serra circular.

Enquanto carrego o restante das tábuas, ela as mede e marca, liga a serra e começa a cortar. O processo parece bem simples e, depois de alguns minutos, não estou satisfeito de ficar parado olhando, então peço para ela me mostrar como fazer.

Cortamos as duas primeiras tábuas juntos. A sensação das palmas dela nas costas das minhas mãos, guiando-as com firmeza, é como uma corrente pulsante. Quase me sinto embriagado, parado perto o suficiente para inspirar seu aroma sutil e familiar, combinado com tábuas passando por uma serra barulhenta que poderia arrancar minha mão numa fração de segundo de desatenção. O viciado em adrenalina em mim está empolgado.

Enquanto corto as últimas tábuas sozinho, meus ouvidos se ajustando ao ruído penetrante enquanto a lâmina mastiga a madeira, ela lixa as bordas ásperas dos produtos terminados. Uma parte do solo e da cerca foi protegida com lona no local onde estamos fazendo a pintura. Ela leva várias tábuas menores, e eu a sigo com as maiores.

— Coloca ali; vamos pintar com spray.

— Parece divertido. — Ela olha para mim, sem saber se estou sendo irônico. Viro para pegar o restante, deixando-a adivinhar. Mantendo o mistério vivo, como diria Frank.

Dori pega o spray de pintar e cobre rapidamente a primeira tábua com passadas regulares, deixando uma superfície branca macia. Ela me entrega o spray.

— Começa de cima e vai devagar, de um lado para o outro. — Miro na tábua e aperto o gatilho bem quando ela diz: — Vai mais pra trás antes!

Basicamente lanço toda a tinta num ponto só, de modo que fica uma merda — e, para completar, já que estou segurando o spray muito perto da superfície reta, Dori e eu acabamos com tinta espalhada por toda parte, exceto onde os óculos e as máscaras de proteção cobrem nossos olhos e boca. Ela pisca para mim por trás dos óculos enevoados de tinta. Tem tinta no cabelo, na blusa e em cada centímetro de pele visível.

— Ops. — Minha voz está abafada pela máscara. Espero raiva ou, pelo menos, irritação, mas ela olha para o meu rosto e cai na gargalhada, e eu também, e em pouco tempo chamamos a atenção de todo mundo, incluindo a dos fotógrafos, instalados no quintal da vizinhança.

Ela balança a cabeça, puxa a máscara para baixo e a deixa pendurada no pescoço.

— Você tem que aprender tudo do jeito mais difícil, né?

Dou de ombros.

— Prefiro chamar de aprender pela experiência.

Ela ri de novo e revira os olhos.

— Ah, bom, nesse caso, longe de mim interromper seu processo de aprendizagem. Na próxima vez, por favor, me avisa, pra eu usar uma cobertura de plástico dos pés à cabeça enquanto você estiver aprendendo. — E faz um sinal de aspas no ar quando fala *aprendendo*.

— Sim, chefe. — Dou um passo gigantesco para trás, e ela também, quando levanto o spray. E aí ela dá outro passo, colocando a máscara enquanto eu murmuro "Engraçadinha" por baixo da minha.

Quando termino, ficamos analisando as tábuas, bebericando o café, a máscara ao redor do pescoço e os óculos de proteção na testa. Ela olha para mim e sorri para o meu cabelo, que está espetado para cima por trás dos óculos de proteção. Eu os empurro para trás, para eles ficarem como óculos escuros no topo da cabeça, e aponto para a blusa dela.

— Então, qual é a história da apresentação na EBF? A Roberta disse que você estava encarregada de um programa musical e que na semana passada você não veio por causa disso.

Ela me observa por cima da tampa do copo.

— São só algumas músicas pra turma do jardim de infância. Pra Noite dos Pais.

— Você está ensaiando as crianças? — Quando ela faz que sim com a cabeça, digo: — Não sei nada sobre crianças dessa idade, exceto que já fui uma delas. Foi o que ouvi dizer. — Ela sorri, e eu percebo as sardas que ficaram protegidas da névoa de tinta pela máscara e pelos óculos de proteção. Espalhadas pela ponte do nariz, elas são meio bonitinhas, na verdade. — Você frequenta essa igreja regularmente? Eu nunca fui muito; meus pais não gostam muito de religião.

Seu sorriso enfraquece, e seu olhar foge e volta.

— Frequento, sim. — Ela toma mais um gole. — Meu pai é o pastor.

Uau. Eu não esperava por essa.

— Ah. E qual percentual dessa missão da EBF é você se voluntariando e você *sendo* voluntariada?

Ela não hesita.

— Ah, eu adoro ensinar as crianças a cantar. É a coisa mais recompensadora que eu faço. — Seus olhos desviam de novo.

— Achei que tentar *me* reabilitar era sua coisa preferida. — Eu não esperava fazê-la corar, mas suas orelhas ficam vermelhas por baixo da tinta.

Dori

Não posso responder a esse comentário, é claro — ele foi feito para me deixar mais constrangida pela nossa discussão anterior, sobre ele precisar ou querer ser reabilitado e se eu o considerava digno da tarefa ou não. Ou ele me perdoou por aquelas palavras enfurecidas ou já se esqueceu delas.

Acho que ele raramente esquece alguma coisa.

Terminamos de pintar a primeira camada nas tábuas, e, no almoço, os fãs de Reid da fraternidade se juntam a nós. Hoje há quatro grupos ao redor dele. Penso em sentar com Roberta, Darlene e Frank, mas eles estão discutindo netos e impostos sobre propriedade e, por algum motivo, eu só quero sentir que tenho dezoito anos hoje.

— Então, como é ser *você* numa festa? Aposto que você pega todas as garotas — um cara chamado Javier pergunta a Reid, que abre espaço para mim no canto da varanda.

— Não posso reclamar — ele responde, seus olhos alcançando os meus por uma fração de segundo.

Javier se aproxima.

— Alguma delas já resistiu a você? Te recusou?

Reid ri.

— Claro.

— Mas não é sempre — diz outro cara, Kyle.

Reid dá de ombros.

— Acho que não.

Estou repensando meu desejo de ser uma garota de dezoito anos *e* minha decisão de sentar com esse grupo específico de garotos quando um deles, que está do meu outro lado, estende a mão:

— Oi, sou o Trevor.

Aperto a mão dele.

— Dori.

Ele se inclina para a frente, falando baixo:

— Não liga pra esses caras... São um bando de idiotas sem *nenhuma* educação.

Dou uma mordida no meu sanduíche em vez de responder, curiosa em relação à próxima pergunta nada a ver de Kyle para Reid. (Juro que acabei de ouvir a palavra *peitão*.)

Trevor pigarreia, abafando o que Kyle está dizendo.

— Quer dizer que você também é uma celebridade?

— Hum, *não*.

— Ah, tudo bem. Eu só notei que vocês parecem próximos. — Ele inclina a cabeça na direção de Reid.

— Ah. Não. — Aceno como se quisesse dispensá-lo. — Simplesmente estamos trabalhando juntos desde que ele chegou aqui. E aí, o que você está estudando? UCLA, né?

— Isso. Matemática aplicada. — Ele tira os óculos e esfrega uma mancha da lente com a ponta da camisa. — E você?

— Vou começar em Berkeley no outono. Ciências sociais.

Suas sobrancelhas se erguem.

— Berkeley? Legal. — Ele dá uma risadinha. — Ciências sociais, é? — Fico irritada, porque já aturei reações horrorizadas em relação à minha escolha de profissão vindas de todo mundo, desde meus avós maternos até colegas de turma. Ele coloca os óculos e diz: — Eu não queria dizer do jeito que soou. Só estava pensando que todo mundo sempre fica horrorizado com a minha escolha, como se fosse difícil demais e tudo, mas quando ouvi "ciências sociais" pensei que *isso* sim parece difícil.

Anuo.

— Minha irmã acabou de se formar em medicina, então quase tudo fica fácil em comparação a isso.

Ele enche as bochechas e sopra o ar.

— Ah, cara, tem razão. Meu colega de quarto está fazendo odonto, e ele estuda sem parar... Algumas noites eu vou dormir e ele está estudando, então eu acordo e ele continua estudando. Sua irmã trabalha por aqui?

— Ela acabou de começar a residência médica. Em Indiana.

— Legal.

Javier e outro fã fazem um high-five, e Javier diz para Reid:

— Brôu, sim. Eu queria *muito* ser você. — Olho de relance para Reid, que está sorrindo e balançando a cabeça. Tenho certeza de que não quero saber o que ele acabou de admitir.

— Então, por que ciências sociais? — Trevor aponta para a casa. — Sei que você é uma habitual por aqui, então você deve saber que está entrando num campo desafiador.

Concordo com a cabeça.

— Não sou sonhadora em relação a isso. Meu pai é pastor, minha mãe é enfermeira obstétrica e trabalha principalmente com mulheres pobres, então acho que tenho uns sentimentos de obrigação em relação ao que posso fazer pela minha comunidade. Muitas pessoas que planejam estudar ciências sociais falam sobre todas as pessoas que vão ajudar, mas o mais frequente é você salvar uma pessoa enquanto perde nove. Pode ser um campo bem desestimulante se você não for realista em relação às possibilidades.

Ele assente.

— Parece que você considerou todos os pontos de vista. Acho que o mundo precisa de mais pessoas como você.

Viro para pegar minha bebida e esconder meu sorriso envergonhado.

— Obrigada. Então, por que matemática aplicada?

Ele sorri, e uma covinha aparece na bochecha direita.

— Bem, eu sou *muito* bom em matemática.

O restante do almoço passa enquanto discutimos disciplinas da faculdade, a vida no alojamento e entrar para uma fraternidade, o que tenho certeza de que *não* é para mim, apesar de ele insistir que eu seria perfeita na liderança de uma.

— Tipos eruditos também são necessários. Confia em mim... eu *sou* um desses.

Quando nos levantamos para jogar fora o lixo e voltar ao trabalho, ele diz:

— Foi legal te conhecer, Dori. Boa sorte em Berkeley e, você sabe, em salvar dez por cento do mundo. — Ele pisca para mim antes de sinalizar para os companheiros de fraternidade o seguirem para dentro.

Raramente me paqueram tão abertamente. Exceto Reid, quando quer se divertir me torturando. Mas isso não conta.

21

Reid

Aprendi mais sobre Dori em quinze minutos escutando escondido sua conversa com o geek da matemática do que durante todo o tempo em que estamos trabalhando juntos. O pai dela é pastor, a irmã é *médica*, a mãe é *enfermeira* que trabalha com grávidas carentes, e Dori pretende ser *assistente social*. Ela deve ter sido criada com essa mentalidade de servir à sociedade desde que nasceu. Ela é tipo... o meu oposto. Durante uns dois segundos, quero ir para casa e abraçar meus pais.

E as orelhas de Dori fizeram aquela transformação cor-de-rosa. Até aquele ponto, eu estava apenas observando o tal de Trevor flertar com ela. Foi engraçado até as orelhas dela começarem a pegar fogo. Merda. Agora estou sendo territorialista em relação a fazer suas *orelhas* mudarem de cor? Que diabos.

Depois de jogar o lixo, procuro Dori no quintal e a vejo andando em círculos, falando ao celular. Pego duas garrafas d'água e vou até as tábuas das prateleiras, que precisam de uma segunda camada de tinta.

— Não, quer dizer, claro que quero te ver. — Sua voz atravessa alguns passos entre nós. — Podemos não fazer isso agora? — Ela para de andar em círculos. — Não, você não está fazendo nada de errado.

Ela fica em silêncio por mais alguns minutos e volta a andar em círculos depois de olhar para mim. Eu preparo o spray de tinta, fingindo que não estou escutando.

— Nick, eu nem sei se sou capaz. — Ela fecha os olhos com força, forma um punho e bate na própria testa três vezes. — Eu não sei por quê. Tem alguma coisa errada comigo. Está faltando alguma coisa.

Em seguida abre os olhos e passa as costas da mão no rosto. Ela está terminando com o cara? É tipo um acidente horroroso. Não consigo desviar o olhar.

— Nós vamos pra faculdades diferentes, e você vai encontrar alguém que vai ser tudo que você quer e merece. Só que eu não sou essa garota. Nunca fui. — Ela vasculha os bolsos vazios, procurando um lenço de papel, eu acho. Então vira para entrar na casa, e eu não posso segui-la sem dar *realmente* na cara.

Quando ela volta, estou pintando as tábuas. Seus olhos estão vermelhos, mas não de um jeito desagradável.

— Ah — diz ela, sorrindo um pouco. — Você já começou. Obrigada.

Dou de ombros.

— Sem problemas. — Desligo o motor do spray e a analiso por alguns segundos. — Quer conversar sobre isso? — pergunto. Ela balança a cabeça, e eu lhe passo a garrafa d'água. — Qual é a próxima, chefe?

Ela engole metade da água, depois diz:

— Você sabia que "chefe" é como os caras na cadeia chamam os guardas e oficiais?

Na verdade eu sei disso, mas levanto as sobrancelhas, fingindo surpresa.

— Não diga.

Ela revira os olhos, suspirando, o sorriso ficando mais largo.

— Por que você não termina de pintar, seu condenado, e eu vou lá pra dentro e começo a preparar os closets para receber as prateleiras?

Ligo o spray de novo.

— Já me chamaram de coisa pior, sabia?

Ela ri, e isso é incompatível com o rosto manchado de lágrimas, mas, de algum jeito, é atraente.

— Não diga — ela zomba, e não posso deixar de rir.

Dori

— Tenho uma pergunta — ele diz, pouco antes de irmos embora.

Estamos levando as tábuas pintadas para dentro, para começar a instalar as prateleiras de manhã. Eu agora o conheço bem o suficiente para saber que ele vai insistir em usar a furadeira amanhã — algo que eu entendo. Na primeira vez que meu pai concordou em me deixar empunhar uma ferramenta elétrica, pulei de alegria. Reid não é tão entusiasmado, mas chega perto.

— Sim?

— Por que ciências sociais, e não música?

Isso é muito diferente de falar sobre ferramentas elétricas, e meu cérebro precisa se redirecionar.

— Quê?

— Você disse pro Trevor que vai estudar em Berkeley, certo? — ele pergunta, e faço que sim com a cabeça. — Então por que, com a sua voz, você vai estudar ciências sociais, em vez de música?

Enquanto eu pensava que ele não estava fazendo nada além de divertir os outros com histórias pervertidas de Hollywood, ele estava ouvindo minha conversa com Trevor. Antes que eu consiga compor uma resposta, ele acrescenta:

— Me parece perda de tempo.

Quê?

— É assim que você se sente em relação a este projeto, depois de três semanas trabalhando aqui? Você não consegue ver que essas famílias *precisam* do que fazemos por elas?

Ele levanta as mãos.

— É, claro. Mas você parece se sentir culpada por ter nascido mais inteligente ou ter uma vida melhor. E você está planejando passar a vida batendo a cabeça na parede pra ajudar pessoas que não se importam em se ajudar.

Eu realmente me sinto culpada pelas minhas bênçãos, mas ele parece não sentir nada além de merecimento.

— Essas pessoas não fizeram nada pra *merecer* nascer na pobreza, não mais do que eu *mereci* nascer numa família que pode me dar comida, boa saúde e educação.

Ele empilha a última tábua com as outras.

— Por que isso tem que ter relação com merecer alguma coisa? A sorte do baralho também, e posso garantir que a mão deles é péssima. Quer dizer, claro, tem coisas que você pode fazer... e você está aqui, fazendo essas coisas. Mas não dá pra fazer tudo. Por que passar a vida se sentindo culpada?

— Não é culpa... é consciência social. — Tento esconder que estou na defensiva. — Não posso simplesmente ficar de fora e não fazer *nada*. Porque a minha vida *é* fácil, em comparação a muitas outras, e isso não é justo.

— Hum, não perde a cabeça nem nada... mas o fato de você achar que não é justo não te deixa descrente da ideia de um "poder superior" que orquestra tudo?

— Não. — As sobrancelhas dele se erguem com minha resposta rápida, e não posso deixá-lo saber quanto ele está próximo de minhas dúvidas. — Porque existem pessoas como o meu pai. Porque a fé é parte de quem eu sou, e uma medida da fé é estar disposta a fazer o que é necessário. Eu só quero fazer a diferença. Preciso acreditar que tenho um propósito. Talvez você não entenda isso, mas é assim que eu me sinto.

Ele fica em silêncio por um minuto, e penso que gastei saliva à toa e me alterei por nada.

— Você está certa, eu não entendo — diz Reid, inclinando a cabeça como Esther faz, quando falo com ela e uso palavras que não fazem parte de sua experiência canina. — Mas seus princípios parecem verdadeiros. Normalmente existe alguma coisa enganosa em pessoas que lançam palavras como *fé* aos quatro ventos. Como se a estivessem usando para mascarar motivos escusos ou desejos não tão elevados. — Ele dá um sorrisinho maldoso, e meu coração dá uma cambalhota. — O tipo de valores que eu *realmente* entendo.

22

Reid

A camaradagem durou a manhã toda. Almoçamos separados — ela comeu com Roberta, e eu sentei com Frank, Darlene e Gabrielle —, mas acho que não foi isso que mudou o humor dela. Depois do almoço, ela falou ao telefone de novo e, apesar de estar longe demais para eu escutar alguma coisa específica, seu tom era tenso. Ela ficou irritada desde que desligou.

Enquanto ela instala suportes nos closets, eu fixo as prateleiras no lugar. Como estamos trabalhando no mesmo closet, estamos quase em cima um do outro. Na terceira vez em que ela critica alguma coisa que não estou fazendo com perfeição e resolve fazer tudo sozinha, não aguento mais essa merda.

— Olha, só porque você teve um término pavoroso ontem, não significa que você pode descontar tudo em *mim* hoje. Eu não tenho responsabilidade nisso.

Ela me olha, furiosa.

— Do. Quê. Você. Está. Falando.

— Do telefonema de ontem? Do choro?

Ela abre e fecha a boca.

— Você estava *ouvindo*?

Estamos dentro de um closet tendo essa conversa, e a ressonância hostil da nossa voz ricocheteia à nossa volta, sem conseguir escapar totalmente do confinamento do espaço.

— Você estava lá fora, em público, falando ao telefone. Eu não *grampeei* seu telefone, porra.

Seu maxilar fica tenso.

— Primeiro, você não deveria escutar uma conversa que era claramente particular. E, segundo, não havia nada pra *terminar*. Nós só concordamos em nunca começar... o que poderíamos... Mas que *panqueca*. Não é da sua conta, oras.

Depois que começo a rir, não consigo parar.

— Mas que *o quê*? — Onde diabos ela arruma essas coisas?

— Se você fosse capaz de fazer *qualquer coisa* aqui sem precisar de ajuda, seria uma felicidade pra mim te deixar sozinho — ela diz, furiosa.

— Ah, por favor. Isso não é tão complicado. É só parafusar um monte de tábuas numa parede. Nada muito foda. — Observação especial: adoro como ela fica perturbada quando eu digo *foda*. Ela se encolhe todas as vezes, como se estivesse sendo espetada com uma agulha.

— Você nem sabe como usar o detector pra encontrar as vigas antes.

— Como é?

Ela suspira exageradamente e gruda o olhar em mim.

— Você primeiro precisa localizar as vigas...

— *Detector de vigas?*

— Você usa pra encontrar as vigas? Dentro da parede? — Seu tom irônico atinge um ponto de ebulição dentro de *mim*, porque, sinceramente, me lembra um pouco meu pai, e eu não consigo aguentar isso de mais de uma pessoa na vida. — O esqueleto ao qual prendemos coisas que precisam ser ancoradas... tipo, não sei, *prateleiras*?

Paro de ouvir antes de ela voltar a falar.

— Você termina isso aqui — digo. — Vou fazer o closet da Gabrielle.

Em resposta, ela me dá um pequeno dispositivo contendo um nivelador em miniatura e uma coisa vermelha parecida com uma flecha. Deve ser o maravilhoso detector de vigas. Não tenho a menor ideia do que fazer com ele, então o coloco no bolso assim que saio do quarto.

Dori

— Sou um idiota — lamenta ele.

— Sem comentários — digo.

Ele instalou a haste de cabides e uma fileira inteira de prateleiras sem encontrar as vigas de sustentação antes. O peso dos suportes em si provavelmente funcionaria bem, mas, quando as prateleiras foram acrescentadas, o peso começou a puxar os suportes da parede, com parafusos e tudo. Se Gabrielle colocar um par de botas que for numa prateleira ou uns dois cabides na haste, a coisa toda vai desabar.

Ambos quietos, começamos a inclinar as prateleiras para tirá-las dos suportes instáveis. As tábuas arranham as paredes dos dois lados, provocando exclamações simultâneas — *puta que pariu* dele e *senhor todo-poderoso* de mim —, e isso o faz rir.

— Não é engraçado — resmungo. E aí olho para ele, que ri, e, sem nenhum motivo, *é* engraçado e estamos os dois rindo.

Depois que as tábuas são removidas, analisamos o estrago. Ele suspira profundamente, com os braços cruzados sobre o peito.

— Cara. Está uma merda.

Não posso discordar, mas alguma coisa na sua pose defensiva e na inflexão desanimada me lembra de Jonathan, que tem cinco anos, da minha turma da EBF. Eu me apoio numa das paredes estragadas e calculo que o reparo e a pintura vão acrescentar algumas horas ao término dos closets. Eu esperava sair às três, e isso não vai acontecer.

— E agora?

Eu me afasto da parede.

— Agora nós consertamos o problema e reinstalamos as prateleiras.

Ele tira o celular do bolso e verifica o horário.

— Suponho que você tem um cronograma milimetricamente calculado e os closets têm que ser feitos hoje.

— Ãhã. — Pego algumas tábuas e as tiro do closet, e ele me segue com os suportes e a furadeira.

— O que significa que você vai ter que ficar até mais tarde.

Respondo dando de ombros.

— Acho que vou ficar até mais tarde também, então.

Isso é inédito.

— Ah, é?

— Bem, é culpa minha termos que refazer o closet todo, então, sim. — Ele digita um número na memória, me observa tirar as tábuas restantes de dentro do closet e se apoia cuidadosamente na parede cor-de-rosa. — Oi, George, você pode remarcar aquela entrevista? E avisar o motorista pra chegar aqui às cinco, e não às três hoje?

Evitando seu olhar, escuto quando ele e o agente remarcam sua agenda depois do trabalho. Até agora, eu não tinha pensado que Reid tinha alguma coisa para fazer além de desperdiçar tempo enquanto não estava filmando.

O cronograma normal de todos é das oito da manhã às três da tarde, e estou acostumada com a saída de Reid com os outros voluntários temporários. Nós, que fazemos parte da equipe regular, às vezes chegamos mais cedo e ficamos até um pouco mais tarde, terminando nossos projetos ou preparando coisas para o dia seguinte, enquanto a casa vai ficando cada vez mais silenciosa e os sons de uma equipe inteira de trabalhadores diminui até desaparecer.

Como temos que repintar o closet do quarto de Gabrielle, suas prateleiras serão a última coisa que vamos fazer. Quando Reid se oferece para instalá-las sozinho (de novo) enquanto eu termino as prateleiras do armário de roupa de cama, respiro e ignoro a sensação ameaçadora de *déjà-vu*. Em vez disso, simplesmente lhe dou a furadeira e o detector de vigas (seus lábios se contorcem, e sei que ele está reprimindo uma gargalhada), depois de lhe mostrar como usá-lo.

Enquanto termino o armário, contenho pelo menos dez vezes o desejo de verificar o que ele está fazendo. Por fim, volto para o quarto de Gabrielle, me preparando para a catástrofe que me espera.

Reid está de costas para mim enquanto prende a última prateleira, os músculos rígidos dos ombros e dos braços flexionados e definidos através da camiseta branca, enquanto aperta a furadeira, fazendo o parafuso atravessar o suporte e entrar na parede. Quando termina, ele deixa a furadeira na prateleira e dá um passo para trás, todas as linhas do seu corpo irradiando orgulho, sem saber que estou observando. Ele não está usando os óculos de proteção (nunca usa, a menos que eu o obrigue), mas não vou repreendê-lo por isso.

— Parece bom — digo, e ele dá um passo para o lado e eu fico ao lado dele. Puxo as prateleiras, testando-as. Elas nem se mexem. Eu poderia subir nelas, se fosse necessário. Estão mais do que seguras para guardar os sapatos e as caixas organizadoras de Gabrielle.

Relaxado, ele encosta na moldura da porta do closet, cruza os braços sobre o peito e olha na direção da porta do quarto.

— Está muito silencioso agora na casa. É estranho.

Faço que sim com a cabeça.

— Todo mundo já foi, menos a Roberta e o Gene. Eles estão no escritório, organizando a papelada. — O corpo dele ocupa toda a entrada, e ele vai ter que se mexer para eu sair. Esse é um pensamento estranho, e me deixa muito consciente do espaço fechado. — Estar aqui é meio como entrar num chiclete — digo, nervosa, olhando para as paredes cor-de-rosa do closet.

Ele não responde, me encarando como se estivesse analisando um enigma complexo. Em seguida descruza os braços, coloca uma das mãos no bolso da frente, enquanto a outra levanta, seus dedos pegando um fio de cabelo curto demais para ficar preso no elástico que prende o restante do meu cabelo. Ele o coloca atrás da minha orelha, roçando o dedo na ponta e, de repente, não ouço nenhum som além do meu coração martelando. É nesse momento que eu deveria colocar as mãos entre nós como fiz antes. É nesse momento que eu deveria dizer *com licença* e sair dali.

Suas mãos caem na lateral, e ele me encara de cima para baixo, sem fazer nenhum movimento na minha direção nem na direção oposta. Encolho o lábio inferior para dentro da boca, um hábito nervoso remanescente da infância, e seu olhar desce para lá e fica. Um minuto se passa antes de ele colocar uma das mãos na parede pouco acima do meu ombro e se aproximar, seus olhos brilhando para os meus.

— Me diz o que fazer agora, porque eu não sei o que você quer. — Sua voz está rouca e baixa, como se ele não a usasse há semanas.

Eu sei o que ele está perguntando, apesar das palavras que atravessam esta cena: *Isso não está acontecendo*. Balanço a cabeça, quase sem me mexer. Pensamentos contrários tropeçam na minha mente, borrados, indo e vindo: *Me beija, não encosta em mim, chega mais perto, se afasta*.

— Tudo que estou pedindo — seus dedos roçam no meu maxilar — é que você me diga, Dori, o... que... você... quer.

Quando ele endireita as costas e começa a se afastar, eu quase protesto, mordendo o lábio para me impedir de fazer isso. Mas esse movimento me entrega, porque, mais uma vez, ele encara a minha boca por um longo instante antes de seu olhar mudar para os meus olhos.

— Ou, talvez, só me fala se eu fizer alguma coisa que você não quer — ele diz baixinho. E aí suas mãos descem pelos meus braços, sua boca está na minha e ele me beija, deslizando os braços ao meu redor e me puxando para o seu peito, as mãos pressionando a minha lombar. Delicadamente, seus lábios brincam nos meus, provocando e testando, e é tudo incrível, mas, em algum lugar da minha mente, há uma decepção perturbadora porque ele está me beijando como Nick fez, nas poucas vezes em que me beijou — *com segurança* —, a última coisa que eu espero de Reid.

23

Reid

A última coisa que eu espero é que ela abra a boca, quase imperceptivelmente, com tanta sutileza que, se eu não estivesse prestando atenção, poderia ter deixado passar. Estou só prestando atenção. Mesmo assim, a resposta dela é um choque tão grande que eu quase paro, mas instintivamente sei que, se der a ela uma fração de segundo para pensar, tudo vai acabar.

Com cuidado, passo a ponta da língua em seu lábio inferior e ela ofega, abrindo ainda mais, receptiva. Permissão para entrar, e Deus sabe que ela não precisa indicar *isso* duas vezes. Passando a língua na dela, eu a puxo com força quando ela responde perfeitamente e na mesma moeda. Sugo seu lábio inferior para dentro da minha boca, e ela imita isso no instante em que o solto, acrescentando um leve roçado dos dentes. Suas mãos estão nas minhas costas, massageando e acariciando enquanto eu faço a mesma coisa nela. E aí ela faz um barulho — uma mistura de suspiro e gemido, como um *sim* suave, sutil e sem palavras — e eu quase desabo.

Não posso dizer se este é o melhor beijo que eu já dei. Já beijei *muitas* garotas. Mas posso dizer que não me lembro de outra garota nem de outro beijo neste momento. Não consigo nem me lembrar do meu nome. E não quero parar de beijá-la. Nunca mais. E aí minhas mãos vão para baixo da sua blusa na cintura, os dedos roçando a pele macia e quente da lombar, e ela afasta a boca da minha. *Merda*. Longe demais, rápido demais. O alerta atinge meu cérebro muito tarde.

— Para, para — diz ela, arfando. Seus olhos estão vidrados, e eu não consigo ouvir nada além da nossa respiração misturada, ofegante, e suas palavras murmuradas. — Ai, minha nossa.

Espero que ela me empurre para longe, mas seus olhos agora estão fechados, e ela ainda está me segurando, por isso não me mexo. Quero beijá-la de novo e estou utilizando todo meu autocontrole para ficar parado ali, imóvel, e vê-la voltar para a Terra. Merda, ela vai ficar muito puta em mais ou menos três segundos.

Ou um.

Suas mãos se afastam de mim de repente, como se ela tivesse acabado de perceber onde estavam. Eu a solto devagar, como se pudesse impedi-la de lembrar onde estavam as minhas e o que elas estavam fazendo. Eu não devia ter colocado as mãos embaixo da blusa dela. Eu não tinha nenhuma intenção de chegar a algum lugar com isso, só queria tocar sua pele, ter uma conexão tátil, como um fio terra, enquanto nossa boca alimentava a corrente entre nós.

Agora seus olhos estão arregalados, e ela está me encarando, mas não consigo interpretar sua expressão. É uma coisa nova, algo mais do que apenas choque, raiva ou irritação. Não sei o que ela está pensando, e não tenho coragem de perguntar. Ela está se fechando, como uma persiana, e então se encolhe sob o meu braço, e não posso fazer nada além de me apoiar na parede e socá-la uma vez, *com força*.

— *Que foda.*

Ela vira.

— Por que você tem que usar essa palavra?

Ah, a poderosa palavra com F.

— É só uma palavra, Dori.

— Bem, eu não quero ouvir.

Viro para encará-la, o julgamento no seu tom, que não se parece em nada com a garota que estava me beijando agora mesmo, como se estivesse se afogando em mim. Como se *quisesse* isso.

— Então, quando eu digo *foda*, você realmente se incomoda.

Não estou nem dizendo isso *para* ela, mas juro por Deus que ela se encolhe antes de fazer que sim com a cabeça.

— Por quê? É só uma palavra.

Ela se recusa a encontrar meu olhar e morde o lábio inferior (o que só me deixa com vontade de beijá-la de novo), enquanto eu fico parado ali, observando-a, igualmente em silêncio. Quando ela fala, mal dá para escutar sua voz.

— Porque ela pega uma coisa sagrada e transforma em algo feio e insignificante. É isso que me incomoda.

— Quer dizer que você considera fo... sexo algo *sagrado?* — Não consigo entender isso. — Sexo não é sagrado... não em circunstâncias normais e provavelmente nunca, entre pessoas mentalmente equilibradas. É só uma necessidade física, como comer ou respirar.

Ela olha para mim, os olhos brilhando, apesar de não estar chorando, graças a Deus.

— Eu entendo que é físico, algo a que somos atraídos biologicamente. — (Ora, *esse* é um ponto de vista inesperado e irritantemente excitante para ela.) — Mas, quando as pessoas se amam, é diferente. É tipo... tipo comer por prazer, não só devorar qualquer p-porcaria que apareça.

Ela nem consegue dizer "porcaria" sem gaguejar, e seu argumento é absurdo. *Comer por prazer* — Jesus, eu poderia dar todo tipo de resposta para isso. Ela vira e sai correndo do quarto, a porta da frente abrindo e fechando silenciosamente um instante depois. Porque é claro que ela não vai fazer uma cena ao sair.

Dori

Estou tremendo enquanto dirijo até em casa. Estou com raiva, sim. De mim. Mas não estou tremendo de raiva. Estou tremendo por um motivo totalmente diferente. Uma coisa que, de alguma forma, inexplicavelmente, gera uma resposta física semelhante. E, ao mesmo tempo, não.

Reid acha que sabe quem eu sou, porque fez as mesmas suposições sobre mim que todas as pessoas fazem. Que eu sou uma *boa menina*, decente e puritana. Que eu sempre fui assim. Mas você sabe o que dizem por aí sobre suposições.

Conheci Colin Dyer na primeira semana do ensino médio.

A família dele frequentava a igreja irmã da nossa — a que tinha um santuário arquitetônico impressionante, localizado num bairro melhor, com paroquianos que entendiam *retribuir* apenas como abrir a carteira. Nossa igreja é o projeto de caridade deles, suas contribuições fornecem fundos adicionais suficientes para pagar consertos no prédio e ajudar a dar apoio a nossos programas na vizinhança.

A mãe de Colin era minha conselheira na escola, e eu era sua auxiliar de escritório no quarto período. Conseguir um emprego de auxiliar quando caloura era algo inédito, a menos que você tivesse contatos e, graças ao meu pai, eu tinha. Ser escolhida como auxiliar da dra. Dyer era um privilégio muito cobiçado. Ela era tranquila, e seu escritório era silencioso e confortável. Seus auxiliares tinham o conhecimento antecipado de quais alunos eram problemáticos ou estavam *encrencados*, por isso não era qualquer pessoa que podia trabalhar na recepção. Ela precisava de alguém confiável e dedicado. Eu era as duas coisas.

Eu trabalhava no período da tarde. No fim da primeira semana, eu tinha analisado secretamente as fotos de família em seu escritório enquanto fazia cópias ou separava a correspondência inútil, então, quando Colin apareceu, eu o reconheci imediatamente. Ele estava no último ano e fazia parte da equipe de natação, era alto e magro, mas musculoso. Seu cabelo escuro era bem curto, fazendo seus olhos castanho-claros amendoados parecerem ainda mais destacados no rosto cor de oliva. Ele andava e nadava com a mesma graciosidade, e tinha uma confiança que eu desejava e admirava.

— Ora, olá — disse ele, as sobrancelhas levemente erguidas, o olhar quente e concentrado. — Você é nova.

Franzi um pouco a testa, confusa. Era apenas a primeira semana de aula, então qualquer pessoa na minha posição seria tecnicamente nova.

— Nunca te vi na escola, então ou você foi transferida ou é caloura. Ou, na linguagem dos veteranos, carne fresca. — Ele sorriu, seus dentes perfeitos e brancos, com covinhas adoráveis afundando nas laterais da boca. Senti meu rosto ficar vermelho. Eu não tinha ideia de como responder e, apesar de saber que deveria me sentir ofendida, não me senti assim.

— Colin — disse a mãe dele, aparecendo com uma pilha de pastas e uma sacola da Wendy's, o aroma de batatas fritas enchendo o escritório. — Você vai ter que pegar seus óculos de proteção. Não consegui fazer isso hoje. Tive que passar no ortodontista pra pegar o aparelho novo da Tara. — Tara era irmã de Colin e estava no sétimo ano.

— Você não acabou de comprar um aparelho pra ela?

Ela deu um sorriso forçado.

— É. Durou um mês, até ela "perder". — Ela entrou no escritório para se preparar para o ataque da tarde de alunos estressados e/ou de seus pais, a voz diminuindo. — Se ao menos eles colocassem cordas presas nessas coisas, como colocam em óculos bifocais e luvinhas de criança...

Ele riu, e eu senti o corpo formigar da cabeça aos pés. Nunca tinha me sentido tão atraída por um garoto. Quando ele virou de costas para mim, liguei o ventilador atrás da mesa.

— E aí, carne fresca, qual é o seu nome?

Meu rosto ficou quente de novo.

— Dori.

— Te vejo por aí então, Dori. — Ele levantou uma sobrancelha e saiu porta afora.

Eu o observava nos corredores entre uma aula e outra — calouras e veteranas orbitando constantemente ao redor dele como planetas presos pela sua atração gravitacional, garotas do segundo e do terceiro anos suspirando quando ele passava, outros caras o cumprimentando com um high-five ou fazendo planos para o fim de semana quando o viam. Ele era extrovertido e popular, e eu, invisível.

Sempre que ele me notava, dava um sorriso largo.

— Ei, carne fresca — dizia ele, provocando gargalhadas em quem ouvisse. Eu ficava envergonhada e empolgada. Uma ou duas vezes por semana, ele aparecia no escritório de aconselhamento para falar com a mãe, mas sempre ficava um pouco depois, apoiando o quadril na minha mesa e falando comigo de um jeito provocador.

Um dia, ele entrou carregando uma rosa num tom forte de cor-de-rosa. A dra. Dyer estava numa reunião com os funcionários, e eu estava sozinha.

— Oi, Dori. — Seus olhos me vasculharam. — Você está gostosa hoje. — Encarei a mesa, nunca sabendo se seus elogios eram sérios. Ele sorriu, se aproximou e levou a rosa até a minha orelha. — É, eu estava certo. Exatamente do mesmo tom.

Ele se agachou ao lado da minha cadeira, algo que nunca tinha feito.

— Tenho uma coisa pra te perguntar. — Vendo-o por essa nova perspectiva, encarei seus cílios compridos e escuros e seus lábios grossos. Ele tirou a rosa do lado do meu rosto, as pétalas macias tocando minha bochecha, e senti uma agitação dentro de mim. — Você tem companhia pro baile?

Balancei a cabeça devagar, sem acreditar. Não fazia sentido alguém tão popular quanto Colin reparar em mim, quanto mais me chamar para sair.

— Quer ir comigo? — Seu olhar grudou no meu enquanto ele passava a rosa lentamente nos meus lábios, a fragrância doce e opressora. Fiz que sim com a cabeça, e ele sorriu. Tirou o celular do bolso, apertou alguns botões e me deu o aparelho. — Coloca seu número aí. Eu te ligo hoje à noite pra combinar a logística. — Enquanto eu digitava meu número, ele olhou de relance para a porta e depois para mim. — Posso ganhar um beijo pra selar o acordo?

Assenti de novo, e aí seus lábios pousaram nos meus por um breve instante.

Ele pegou o celular de volta, colocou a rosa na minha mesa e foi para o corredor, assobiando. Eu tinha sido convidada para o baile, aceitado o convite e seu beijo, tudo isso sem dizer uma palavra.

Aquele foi meu primeiro beijo com Colin. Meu primeiro beijo com qualquer pessoa.

O Dia dos Namorados foi quatro meses depois. Os pais dele tinham ido de carro a San Francisco para um fim de semana prolongado romântico, e a irmã dele ia dormir na casa de uma amiga. Ele me levou para jantar e alugamos um filme. A casa era toda nossa. Enquanto nos agarrávamos no sofá, ele sussurrou que me amava. Quando pegou a minha mão e me puxou para o quarto e para a cama dele, eu o segui.

Fugíamos para a casa vazia dele nos intervalos do almoço e alugamos um quarto de hotel quando eu fiz quinze anos, onde nos amamos no chuveiro, no sofá surrado e no chão, rindo das queimaduras do carpete áspero nos joelhos e nas costas. Acordei nos braços dele, esperando que minha mãe não tivesse ligado para a amiga em cuja casa eu supostamente ia dormir, mas com a certeza de que não trocaria aquele despertar por nada, não importavam as consequências.

Quando chegaram as férias da primavera e ele viajou para San Diego com amigos, não protestei; eu não era uma daquelas namoradas grudentas. Quando ele voltou para casa na noite de domingo — seu aniversário de dezoito anos — e não me ligou nem respondeu às minhas mensagens, fiquei preocupada. Quando ele não apareceu no almoço nem passou no escritório na segunda-feira, não entendi. Não até vê-lo no corredor pouco antes do último período, com o braço na cintura de uma garota do último ano. Não até seus olhos passarem por mim e depois voltarem.

— Oi, carne fresca — disse ele e continuou andando.

Foi aí que eu soube que tinha acabado.

24

Reid

Por um lado, poderia ter sido melhor e, por outro, não poderia. Mais uma vez, cedi ao impulso de beijá-la, apesar de, verdade seja dita, eu ter sentido vontade de beijá-la desde o instante em que ela caiu nos meus braços e o céu fez chover frutas sobre nós.

Ela não me empurrou, dessa vez. Pelo menos não até eu beijá-la e ela retribuir o beijo. *Maldição*, ela realmente retribuiu o beijo. E aí a conversa sobre sexo — algo que eu *nunca* pensei que discutiria com Dorcas Cantrell — e minha linguagem chula. Não sou um neandertal; sou capaz de conter as coisas quando necessário. Só que geralmente não vejo motivo para isso. É assim que eu sou. *Aceita*. Dori dá a impressão de que dizer a palavra com F é parecido com queimar bandeiras ou afogar coelhinhos.

Meu celular toca quando encaro o closet cor de chiclete, ignorando a parte da história em que Dori fugiu. *De novo*. Meu motorista está lá fora, e eu me esqueci de pegar a assinatura dela. Ela disse que a Roberta e o Gene ainda estavam aqui, e espero que um deles assine para mim.

Faltam sete dias de trabalho para a minha sentença.

— Reid? — As sobrancelhas de Roberta pulam para cima quando faço a curva, e seus olhos piscam por trás dos óculos que dão ao seu rosto uma aparência de coruja. Ela olha para o relógio no pulso e pisca de novo para mim. — Você ainda está aqui?

Tiro a folha do bolso traseiro enquanto entro em seu escritório improvisado — uma mesa bamba, uma cadeira dobrável e um notebook instalado no meio do quarto principal. Cestas com etiquetas de *entrada* e *saída* se equilibram na borda da mesa, empilhadas com diversos formulários e pastas.

— A Dori precisava de ajuda pra consertar uma coisa que eu, hum, fiz errado. Então fiquei até um pouco mais tarde.

Ela pega o formulário, dá uma olhada superficial e rabisca a assinatura na parte inferior, sorrindo.

— Que gentileza. Tenho certeza que a Dori ficou feliz com isso.

Certo. Tenho certeza de que *ficar feliz* estava bem no topo da sua lista de sentimentos quando ela saiu daqui em disparada.

— Quando é o último dia dela, afinal? — pergunto, o mais casualmente possível.

— Terça-feira, eu acho.

No fim da terça, só terei mais três dias de sentença. Eu devia estar ansioso para chegar ao fim. Em vez disso, estou desejando arrumar um jeito de desacelerar o tempo para poder descobrir que diabos eu quero, e conseguir.

— Quanto tempo a viagem vai durar?

Os olhos de Roberta se estreitam, desconfiada do meu súbito interesse pelos planos de Dori.

— Três semanas, eu acho — responde ela. — Por quê?

Dou de ombros e viro para ir embora.

— Só curiosidade.

Tenho que estar no set de filmagem em Vancouver para o meu próximo filme em menos de um mês. Pouco ou nenhum tempo entre a volta dela e a minha partida. Não sei o que eu quero dessa garota. Tadd a rotulou como um desafio e, meu Deus, sim, ela é isso. Mas hoje. Aquele beijo. E agora tenho poucos dias para descobrir até que ponto ela está disposta a levar isso tudo. Supondo que ela jogue limpo e apareça, em vez de fugir como fez antes.

Ignorando os paparazzi, os guarda-costas e os fãs, deixo a casa e ando até o motorista, que está impassível ao lado da porta traseira aberta do carro. Um flash de insight quase me interrompe no meio da calçada recém-pavimentada. Na última vez em que tentei beijá-la, ela fugiu e desapareceu durante vários dias. Desta vez, ela se rendeu — e o modo como ela me beijou não dava a sensação de uma garota se submetendo a algo indesejado. Ela não estava cedendo a *mim*, ela estava cedendo a *si mesma*. Ela já havia pensado em me beijar, pelo menos inconscientemente.

Ela não desapareceu na última vez e fugiu desta vez porque eu fiz algo que ela não queria. Ela desapareceu e fugiu porque *queria* que eu a beijasse.

O desafio é entendê-la. Ela não baixa a guarda com frequência. Para fazê-la deixar rolar, só duas coisas funcionaram: deixá-la muito irritada ou realmente excitada, e nenhuma das duas coisas se mantém por muito tempo. Ela se protege, como uma tartaruga que encolhe a cabeça para dentro do casco.

Por que o fato de que Dorcas Cantrell — filantropa de carteirinha e futura assistente social — *me deseja* me deixa tão aceso?

Dori

Empurrei Reid para longe e tirei uma folga de cinco dias quando ele tentou me beijar na primeira vez, logo depois do Incidente da Tigela de Frutas.

Um garoto normal teria me dispensado dando de ombros e inventando um apelido grosseiro, pelo menos na cabeça dele. Mas Reid não é um garoto normal, e minhas tentativas de disfarçar minha atração por ele são claramente um grande *fracasso*. Por outro lado, talvez ele simplesmente pense que todas as garotas do planeta o desejam, então uma recusa parece meu jeito peculiar de pedir para ele tentar de novo. Por mais que esse pensamento seja enfurecedor, essa linha de raciocínio funcionou perfeitamente. *Meleca*.

— Alô? — A voz de Deb está grogue quando ela atende, e fico imediatamente arrependida de tê-la acordado, mas isso não me impede de precisar dela. — Dori? O que aconteceu, baby?

Respiro fundo.

— Eu beijei ele.

O farfalhar de tecido deslizando no fundo aumenta a minha culpa. Ela provavelmente estava cochilando antes de mais um turno da noite até a tarde do dia seguinte, e aqui estou eu, perturbando minha irmã com essa bobagem.

— Você beijou quem? — Ela boceja levemente, reafirmando minha preocupação.

— O Reid. — Um momento de silêncio. — Deb?

— Você beijou Reid Alexander? — Seu tom é incrédulo, o que é compreensível, dadas as circunstâncias. — O Reid Alexander superficial e *vazio*? — ela diz de maneira enfática.

Encaro a porta fechada do meu quarto. Lenços, alguns chapéus e um guarda-chuva estão pendurados nos ganchos sobre a porta, arrumados e separados por cor de um lado até o outro. Na minha parede azul tem um quadro branco magnético com uma lista de tudo que preciso fazer antes de embarcar para Quito de um lado, e para Berkeley, de outro. A maioria dos itens das duas listas já está resolvida. Minha vida é muito estruturada e planejada.

— É.

— Ai, ai, ai.

— É.

— Hum, posso perguntar como isso aconteceu?

Lembrar do olhar faminto dele enquanto se aproximava provoca tremores inoportunos de desejo.

— Bem, ele estava muito orgulhoso depois de prender umas prateleiras que ele tinha feito errado mais cedo. — Se essa não é a desculpa mais esquisita do mundo para beijar alguém, não sei o que é.

— Tudo bem, espera. A Habitat instituiu algum tipo novo de programa de recompensas? Porque beijar me parece excessivo, mesmo pra uma construção de prateleiras muito *fora de série*.

Minha risada diminui e vira um gemido.

— O que eu devo fazer? Falei pra Roberta que estaria lá até terça-feira. São mais quatro dias dele, presunçoso e arrogante, todas as vezes que olha pra mim.

— E isso é diferente do comportamento normal dele em que sentido, exatamente?

— Boa pergunta. — Um alarme toca do lado dela. — Ah, Deb, me desculpa por ter te acordado.

— Nhé. — Ela boceja de novo. — Já estava quase na hora de acordar, de qualquer maneira.

Imagino seu apartamento apertado, mas confortável, e sua varanda minúscula, virada para o sul, com vasos de todos os tipos e tamanhos enfileirados na grade de proteção e pendurados no teto. O espaço de dois metros e meio por três é lotado de plantas e flores e, do estacionamento, sua varanda parece uma floresta tropical em miniatura no último andar, em contraste com as varandas vizinhas, cheias de bicicletas, móveis de plástico e cachorros entediados.

— Quando você precisa chegar ao hospital?

— Bem, na verdade, já estou aqui. O hospital tem um quarto adorável, sem janelas, com armários fedorentos e camas desconfortáveis para os médicos cochilarem, especialmente os residentes, já que basicamente moramos aqui. — Que ótimo, agora eu me sinto pior ainda. — Então — diz ela com a voz totalmente alerta, lógica e direto ao assunto — trabalha longe dele, se puder. Se vocês *tiverem* que trabalhar juntos, dá um jeito de nunca ficarem sozinhos. E finge que esse beijo nunca aconteceu. Faz isso durante quatro dias, e então adeus ao vazio Reid Alexander.

Luto contra a vontade de defender o vazio de Reid em pelo menos um aspecto: beijar. Se algum dia alguém me beijar melhor do que aquilo, isso pode alterar o andamento do universo. Mas aqui estou eu, recebendo conselhos de como garantir que isso nunca mais aconteça.

— Obrigada, Deb.
— Por nada, irmãzinha. Fique à vontade.

25

Reid

Minha mãe está desmaiada na minha cama, babando na colcha de seda quando chego em casa. Ela raramente aparece no meu lado da casa. Não consigo me lembrar da última vez que cheguei em casa e a encontrei no meu quarto.

Por cortesia das nossas empregadas domésticas que moram aqui, não há nenhum resquício das bebidas de hoje — nenhuma garrafa e nenhum copo para me dizer o que ela ingeriu para esquecer da vida desta vez. Não que sua escolha de veneno importe. A casa fica limpa graças à nossa governanta, Maya. Ela e Immaculada desapareceram nos aposentos dos funcionários, mas sempre tem alguma refeição na geladeira se eu estiver com fome. Imagino, por um instante, como deve ser ter uma mãe alcoólatra com um nível de opulência menor do que o nosso. Eu chegaria e encontraria uma casa imunda, garrafas espalhadas por toda parte e nada para comer. Ela estaria desmaiada no sofá, no chão, no quintal.

Encontrar pontos positivos nessa situação me parece inútil, mas eu faço isso.

Se eu não tivesse chegado em casa cedo hoje, talvez nem a pegasse aqui. São só onze horas. Meu pai ainda não deve ter chegado, senão ela estaria no quarto deles ou num dos nossos quartos de hóspedes. Ela também não está vestida para dormir, apesar de a roupa sem combinar, o cabelo despenteado e o rosto sem maquiagem me dizerem que ela não saiu de casa hoje. Esse é um acordo velado entre os meus pais — minha mãe não sai de casa quando bebe. Ela é uma bêbada silenciosa e depressiva, e sempre se permitiu ser iludida para concordar com essa ordem. Ela também não dirige — os motoristas estão sempre à disposição, então não há chance de acontecer um acidente provocado pela bebida. Cada membro do staff tem o número do meu pai na discagem rápida do celular. A permissividade é uma arte na minha família.

Uma hora atrás, eu estava numa festa com John, encarando a conhecida multidão de corpos ondulantes usando roupas da moda e a fumaça subindo em espiral para o teto, tentando e não conseguindo ignorar meu tédio enquanto uma risada típica se erguia ocasionalmente sobre a música típica. Enquanto a socialite sentada ao meu lado tagarelava sobre sua última viagem a Amsterdã e os encontros alucinógenos que teve lá, eu me vi pensando em *prateleiras*.

— ... e aí eu me senti tão, sabe, em paz com tudo e com todos, como se eu fosse parte do *universo*, sabe? — ela disse, e fiz que sim com a cabeça, contemplando o detector de vigas, que é um dispositivo inteligente pra diabo. Eu tinha prendido aqueles suportes com parafusos de sete centímetros e meio na estrutura, desafiando-os a jamais se soltarem. Se a casa fosse demolida por um ato de Deus, aqueles malditos suportes provavelmente continuariam fixos nas tábuas de madeira, dentro da parede. Quando Dori puxou as prateleiras para testá-las, elas não se moveram um milímetro.

Meus pensamentos foram direto para Dori. Será que seu beijo fora uma recompensa por eu fazer algo certo? E, se fosse, o que eu estava disposto a fazer para ganhá-lo de novo? Não estar de ressaca amanhã?

A garota ao meu lado parou no meio do relato de suas experiências existenciais provocadas pelas drogas.

— Quer procurar um quarto? — perguntou, entendendo meu silêncio como interesse, eu acho.

Eu me concentrei nela pela primeira vez desde que começou a falar. Era excepcionalmente gostosa, apesar da expressão bêbada com piscadas lentas. Sorrindo, ela pegou a minha mão. Seus dedos eram delicados, entrelaçados aos meus — até a mão dela era bonita, as unhas cuidadas com perfeição, pintadas com francesinha e dobradas sobre a minha. Ela se levantou e foi em direção a um corredor. Eu me levantei e comecei a segui-la. E aí eu a fiz parar, e ela virou para trás, confusa.

Eu me aproximei para ela me escutar, apesar da música alta.

— Hoje não. Talvez uma outra hora.

Ela piscou, desconcertada. Soltei minha mão da dela e procurei John. Como sempre, foi relativamente fácil de achar. É só procurar garotas muito altas.

Eu lhe disse que achava que estava com intoxicação alimentar e que ia pular fora, e ele me seguiu até a porta, parecendo preocupado.

— Ei, cara, você precisa que eu dirija até sua casa?

— Não, tudo bem — falei para ele. — Já chamei um táxi.

Esperei do lado de fora no calor, os efeitos da festa desaparecendo aos poucos. Eu só tomei uma bebida, não fumei nada nem engoli pílulas. A sensação de estar ao ar livre era boa. Um pouco quente, mas nada como cavar buracos para colocar árvores ou implantar torrões de grama sob o sol de verão. Tive que rir. Reid Alexander fazendo o paisagismo de um quintal. Cara. Não me surpreende os paparazzi surtarem por causa disso.

Sem saber o que fazer com minha mãe agora, eu a deixo na minha cama e vou tomar banho. Quando volto, ela não se mexeu. Eu a pego, desejando ter feito isso antes do banho, porque seu hálito está azedo, e até sua transpiração exala um odor ruim. Enquanto a carrego para o quarto dela, sou sugado por uma lembrança — um dia antes da sua última rodada de reabilitação.

Eu tinha uns dez anos, e devia ter acabado de voltar do colégio, porque estava usando o uniforme da escola fundamental particular mais notável do estado. Minha mãe estava na sala de estar, com o álbum de casamento no colo.

— Reid — disse ela quando espiei pelo canto. — Vem olhar comigo.

O casamento dos meus pais fora um megaevento, organizado com uma precisão normalmente reservada para a realeza, os convidados todos vestidos como em um conto de fadas, planejado por designers exclusivos, cortesia do velho dinheiro. Eu não me lembro das fotos em si, só da minha impressão, exceto por uma foto dos meus pais saindo da igreja, com portas de madeira pesadas abertas atrás deles. Minha mãe — miúda, loira e linda em seu vestido marfim — estava em pé com o braço entrelaçado no do meu pai, a mão dele cobrindo a dela. Meu pai, com pouco mais de trinta anos, era alto e bonito. Impressionante. Não era diferente da sua aparência e do seu comportamento atuais — exceto que, nessas fotos, ele estava radiante. E ele tinha mais cabelo, não tão tosado quanto a atual versão grisalha.

Os dedos da minha mãe flutuavam sobre a fotografia, uma unha rosa descascada delineando o próprio tronco no vestido marfim maravilhoso.

— Meu vestido tinha pérolas costuradas no corpete — me disse ela. — Eu me sentia uma princesa. E seu pai estava tão bonito. — Eles formavam um par incrível.

— Reid — disse ela depois, os dedos tremendo, suspensos em cima da princesa na foto —, a mamãe vai ficar fora por um tempo.

Franzi a testa para ela.

— Fora onde?

Ela engoliu em seco, tentando respirar normalmente. Talvez estivesse tentando não chorar. Eu a encarei, preocupado, e ela sorriu por trás dos olhos marejados.

— Bem, parece que você vai ganhar um irmãozinho ou irmãzinha, e eu preciso me afastar por um tempinho, pra garantir que eu não... garantir que eu não... — Ela encarou a mão trêmula e a fotografia embaixo.

— Não o quê? — perguntei, hesitando com a novidade de um irmão. Eu me lembro de me sentir feliz no início, mas algo estava chateando minha mãe, e eu afastei a alegria até ter tempo de entender como devia me sentir.

— Pra garantir que eu não vou machucar o bebê.

Eu não tinha ideia do que ela queria dizer. Eu tinha certeza de que minha mãe nunca machucaria nada nem ninguém. Ela nem conseguia me punir quando eu era mau — e eu era mau boa parte do tempo. De jeito nenhum ela machucaria um *bebê*. Falei isso para ela, e ela começou a chorar copiosamente, o efeito contrário do que eu esperava.

— Vai dar tudo certo; vai ser tudo maravilhoso — disse ela, pegando meu rosto. — E espero que ele ou ela goste de você.

Ela foi para a reabilitação, perdeu o bebê mesmo assim, voltou para casa e começou a beber de novo.

Eu a coloco na cama dela agora, acendo o abajur e estendo o edredom sobre ela. Provavelmente tem mais coisa que eu deveria fazer, mas não tenho ideia do quê. Ela está piorando. Conheço o padrão, sei o que vem a seguir. Estamos quase no fundo do seu poço, descendo lentamente, até cairmos também. Às vezes, ela sobe momentaneamente só para cair de novo. Percebo que não a vejo sóbria há dias. Disse a mim mesmo que isso é só porque não estou por perto, mas é mentira. Toda vez que ela para de beber, eu esqueço como a situação pode ser ruim até chegarmos nesse ponto novamente.

Ela deita de costas e começa a roncar muito pesado para uma pessoa tão pequena. Eu a viro menos do que delicadamente de lado, não que ela perceba, e coloco travesseiros para apoiar suas costas. Não quero que ela vomite se estiver deitada de costas. Ela provavelmente acordaria em vez de inspirar o vômito para os pulmões, mas não posso arriscar.

Sento na poltrona de frente para sua cama, meus dedos traçando os padrões da estrutura de teca esculpida. Essa é minha mãe. Eu faria qualquer coisa para ajudá-la, mas não tem nada que eu possa fazer. Ela deve odiar a própria vida para precisar fugir tanto. Pelo menos eu entendo esse desejo. É só deixar tudo entorpecido. Isso faz os fracassos desaparecerem, desde a perda do bebê até a decepção consigo mesma e o afastamento do marido. E o meu próprio desaparecimento, desde o instante em que pude fazer isso. Não sei se o tormento provoca a bebedeira ou se a bebedeira provoca o tormento. Não tenho a menor ideia de onde tudo começou. Só sei que não tem fim.

Acordo com meu pai me sacudindo.

— Reid — diz ele. — Pode ir. — Sua boca é uma linha tensa enquanto ele olha para ela e depois para mim. Ele fracassou com ela. Eu fracassei com ela. Ela fracassou consigo mesma.

Não tem fim.

Dori

Quando Deb me falou para fingir que o beijo não tinha acontecido, pareceu muito simples.

Às vezes eu esqueço minha aversão a mentiras, e como mentir envolve fingir não sentir coisas que eu realmente sinto. Pensar em Colin me lembrou da sensação de ter meu coração esmagado e destroçado e, depois, de ter tentado fingir que eu não era um fantasma ambulante. Quando ele me deixou, foi um fim tão inesperado que eu passei pela vida num estado de choque durante vários dias, esperando acordar. Quando finalmente percebi que não era um pesadelo, que era *real*, doeu tanto que eu achei que não sobreviveria.

Mas sobrevivi. E, para isso, tive que fingir não sentir, pelo menos diante dele. Diante dos meus amigos e colegas de turma. Diante dos meus pais. E diante da mãe dele, que, apesar de toda a preocupação e da experiência de aconselhar adolescentes perturbados, não tinha a menor ideia do que o próprio filho tinha feito com uma das alunas, bem embaixo do nariz dela.

A chave para mentir com habilidade é nunca mentir para *si mesma*. E a melhor maneira de se manter sincera internamente é ter uma pessoa, alguém em quem você confia acima de tudo, que guarde e proteja essa coisa verdadeira e secreta para você. A coisa que você tem que esconder de todas as outras pessoas. Deb sempre foi essa pessoa para mim.

Quando contei a ela sobre Colin, ela quase desabou. Submersa nos estudos do primeiro ano de medicina, ela sabia que eu estava namorando alguém, mas não estava disponível no período do meu breve relacionamento sexual com ele. A história toda, desde o início mágico até o fim arrasador, foi contada numa única conversa.

Minha irmã sempre soube como segurar meu coração, e sua raiva pelo Colin rapidamente se transformou na minha necessidade de empatia que só ela poderia oferecer.

— Ah, irmãzinha — disse ela, com a voz trêmula. — Você precisa de meio litro de sorvete de chocolate e de um filme divertido. Vou pra casa no fim de semana depois das provas, e faremos um exorcismo oficial. Junta uma pilha de fotos e qualquer coisa que você queira incendiar, porque vamos queimar esse garoto inútil e tirá-lo da sua cabeça. Não vai doer assim pra sempre. Eu juro.

Ela estava certa, claro. Três anos depois, não consigo nem lembrar como era amar Colin. Eu me lembro de perdê-lo como se tivesse acontecido com outra pessoa — uma garota ingênua e precipitada que eu nunca mais vou ser.

* * *

Ouço a voz de Reid, animada e simpática, antes de ele virar a esquina, enquanto responde aos cumprimentos. Ele chegou aqui atipicamente cedo também, então não tive tempo de repassar mentalmente as etapas que Deb e eu discutimos, como uma sessão de estudos de última hora antes de uma prova.

Um: agir como se o beijo não tivesse acontecido.

Dois: se ele falar do beijo, dar de ombros.

Três: trabalhar em áreas separadas.

Quatro: não ficar sozinha com ele.

— Oi — diz ele, antes do cheiro de café que anuncia sua chegada. Meus sensores viciados em cafeína se animam imediatamente, na esperança do latte de soja que sei que ele está segurando, junto com um salto em minha pulsação ao ouvir sua voz.

Meu corpo todo é um *traidor*.

Viro, sorrio, pego o latte e agradeço. Ignoro a ponta dos seus dedos roçando nos meus. Ignoro seus belos olhos, o azul-escuro intensificado pela camiseta azul-marinho confortável que ele está usando.

— O que vamos fazer hoje, chefe?

Também ignoro sua voz rouca matinal, já familiar para mim.

Estamos no banheiro principal, claramente deixando de obedecer à Regra Quatro. Ouço outras pessoas no corredor, mas definitivamente estamos sozinhos.

— Hum, acho que você vai trabalhar com o Frank hoje. — Meus olhos desviam dos dele.

— Humm. Tudo bem. Te vejo no almoço, então? — Ele sai do cômodo, bebendo o café, sem esperar uma resposta.

Se eu não o conhecesse, acharia que ele está seguindo a Regra Um.

E se ele *estiver* seguindo a Regra Um? Isso torna tudo mais fácil para mim, certo?

Teoricamente, se Reid fingir que nunca nos beijamos, é mais fácil para mim fingir que nunca nos beijamos.

É isso que as pessoas querem dizer quando usam o termo *teoricamente*.

26

Reid

Não fico surpreso por Dori agir como se nada tivesse acontecido entre nós ontem. Evitar é um método inteligente para superar qualquer tipo de explosão emocional. John e eu nunca teríamos mantido uma amizade por tanto tempo sem às vezes ignorar os surtos babacas um do outro. Dori reagiu àquele beijo com um abandono ilimitado, e depois a parte lógica do seu cérebro começou a gritar pedindo para consertar tudo e voltar ao momento em que ela poderia tê-lo impedido de acontecer.

Mas aconteceu.

Ela quer fingir que eu nunca a beijei. Eu quero uma repetição. Esses objetivos ficam em pontos exatamente opostos do espectro. O primeiro passo para fazê-la concordar comigo é nos encontrarmos no meio do caminho. Eu só tenho que descobrir onde diabos fica o meio do caminho.

O projeto da Habitat está acabando. A casa está quase terminada, e ninguém está imune à crescente expectativa do final, que não vai acontecer antes de Dori partir para o Equador e eu terminar minha sentença. Tenho que admitir que eu meio que quero ver tudo pronto, quero vê-los recebendo a chave. Os pais de Gabrielle têm trabalhado algumas horas aqui e ali, e eu os vi pela casa, apesar de não ter cruzado o caminho deles enquanto trabalhava — tenho certeza de que Roberta deu um jeito de arrumar isso. Então, fico meio surpreso quando a sra. Diego aparece ao meu lado antes do almoço, enquanto esvazio um saco de estrume no canteiro de arbustos e flores no quintal dos fundos.

— Sr. Alexander — diz ela, com sotaque forte.

Como ninguém ficou ferido quando meu carro avançou pela frente da casa deles e como a casa era alugada e, portanto, não era propriedade deles, não foi necessário que os Diego comparecessem ao tribunal. Apesar disso, eu a reconheço imediatamente, pelas notícias que cercaram meu acidente. Ela é baixinha, mais ainda do que parecia pela TV, em pé ao lado do marido enquanto eram entrevistados por diversas estações de notícias, apontando para o buraco aberto na casa atrás deles e louvando a Deus e a um monte de santos porque nenhum dos filhos tinha se machucado.

Seu rosto redondo é envelhecido, com mais rugas que o da minha mãe, apesar de eu achar que ela é alguns anos mais nova. É uma mulher que trabalhou duro durante toda a vida adulta e, provavelmente, muito antes disso. Mas seus olhos caramelo são aconchegantes e animados.

Faço que sim com a cabeça, jogando o saco vazio de esterco em cima dos outros.

— Sra. Diego.

Ela olha para os canteiros de flores, com a pilha de esterco que ainda vou espalhar ao redor das novas plantas.

— Você está fazendo um bom trabalho. Obrigada por ajudar a construir nossa nova casa.

Por uma fração de segundo, sou atingido por uma satisfação pessoal que não tenho direito de sentir. Mas sou juridicamente obrigado a estar aqui, e é claro que ela sabe disso, então não sei muito bem como responder.

— Por nada — é tudo que consigo pensar em dizer. Ela inclina a cabeça, aceitando essa resposta trivial, permitindo que nós dois possamos fingir que sou mais uma pessoa filantropa estilo Dori, oferecendo voluntariamente minhas mãos e meus músculos para ajudar a dar uma casa para uma família merecedora.

* * *

Eu me abaixo até a plataforma de cimento onde Dori equilibra o almoço no colo e abre a tampa de uma garrafa d'água, e digo baixinho:

— Então, sobre aquele beijo...

Ela inspira profundamente e vira para mim, os olhos arregalados e as mãos congeladas no meio do caminho, com a garrafa numa das mãos e a tampa na outra.

Já era aquele lance de se encontrar no meio do caminho.

Espero enquanto ela olha ao redor do pátio para ter certeza de que ninguém vai nos escutar.

— Aquilo foi um lapso momentâneo de... de *razão* — sibila. Sorrio, e ela olha de novo ao redor. Se alguém estiver prestando atenção, a expressão no rosto dela os convenceria de que estamos planejando invadir o Forte Knox. Por sorte, Dori e eu conversando um ao lado do outro não é novidade, e a minha nuca está bloqueando qualquer foto frontal que os paparazzi possam tirar da sua expressão antes que ela consiga controlá-la.

— Na última vez que verifiquei, beijar não estava na escala de *razão* — digo.

Os lábios dela se comprimem numa linha rígida, o que é uma pena. Tento não encará-los. Nem pensar na sensação dos seus lábios quando a beijei, o que me faz *querer* encará-los. Eu me concentro nas sardas fracas da bochecha e do nariz dela em vez disso, mas, estranhamente, isso só aumenta meu desejo de beijá-la.

— Olha. — Seu maxilar fica tenso. — Aquilo não devia ter acontecido. Precisamos fingir que nunca aconteceu.

Não consigo evitar um sorriso.

— Você quer dizer que *você* precisa fingir que nunca aconteceu. — Meu olhar desliza até seus lábios e volta para os seus olhos. — Eu, no entanto, quero tentar de novo.

— Bem, eu *não*. — As palavras são jogadas como se ela estivesse me dando um tapa. Ela age de um modo indiferente — olhos semicerrados e queixo elevado —, mas a pulsação rápida na base da sua garganta a entrega.

— Acho que você quer.

— Dori? — Viramos a cabeça ao mesmo tempo, culpados, como se tivéssemos sido descobertos num beijo no meio do almoço. Roberta está parada acima de nós, seu olhar se alternando entre os dois.

Dori se levanta, atrapalhada.

— Sim? — Quero pegar a mão dela, dizer para ela relaxar e se acalmar, mas isso provavelmente teria o efeito contrário. Não consigo ouvir o que Roberta pergunta, e Dori não olha para trás enquanto elas vão em direção à porta dos fundos. Eu não existo ou fui esquecido.

Mas não. Eu sei para onde olhar para descobrir se ela ficou mexida. Suas orelhas não mentem, mesmo que o resto dela tente ao máximo fazer isso.

Dori

— Você está bem? — Roberta me observa por trás de seus óculos de coruja depois que entramos, mas sua pergunta não me deixa desconfortável, porque estou muito aliviada por ter escapado da afirmação de Reid. Eu queria poder dizer que é totalmente falsa, mas não é: *Acho que você quer.* Meu peito fica tenso com a precisão da frase.

— Claro. O que você quer dizer? — Meu objetivo é parecer casual, e funciona bem até que *dizer* sai mais como um gritinho agudo do que uma palavra. Pigarreio e repito: — Hum, o que você quer dizer?

Um mosquito zumbe na frente do seu rosto, e ela dá um tapa nele enquanto tento me recompor.

— Nada... — Dá outro tapa. — Só parecia... — tapas com as duas mãos — ... que vocês dois estavam discutindo.

O mosquito zumbe na minha direção, e eu bato as duas mãos, matando-o em cheio e passando as palmas no short jeans. *Eca, eca, eca.*

— Foi por isso que você me chamou aqui dentro? — Eu escapo, virando para pegar um lenço desinfetante e esfregando minhas mãos com ele.

— Hum, não. — Ela vai em direção ao quarto que serve de escritório, falando para trás: — Eu só queria confirmar qual o seu último dia na próxima semana. Alguém me perguntou ontem e eu respondi terça, mas me ocorreu que não tenho certeza.

Será que Reid fez essa pergunta?

— Terça-feira. Viajo cedo na quinta de manhã, e achei que devia ter um dia para fazer as malas e confirmar se está tudo em ordem.

— Bem — ela sorri. — Todo mundo vai sentir sua falta, com certeza.

Todo mundo?

Às 14h45, eu me ofereço para sair com Gene, que precisa ir até o centro de jardinagem onde pegamos as árvores e arbustos. Reid já vai ter ido embora quando voltarmos. Não que esse fato tenha alguma coisa a ver com minha oferta de acompanhá-lo.

Covarde, diz meu corpo.

Um dia já foi, faltam três, diz meu cérebro.

27

Reid

— Então você vai embora na terça, certo?

Dori se levanta das fileiras de peças de persiana espalhadas pelo chão recém-acarpetado da sala de estar — lâminas, cordas, equipamentos e ferramentas separados e organizados.

— Certo — responde ela, hesitante. Ela pega o latte com as duas mãos, uma no topo e outra na base, garantindo que não nos toquemos, sem considerar o que está revelando. Se ela não ficasse mexida quando eu a toco, não precisaria evitar o contato físico. Guardo minha mão livre no bolso, porque aquele fiozinho de cabelo rebelde está pendurado sobre seus olhos escuros, me provocando com o que eu fiz na última vez que ele caiu ali.

Depois que ela desapareceu ontem à tarde, decidi que era melhor eu pegar pesado, porque Deus sabe que não tenho nada a perder. Daqui a quatro dias não vou mais vê-la, e não consigo imaginar nossos caminhos voltando a se cruzar.

— Como você vai estar ocupada com as malas e as coisas de última hora, me deixa te levar pra jantar hoje à noite. Pra te agradecer por ser uma chefe tão paciente.

Dori é uma das garotas mais inteligentes que eu já conheci, por isso sei que ela vai perceber que estou agindo como se já tivéssemos um encontro marcado para a próxima semana e eu só estivesse remarcando para ser mais conveniente. Ela não vai cair nessa, mas não tenho certeza se ela vai falar alguma coisa.

Ela se esconde momentaneamente atrás da mão, fechando os olhos para tirar aquele fio de cabelo curto demais do rosto e colocá-lo atrás da orelha. Depois respira suavemente antes de falar:

— Não posso jantar com você. — Ah... a abordagem simples e sem explicação.

Não. Ela não vai escapar com tanta facilidade.

— Por que não?

— Minhas crianças da EBF têm um ensaio hoje à noite.

— Amanhã, então.

Ela mexe na tampa do copo.

— A apresentação é amanhã à noite.

Tomo um gole de café, protelando. Essas desculpas são verdadeiras. Será que ela espera que eu continue convidando? Nunca convido duas vezes, muito menos três.

— Domingo à noite?

— Igreja.

Terceiro strike. Não consigo evitar... começo a rir, e ela franze os lábios e a testa com frieza. Dou um tapinha no queixo.

— Deixa eu adivinhar. Segunda à noite seus amigos vão se despedir de você, e na terça sua família planejou alguma coisa.

Ela arranha a tampa do copo, sem encontrar meu olhar divertido. Tudo bem, porque estou me sentindo tão frustrado quanto divertido, e não sei se meu disfarce blasé continua funcionando.

— Quarta — diz ela, olhando para cima. — O lance com a família é na quarta.

Um comentário provocante está na ponta da minha língua, mas não é isso que sai.

— Quer dizer que você está livre na terça.

Ela inspira levemente por entre os lábios separados. Talvez esperando um comentário provocante.

— Teoricamente.

— Isso é um sim?

Seu peito está subindo e descendo, porque ela permitiu que eu a encurralasse, e nós dois sabemos disso. Ela vai escapar de qualquer maneira. Estou vendo nos seus olhos enquanto seu cérebro procura um jeito de escapar.

— Dori — minha voz é baixa, calmante —, é só um jantar, e depois você vai viver a sua vida e eu vou viver a minha. A menos que você queira que eu acredite que me ensinar a pintar paredes e instalar prateleiras foi muito fácil pra você. — Dou meu sorriso mais afável e inócuo. — Fui uma pedra no seu sapato durante três semanas. Vamos lá. Me faz pagar por isso. — Quero tocá-la, meus dedos se curvando dentro do bolso da calça jeans, mas não ouso.

Quando ela faz que sim com a cabeça, preciso de cada grama de autocontrole para não dar um soquinho no ar e dizer: "Uhu, aí sim!"

— Tudo bem — diz ela, me olhando. — Só jantar.

— Jantar. Terça. Ótimo. — Tiro o celular do bolso e pego o número de telefone e o endereço dela antes que ela mude de ideia, depois bato meu copo no dela antes de sair. — Até mais tarde, chefe.

O. Que. Foi. Que. Eu. Fiz.

28

Reid

Para dar menos oportunidades a Dori de desistir de hoje à noite, mantive distância nos últimos dias. Almocei com Frank na sexta e com Gabrielle ontem, apesar de continuar com a entrega matinal de latte, cronometrada para quando Dori estivesse ocupada com algo ou alguém que a distraísse para não falar sozinha comigo.

Agora é terça de manhã, e está claro que ela está confusa. Esta é uma execução perfeita do meu plano de jogo normal: um padrão alternado entre avanço e recuo, escapando de qualquer resistência até eu conseguir o que quero. Mas esse é o problema: eu ainda não sei o que quero além da repetição daquele beijo, e duvido seriamente de que alguma coisa mais do que isso seja possível.

Talvez Tadd estivesse certo, e o mero desafio de Dori está mexendo com a minha cabeça. Tem alguma coisa muito pura nela, e nem estou falando de sexo nem nada assim. Quero dizer no jeito como ela é, em sua essência. Como quando você acorda e o mundo foi coberto de neve durante a noite, e nem uma pegada ou rastro de pneu estragou a perfeição intocada.

Será que eu quero ser aquele garoto idiota que sai pisando no quintal todo só para ser implicante?

Quando chego, encontro Dori facilmente pela sua voz familiar e muito paciente enquanto ela demonstra para Gabrielle como aplicar padrões de estêncil na parede cor-de-rosa.

— Depois que você prender o estêncil, molha o pincel na tinta e aplica na parede. Mas não exagera, senão vai pingar.

— Assim? — pergunta Gabrielle, e Dori faz que sim com a cabeça, observando-a.

— Perfeito.

Não falei nem emiti sons, mas Dori vira devagar, como se eu tivesse sussurrado seu nome. Uma pequena ruga aparece entre suas sobrancelhas enquanto ela me observa atravessando o quarto.

Gabrielle também vira, pulando para me encontrar no meio do caminho e quicando ao parar na minha frente, com as mãos entrelaçadas.

— Aaah, o que tem chantili é pra mim?

— Claro. Talvez esse açúcar todo te deixe mais doce.

Ela revira os olhos e dá uma risadinha, nunca se sentindo ofendida por nada que digo para ela.

Em compensação, Dori parece muito reservada, e eu sorrio enquanto ela murmura um agradecimento e pega seu copo. Ela se esquece de evitar o contato dos meus dedos nos dela ou decide não evitar.

— Por nada — digo.

Estou a meio caminho do corredor quando ouço Dori dizer meu nome. Quando viro, procuro um argumento racional para ela não cancelar comigo.

— Ainda vamos...? — ela começa, parando no meio da frase quando a encaro.

— Ãhã. Claro. — O tom da minha voz diz que eu talvez tivesse me esquecido da coisa toda, quando, na verdade, estou aliviado e mudando a marcha. — Sete horas está bom? — Eu me aproximo, olhando para seu rosto virado para cima. O dia está nublado, escurecendo o corredor, de modo que mal consigo distinguir suas pupilas do marrom profundo de suas íris. Ela olha para o copo na própria mão, e eu percebo que seus cílios são densos, compridos e lisos quando roçam o topo das bochechas, emoldurando seus olhos quando ela olha de novo para mim.

— Sete horas está bom. O que... eu devo vestir?

Considero sua experiência com as funções da igreja e da escola, as visões rigorosas de adequado e inadequado, se vestir de maneira formal ou informal. Com exceção das filmagens e da minha recente aparição no tribunal, uso o que eu quero, porque não dou a mínima. O respeito deve ser reservado para a pessoa, não para a roupa.

Para minha última sessão de fotos, eles me colocaram numa boia numa piscina clorada usando um terno Gucci, reclinado, com uma perna da calça pendurada dentro d'água. O terno, que valia milhares de dólares, ficou totalmente estragado pelo molho de meia hora em produtos químicos para piscinas. Contraste isso com o fato de que eu costumo entrar em restaurantes que exigem terno e gravata usando calça jeans e camiseta. Ninguém jamais diz alguma coisa diferente de "Por aqui, sr. Alexander". Desconfio de que esse é um aspecto da celebridade que Dori ia curtir.

— Pode se vestir como quiser — digo a ela. — Contanto que esteja confortável.

Dori

Posso me vestir como quiser? O que isso *significa*?

Nunca fui muito ligada à moda, além de seguir as restrições sociais aplicáveis — um vestido ou saia simples para a igreja, calça jeans e camiseta para a escola. *Simples* é o adjetivo mais provável para descrever qualquer peça de roupa que eu tenho, a menos que *blé* possa ser usado como adjetivo. Não que eu queira usar alguma coisa provocante para jantar com Reid. Mas também não quero parecer uma moradora de rua. Fotógrafos o seguem para todo lado. Eu não devia me importar, mas me importo um pouco. Então, no domingo à noite, quando analisei as roupas penduradas no meu closet e enfiadas no armário que herdei da minha avó, senti um medo genuíno. Se eu soubesse o número do celular dele, teria mandado uma mensagem naquele momento e cancelado.

Agora ele está me dizendo para eu me vestir de maneira confortável — como eu quiser. E eu não tenho a menor ideia do que ele quer dizer com isso. O que eu estava pensando ao concordar com esse jantar? Quando contei à Deb, ela suspirou de um jeito pesado.

— Cuidado, irmãzinha. Esquece o confortável... veste alguma coisa com um cadeado. E deixa a chave em casa.

Dei uma risada desanimada. Ninguém consegue ver através de mim como a Deb, mesmo a centenas de quilômetros de distância.

— É. Eu sei.

Eu poderia ligar para Aimee e Kayla, mas elas surtariam com a ideia de Reid Alexander me levando para jantar. E também insistiriam em fazer uma transformação urgente dos pés à cabeça, e isso *não* vai acontecer. Isso não é um encontro. É só um jantar.

Só. Um. Jantar.

* * *

Encaro meu armário de novo e, como era de esperar, nada apareceu num passe de mágica desde que olhei duas noites atrás. Estou obcecada, e sei disso. Digo a mim mesma para escolher alguma coisa e vestir. Ele não se importa com o que eu visto.

Arranco um vestido do cabide e o coloco, depois procuro nas caixas de sapato sem marca as sandálias de salto alto que usei na formatura. Eu normalmente uso sandálias rasteiras com vestidos, porque, se estou usando vestido, há noventa e nove por cento de chance de eu estar na igreja, e, se estou na igreja, estou ajudando com tudo, desde trabalhar na creche até entregar os boletins de serviço de domingo. E saltos altos não são os sapatos mais confortáveis que já foram inventados. Depois da minha interminável cerimônia de formatura, reclamei com minha mãe que ficar algumas horas naquelas coisas me fez sentir uma simpatia por aquelas garotas chinesas infelizes de pés amarrados. Ela riu, disse "Bem-vinda à condição de mulher" e me fez uma massagem nos pés. Eu não as usei desde então, o que significa que ainda são novas e vão apertar os meus dedos.

Vou até o espelho e analiso meu reflexo. Nenhuma surpresa: o tubinho preto sem mangas não me transformou numa gostosona, mesmo com a sandália de salto alto preta com tiras no tornozelo. O maior elogio que eu poderia fazer a mim mesma é que estou um pouco melhor que em minha aparência desarrumada de trabalhadora de construção. Espero.

Coloco o celular, o gloss labial e a carteira de motorista na minúscula bolsa de alças que Aimee e Kayla trouxeram para mim da viagem a Nova York no verão passado. Eu normalmente carrego uma enorme bolsa de lona em que cabe tudo, desde analgésico até um pequeno pacote de giz de cera ou uma muda de roupa. Meu pai a chama de "minha bolsa da Mary Poppins" e se diverte me perguntando se por acaso tenho um cabide de chapéus à mão. Um cara na escola uma vez falou para as pessoas que eu guardava um saco de dormir ali dentro, o que é idiota, e não consigo entender por que alguém acreditaria nele, mas algumas pessoas acreditaram.

Ainda não contei aos meus pais o que vou fazer hoje à noite. Não tenho certeza *por que* ainda não contei a eles. Não tenho medo de eles me proibirem de ir — pelo que eles sabem, nunca fui irresponsável no passado, então por que haveria de ser no futuro? Não que jantar com Reid seja algo irresponsável. Estranho, talvez. Olho no espelho pela última vez antes de descer. Está bem longe da roupa que uma estrela ou socialite usaria, mas é igualmente distante de qualquer coisa que *eu* usaria.

Quando meus saltos altos batem no piso de madeira gasta no pé da escada, Esther faz uma curva trotando e congela longe de mim, com as orelhas levantadas e a cabeça inclinada. Ótimo. Minha roupa está confundindo minha *cachorra*. Isso não é um bom presságio da reação dos meus pais.

Entro na cozinha, onde eles estão preparando o jantar, e meu pai para no meio da história de um paroquiano cujo filho de onze anos foi pego vendendo anfetamina na escola.

— Não vai jantar com a gente hoje, filha? — ele pergunta, provavelmente percebendo não a minha roupa, mas o fato de que estou usando sandálias de salto.

Minha mãe não é tão inocente. Seus olhos se arregalam um pouco quando ela vira.

— A Dori usando vestido? E *salto alto*? O que aconteceu? Doug, rápido, olha pela janela. Tem porcos voando? — Ela ri da própria piada, e eu reviro os olhos para ela. — Vai ver o Nick hoje à noite? — ela pergunta de um jeito travesso.

Pressiono os lábios. Eu devia ter esperado essa suposição.

— Hum, na verdade, não. Vou só, hum, jantar com o Reid.

Os dois piscam, desconcertados.

— Reid? Reid Alexander, o astro de cinema? — Minha mãe se recupera primeiro.

— Esse mesmo. — Minha voz está excessivamente radiante. Dou de ombros. — Ele meio que queria pedir desculpas... bem, você sabe, por mais que ele nunca peça desculpas... por ter incomodado tanto nas últimas semanas.

A sobrancelha esquerda dela se curva para cima.

— Reid Alexander, o astro de cinema mimado, vai te levar pra jantar pra pedir desculpas por agir como um astro de cinema mimado? — ela repete.

Faço que sim com a cabeça.

— E não tem nenhum *outro* motivo pra ele querer te levar para um encontro?

— Não é um encontro — digo, rápido demais, e a sobrancelha direita dela se ergue até a altura da esquerda, seus olhos me analisando da cabeça aos pés. — Mãe, sinceramente, essa roupa é tão... tão...

— Tão diferente das que a minha filha, Dori, normalmente usa?

Meu rosto fica quente, e espero que a luz esteja fraca o suficiente para disfarçar. Os olhos do meu pai se alternam entre nós. Ele está indeciso se deve se preocupar ou não.

— Eu só não quero passar vergonha diante do astro de cinema mimado, só isso.

Minha mãe olha explicitamente para meu pai, e ele pigarreia.

— Hum, acho que a sua mãe não está questionando os seus motivos, filha, e sim os *dele*.

Ai, minha *nossa*.

— Não somos pessoas que acompanham celebridades, mas vocês devem conhecer o tipo de garota que interessaria ao Reid *nesse sentido*... e eu *não* sou assim. Seria humilhante se eu *quisesse* que ele se sentisse assim. Confiem em mim, eu *não quero* e ele *não quer*. Ele só está sendo simpático. — Eu me esforço para não pensar naquele beijo, certa de que isso vai aparecer no meu rosto.

— *Humpf* — faz minha mãe.

— Não sei, Dori — diz meu pai.

A crença deles de que eu poderia ser um tipo de sereia tentadora de celebridades é quase divertida. Mas, como eu manipulei a verdade dizendo que nunca quis que Reid me quisesse — mesmo que esse desejo só tivesse durado alguns segundos —, essa linha de interrogatório é tudo, menos engraçada.

— Confiem em mim.

— Nós confiamos! — dizem os dois ao mesmo tempo, bem na hora em que a campainha toca, Esther late e eu pulo, um-dois-três.

— Tudo bem, tenho certeza que não vou chegar muito tarde. — Enquanto me dirijo à porta da frente, minha mãe empurra meu pai na minha direção.

— Eu vou, hum, abrir a porta e encontrar o rapaz antes de você. Só pra garantir.

Não pergunto o que significa *só pra garantir*.

Esther está em alerta total, latindo como se alguém estivesse com um machado na porta.

— Esther, *quieta* — diz meu pai. — *Senta*. — Ela fica em silêncio na mesma hora e senta. — Boa menina. — Esther sempre obedece ao meu pai e à Deb; e à minha mãe e a mim quando está a fim. Ela sabe quem ela consegue manipular para quebrar um pouco as regras. Como eu e a regra nada-de-cachorro-no-sofá. Minha mãe e a regra nada-de-cachorro-na-cama. Nós duas e a regra nada-de-restos-de-comida.

Meu pai abre a porta com seu melhor sorriso de pai — a expressão que diz: *Estou sorrindo, mas, se você magoar minha filha, conheço um lugar onde ninguém jamais vai pensar em cavar.*

— Sr. Alexander, imagino.

29

Reid

— Seus pais são legais — digo enquanto ela se ajeita no banco traseiro ao meu lado, puxando o cinto de segurança sobre o peito e o prendendo.
— Não que eu esperasse alguma coisa diferente.

Ela dá um sorriso forçado.

— É, eu venho de uma longa linhagem de pessoas legais. — Seus dedos passam distraidamente sobre o couro macio do banco do carro. — Os que têm uma tendência à ironia, como eu, precisam se casar com alguém supergentil, pros descendentes não saírem totalmente desagradáveis.

Meu primeiro pensamento é que isso me tira imediata e inquestionavelmente da concorrência. Que merda é essa? Não quero casar com Dori. Não quero casar com ninguém. *Nunca*. Não consigo imaginar por que estou chateado por ser eliminado da concorrência de algo que não quero.

— Que pena.

A mão dela para na borda do assento.

— É?

Parece que não consigo me impedir. Entrei no piloto automático.

— Acho que você ia morrer de tédio com alguém supergentil.

— Quer dizer que você acha que ser gentil é entediante? — Ela arqueia uma sobrancelha, como se eu tivesse acabado de *chamá-la* de entediante.

Dou de ombros.

— É legal, se for moderado. Mas, num relacionamento, um pouquinho de fogo é bom. — *Que merda está errada comigo?*

— Como se você pudesse saber — diz ela, e depois bate com a mão na boca, os olhos arregalados.

— *Touché*. — Dou risada.

Através das mãos, ela diz:

— Desculpa. Foi mau. — Mas, ao mesmo tempo, tenta não rir.

Insultar minha capacidade de manter um relacionamento foi mau? Por favor. Essa provavelmente é a calúnia menos ofensiva que ela me lançou.

— Mas não é injustificável — digo, ainda sorrindo.

O cabelo dela está solto, caindo sobre os ombros — nada de rabo de cavalo prático hoje à noite. As mechas mais escuras e mais claras que eu percebi quando ela apareceu atrás do pai devem ser naturais, porque não consigo imaginá-la se preocupando em fazê-las.

Falando em praticidade... seu vestidinho preto e as sandálias de salto alto clássicas-e-fora-de-moda.

Eu nunca tinha *visto* a parte superior dos braços dela, já que as mangas das camisetas sempre chegam até os cotovelos. Seus músculos deltoides e bíceps são curvos e definidos, fortes, mas femininos. O decote quadrado clássico expõe a clavícula e a leve pulsação na base da garganta, mas não é decotado o suficiente para mostrar alguma coisa. A cintura é mascarada pouco abaixo das costelas. Claro que já conheço as suas pernas, porque o short que ela usa no trabalho mostra mais. Não que isso signifique muita coisa.

— Isso foi o melhor que consegui. — Ela atrapalha minha fantasia, apontando para o vestido. — Espero que a gente não vá a nenhum lugar muito chique. — Suas mãos se retorcem no colo, e percebo que a estava encarando. Ninguém na história da minha vida de encontros se vestiu com tanta discrição e chamou tanto a minha atenção ao fazer isso.

— Primeiro, estamos combinando. — Aponto para minha calça cinza e minha camisa preta. — Segundo, estou acostumado a te ver de bota de construção e camiseta estampada, geralmente anti-tudo-que-eu-defendo. Seu vestidinho preto é um substituto charmoso. — Ela suga o lábio para dentro da boca, e eu me esforço para ignorar esse sinal de ansiedade atípica e a lembrança que ele desperta. — Acho que você vai gostar do lugar aonde vamos. Não se preocupa, tá?

Ela faz que sim com a cabeça, os cantos da boca se curvando para cima só um pouco, numa pequena indicação de confiança.

O restaurante é pequeno e escuro, abaixo do nível da rua, ao lado de um shopping ao ar livre. É um italiano tradicional, não frequentado por celebridades, então ninguém jamais espera ver uma delas. Mesmo que eu seja reconhecido, quase consigo ouvir o pensamento que vem a seguir: *Não, não pode ser ele*. Eu nunca trouxe ninguém aqui, porque é segredo e não quero estragá-lo.

O motorista nos deixa na porta, e, dois minutos depois, somos levados a uma mesa no canto. Esta é a melhor parte: as mesas laterais são fechadas em cubículos. As paredes com painel de madeira que separam cada mesa se estendem até o teto baixo e têm portas que podem ser fechadas, escondendo o interior dos outros clientes. Lá dentro, o painel antigo é coberto de pichações com canetinha ou entalhadas na madeira: "M+L para sempre", "Katie ama Antonio", "Stephanie & Lauren amigas eternamente!"

Dori senta na minha frente, e seu olhar analisa cada detalhe. Um trio de lâmpadas oscilantes imitando velas dentro de uma luminária de vidro chanfrado lança um brilho suave sobre nós. O garçom se aproxima da mesa com um cesto de pães e dois copos de água. Ele me dá a carta de vinhos e eu a pego, perguntando a Dori:

— Tem alguma preferência?

Não fico surpreso quando ela responde:

— Ah, estou bem só com água — mas isso me faz pensar se ela bebe alguma coisa. Filha de pastor, supercertinha e com dezoito anos. Desconfio que *não*.

Devolvo a carta ao garçom.

— Hoje não. — Posso ficar uma noite sem beber.

— Está bem, senhor — responde ele, nos entregando os cardápios e citando os pratos do dia antes de perguntar se queremos que ele feche a porta enquanto decidimos.

— Claro — digo. — E não precisa ter pressa. — Ele fecha a porta, e vemos outras pichações: mais declarações de amor eterno, além de alguns desenhos artísticos e uma citação de Oscar Wilde. — O que você acha? Você parece preocupada. Quer que a porta fique aberta?

Ela sorri, e um alívio me inunda.

— Não, deixa fechada. É aconchegante. Eu não tinha a menor ideia de que esse lugar existia. Como você achou?

— Meus pais e eu vínhamos muito aqui, quando eu era mais novo. Os donos se lembram dos meus pais pelo nome e, sempre que estão aqui, perguntam por eles. O filho deles administra o local agora, então, por sorte, é uma rara coincidência.

— Você nunca sai com eles, atualmente? Eles ainda moram em Los Angeles? — pergunta Dori, como se estivesse lendo a minha mente. Droga.

— Moram, sim. Mas meu pai é viciado em trabalho e minha mãe é alcoólatra, então não saímos mais em família. — Respiro fundo depois dessa confissão, sem acreditar que acabei de revelar esse nível de fracasso familiar.

Seus olhos não desgrudam dos meus, a sobrancelha arqueada, o rosto cheio de compaixão. Esse é o tipo de expressão que costuma me enfurecer — e, sim, eu sei com *quem* fico enfurecido, mas esse fato não me impede de atacar a pessoa infeliz que está sentada ali, ousando pensar que sabe o que eu sinto.

— Sinto muito — diz ela, e, por algum motivo, eu acredito.

— É, é um saco. — Tenho que redirecionar essa conversa *agora*. — Imagino que você e seus pais superlegais ainda jantam em família e tal.

Ela faz que sim com a cabeça.

— Somos meio nerds. — Ela se inclina, coloca uma expressão travessa nos olhos e sussurra: — Temos até uma noite de palavras cruzadas. Você quase acertou essa, quando listou as coisas que eu faço nas minhas noites. Só que é às sextas, não às terças.

Ai, meu Deus.

— Uau. Eu sou muito babaca.

— Humm — diz ela, sem se comprometer. — Tenho uma confissão a fazer. — Sua expressão está inabalável, e eu instintivamente me preparo. — Eu não esperava que você trabalhasse tanto no último mês. Nem que você fosse tão despretensioso e respeitoso. Com... você sabe... todo mundo menos eu.

Dou risada.

— Eu fui respeitoso com você! Bom, mais ou menos. — A lembrança de seduzir sua boca com a minha língua quase derruba a expressão divertida do meu rosto, e eu me esforço para mantê-la ali. — Mas não no início. Fui um idiota total, e peço desculpa por isso. Eu te rotulei de hipócrita e fanática, e estava errado.

Ela ainda está sorrindo — um bom sinal.

— Bem. Eu *sou* um pouco hipócrita.

Sorrio também.

— Não. Você assumiu que eu era egoísta, acostumado a ter tudo o que eu quero e irresponsável. E você estava certa, eu sou tudo isso.

Sua expressão se transforma de humor em algo pensativo e sério.

— Se você não quer ser assim, só precisa decidir não ser.

— Simples assim, é? Tipo "Seja a mudança que você quer ver no mundo"? — Tenho uma sensação não merecida de orgulho quando ela parece satisfeita.

— Acho que as pessoas supõem que Gandhi queria que todo mundo adotasse sua busca pela paz mundial e usam a citação com essa suposição em mente, em vez do encorajamento que isso era. — Seus olhos escuros estão animados. — Poucos de nós podemos mudar o mundo de verdade. Só podemos mudar a nós mesmos. Mas, se todas as pessoas adotassem essa regra, o mundo mudaria.

Um som de batida numa das portas, e o garçom se aproxima, perguntando:

— Já decidiram?

Dori abre o cardápio, pesarosa.

— Desculpa, ainda não olhei.

— Precisamos de mais alguns minutos — digo e ele desaparece, fazendo um sinal de positivo com a cabeça.

Enquanto Dori lê o cardápio que eu decorei anos atrás, finjo fazer o mesmo, minha mente zumbindo. Ela acredita que eu tenho potencial para ser alguém que nunca fui. Alguém que eu nunca quis ser e que nem pensei que fosse possível.

Isso não é exatamente verdade. Eu *quis*, sim. Na última primavera, achei que poderia ser um cara diferente se estivesse com Emma. E aí ela me disse que não queria alguém que precisasse *dela* para ser uma pessoa melhor. Ela queria alguém que fosse melhor por conta própria, com ou sem ela.

Pela primeira vez, entendo o que ela quis dizer.

Há muito tempo eu sei que não posso mudar os outros. Mas sempre vi a autotransformação como um meio para chegar a um fim, por isso todas as mudanças que fiz foram temporárias.

Tenho medo de me tornar workaholic como meu pai, mas a única coisa que trato com seriedade é o meu trabalho. Tenho medo de me tornar alcoólatra como minha mãe, mas na noite em que bati na casa dos Diego eu tinha bebido, e não foi um incidente isolado. Só o fato de bater numa maldita *casa* foi um incidente isolado. Todas as outras vezes, quando eu consegui chegar em casa sem destruir propriedades ou matar alguém no caminho, foi pura sorte.

— Como é o ziti daqui? — pergunta Dori, levantando o olhar do cardápio.

— Hum? O ziti? É bom. — Decido pensar nessas merdas mais tarde. Só tenho mais algumas horas com essa garota, e não quero perdê-las com exames de consciência ou autoflagelação. Vou ter muito tempo para fazer isso depois que ela sair da cidade.

* * *

Paramos no meio-fio, e ela olha para a própria casa, depois para mim. A lâmpada da varanda está acesa, lançando luz sobre a porta da frente, na área de concreto diante dela e nos degraus rachados, sumindo assim que chega ao gramado desbotado.

Esse é o tipo de cena importante que já filmei uma dezena de vezes: um garoto típico levando uma garota típica para casa pouco antes da hora de recolher. Geralmente, acontece uma das duas coisas: ou o garoto deixa a garota sair do carro com um "tudo bem, te vejo por aí", ou ele a segue até a porta e tenta lhe dar um beijo de boa-noite — o sucesso ou o fracasso dependem do roteiro.

Os olhos escuros de Dori são impossíveis de interpretar no interior mal iluminado do carro, mas suas mãos, entrelaçadas no colo, não são. Quando isso passa pela minha mente, ela as solta e me estende uma das mãos.

— Obrigada pelo jantar. Foi divertido e... esclarecedor? — Ela ri de um jeito amigável, e pego sua mão pequena na minha. No instante em que nos tocamos, seu riso evapora.

— Tudo ao seu redor é esclarecedor — digo de maneira enigmática, sem saber que diabos eu quero dizer, além do fato de que conhecê-la me revelou partes de mim que eu nem sabia que existiam. Se isso não for esclarecedor, não sei o que é.

Ela pigarreia e aperta a minha mão uma vez antes de puxar a sua. Em seguida vira na direção da porta, com os dedos na maçaneta.

— Bem. — Ela olha por sobre o ombro com um sorriso torto, e eu fico congelado ali. Eu curti completamente a noite, e parece que durou meia hora. — Adeus, Reid. Seja uma pessoa boa. — Antes que ela consiga abrir a porta, o motorista está lá, abrindo-a para ela. — Ah! — diz ela, rindo de novo. — Acho que eu levaria *muito* tempo pra me acostumar com isso.

Sua risada me tira do torpor e, enquanto ela está saindo pelo lado de lá, saio pelo de cá, contornando o carro para encontrá-la na calçada.

— Não tanto quanto você imagina — digo, estendendo a dobra do cotovelo. Ela engole visivelmente em seco, seus dedos gelados no meu antebraço.

Vamos juntos até a porta, e eu a puxo e a faço parar pouco antes de chegarmos à área iluminada. Ela me permite puxá-la para perto, me observando em silêncio. Mesmo de salto alto, é um palmo mais baixa que eu.

— Quando você me diz pra ser uma pessoa boa, sinto vontade de ser bom — digo, ouvindo o desejo evidente na minha voz. Passo os dedos pelo seu cabelo na altura das têmporas, pegando seu rosto entre a palma das mãos, e ela não se mexe. — Mas também me dá vontade de ser muito, muito mau. — E então eu a beijo.

Dori

Quando ele me beija, eu me esqueço de tudo — onde estou, aonde fomos, o que dissemos. Eu me esqueço do fato de que nunca mais vou vê-lo, a menos que compre um ingresso ou alugue um filme para isso. Quando subo os degraus instantes depois, essa verdade escapa rapidamente do meu subconsciente — *Eu nunca mais vou vê-lo*. Isso é tudo que posso fazer enquanto tiro a chave da bolsa com os dedos trêmulos, destranco a porta e entro, virando para observar, da entrada escura, enquanto o carro se afasta e desaparece.

Minha cabeça ainda está girando, meu rosto queimando nas laterais onde ele tocou em mim com as mãos quentes, enquanto sua boca se aproximava da minha. Dessa vez, não houve negociação, e ele não desperdiçou esforços para se controlar ou testar os meus limites. Ele puxou meu corpo contra o dele, e um dos braços me envolveu enquanto ele se abaixava. Depois me beijou com delicadeza, mas profundamente, provocando uma reação de fome e instinto. Minhas mãos apertaram sua camisa, me segurando até ele parar e abrir os olhos, a testa encostada na minha, sua respiração ecoando a minha, entrecortada e querendo mais.

— Adeus, Dori — ele sussurrou, e minha despedida ficou presa na garganta enquanto seus lábios roçavam meu rosto. E então ele caminhou até o carro, sem olhar para trás.

Tenho medo de comparar esse beijo com todos os outros que vou receber pelo resto da vida, um padrão inalcançável pelo qual medir futuros homens sem rosto. Talvez eu esteja sendo melodramática, e a lembrança desse beijo comece a desaparecer amanhã, na próxima semana ou algum dia. Mas, hoje à noite, estou em chamas, subindo a escada em silêncio até o meu quarto, como se meus lábios fossem os condutores de todos os sentimentos significativos possíveis, e todos os receptores neurológicos do meu corpo estivessem inundados de calor.

Meus pais estão dormindo, pois a faixa embaixo da porta do quarto deles está escura. Meu abajur está aceso. As cortinas estão fechadas. As roupas que eu deixei na secadora agora estão dobradas e empilhadas na minha cômoda; vários artigos de higiene pessoal cobrem a minha mesa. Esther espera na minha cama, o rabo batendo no colchão devagar, como um tambor. Passo a mão na sua cabeça macia, e ela se aninha, a língua pendurada num dos lados da boca. Ela parece sorrir, essa sua expressão adorada que normalmente provoca um sorriso de resposta no meu rosto.

Hoje à noite, meus lábios parecem dormentes. Não, dormentes não. Desolados.

Quando me chamou para jantar, ele disse: "Você vai viver a sua vida e eu vou viver a minha". Sem promessas falsas, sem opções ou ameaças de adiar o fim tão inevitável. O jantar, a conversa, o beijo — tudo era parte de um adeus agradável, mas não menos garantido. Desde o instante em que o conheci, eu estava ansiosa para o fim da nossa frustrante parceria.

Agora acabou, ele foi embora, e eu sinto um vazio por dentro, como se ele tivesse levado um pedaço de mim como recordação.

30

Reid

— E aí, você acha que vai ser voluntário de novo, depois dessa? — pergunta Frank enquanto instalamos uma doação recente de ladrilhos decorativos da varanda até o portão dos fundos.

— Quer dizer, depois que a minha sentença terminar? — As peças de ladrilho variam em tamanho. Fazer um caminho com elas consiste no que Frank chama de montar um quebra-cabeça, e eu, de adivinhação. Frank normalmente é fácil de lidar, mas, quando se trata de colocar ladrilhos, ele ganharia a aposta contra o perfeccionismo de Dori. *Droga, eu não quero pensar nela.* Olho para o céu azul sem nuvens, tiro uma das luvas e uso a parte inferior da camiseta para secar o suor do rosto. Los Angeles está tendo mais uma onda de calor e, como as mudas que plantamos se resumem a varetas altas com pouquíssima folhagem, o quintal não tem nenhuma sombra.

— A Dori não está aqui, você sabe — diz Frank.

Meus olhos disparam até os dele.

— O quê?

Ele toma alguns goles generosos de sua garrafa d'água.

— Você pode estar aqui por ordem do juiz, mas você poderia ser um idiota em relação a isso, poderia se esforçar muito menos do que se esforçou. Pelo que eu sei, você é voluntário o suficiente para receber o título. Eu ficaria feliz de ter você por perto de novo.

Isso ecoa o que Dori disse na noite de anteontem. E, claramente, *eu não consigo parar de pensar nela.*

— Obrigado, Frank. Significa muito, vindo de você.

— Ãhã.

Frank não gosta de elogios, por mais que sejam vagos. Na semana passada, Dori sussurrou "Olha isso", depois de me fazer prometer que não ia reagir, então falou ao Frank que ele estava *muito* bonito usando azul-petróleo. Ele olhou para a camisa de linho azul-petróleo e ficou corado, resmungando algo parecido com "Humpf", antes de sair em disparada para o outro lado do quintal. Dori virou para mim com o olhar mais sapeca do mundo no rosto. Com esforço, abafamos nossas risadas enquanto eu me esforçava para desprezar o desejo de puxá-la para o meu colo e beijá-la.

Merda. Para de *pensar nela* agora. Estou quase fora daqui. Só hoje e mais um dia.

— Me voluntariar de verdade? Não sei. É possível — digo a ele, me lembrando da conversa com Larry algumas semanas atrás sobre fazer trabalho braçal por caridade, quando falei alguma coisa parecida com "De jeito nenhum, que inferno". Uau. Sou um babaca de marca maior.

Amanhã é meu último dia na casa dos Diego, e George me ligou ontem à noite para avisar que a produção mudou as datas do meu projeto de Vancouver. Vou estar no set de filmagem daqui a três semanas — um dia antes de Dori voltar do Equador. Tenho menos de um mês para aumentar os músculos e ganhar os últimos dois quilos dos nove que prometi ganhar para aceitar o papel. George me alertou de que o diretor e uma parte da equipe de produção não queriam me contratar porque queriam que o personagem fosse mais velho e mais forte, mas os caras que financiaram o filme queriam o meu nome nos créditos. O dinheiro manda, mas, se eu ferrar tudo, posso depreciar meu valor futuro e diminuir seriamente as chances de alguém me dar outro papel num filme como esse.

Para isso, Olaf prometeu me matar, começando neste fim de semana. Maravilha. No mínimo, talvez eu consiga dormir um pouco, depois de ele acabar comigo todos os dias. Virei tanto de um lado para o outro ontem à noite que, às quatro da manhã, eu estava procurando no Google o clima de Vancouver, atrações populares e locais noturnos bacanas, depois o clima de Quito, a topografia, possíveis problemas de segurança e fuso horário (duas horas à frente de Los Angeles e Vancouver, que têm o mesmo fuso).

Tenho que tirar essa garota da cabeça. Preciso de tempo e distância, e estou prestes a conseguir as duas coisas. Apesar do modo como ela reagiu a mim fisicamente, apesar desse impulso insistente em direção a ela, que estou tentando afastar (e fracassando), nós dois sabemos que nunca daríamos certo juntos. Tudo em nós é diferente — cada maldita coisa. Nunca dei importância a isso. Nunca *pensei* nisso. Quando você está saindo com uma garota, tudo que importa é a aparência dela, dali a quanto tempo ela vai abrir as pernas e de que maneira.

Quem se importa com seu passado, suas crenças e aspirações?

Quem se importa se ela tem olhos gentis, uma paciência infinita ou a capacidade de colocar as necessidades de todo mundo no maldito *planeta* na frente das dela?

* * *

Estamos a menos de um quilômetro e meio da casa quando passamos por Gabrielle no acostamento da estrada, parada na frente do seu Cutlass de bosta — com fumaça escapando por baixo do capô e o pisca-alerta ligado. Um cara numa caminhonete parou na frente do carro dela. Ele parece ter uns vinte e cinco anos, e eu não o reconheço.

— Ei, Luis, faz a volta, cara. Eu conheço aquela garota ali atrás.

Os olhos de Gabrielle se arregalam ao ver o Mercedes parar atrás do carro dela. Quando saio, o cara ao lado dela me encara com um ódio declarado. Ele está vestido e tatuado como um marginal, o que não elimina a possibilidade de ele a conhecer, mas suspeito de que seja um total desconhecido que só parou para ajudar uma garota gostosa a entrar no carro dele.

— Problemas com o carro? — pergunto, ignorando-o.

— É. Ele faz isso todo mês, não é nada de mais. — Ela dá de ombros, claramente envergonhada. Esse carro não é só um modelo antigo, ele é *arcaico*. Diferente de um dos carros do meu pai, um Mercedes 280s 1968 impecável, esse Cutlass, no mínimo dez anos mais novo, está um lixo. Há pontos de ferrugem nas portas e nas laterais, o teto interno está pendurado como uma cortina, e os pneus estão carecas demais para serem remotamente seguros. O fato de ele não estar funcionando não é nenhuma surpresa.

— Seus pais vêm te buscar? Ou uma amiga? — pergunto. Seu suposto resgate fica parado ali, me olhando com frieza, e eu meio que fico feliz porque Luis está no carro atrás de nós.

— Eles não atendem. Nem sempre o celular deles tem sinal no trabalho. — Ela dá de ombros.

— Vem comigo, então. Te dou uma carona pra casa.

Ela sorri de orelha a orelha, mas depois o sorriso desaparece.

— Hum, eu prometi pros meus irmãos mais novos que ia pegá-los na creche e levá-los pra tomar sorvete. Acho que eles podem ficar lá até minha mãe ou meu pai pegá-los...

— Sorvete me parece uma boa ideia, depois de hoje. Se vocês não se importarem de ficar no carro comigo. Estou suado como o diabo.

— Você conhece esse *pendejo*? — Ah, quer dizer que sua companhia de beira de estrada fala. No mínimo para me chamar de babaca.

Com uma das mãos no quadril, Gabrielle responde em espanhol, e eu entendo *apenas* o suficiente para saber que é melhor eu carregá-la para o carro antes que ela leve um tapa.

— Obrigado por parar, cara — digo a ele enquanto pego Gabrielle pelo braço e a levo rapidamente para o banco traseiro.

Uma hora depois, o carro dela foi rebocado e estamos com os gêmeos no meu. Como eles têm nove anos, ficam muito mais impressionados com o fato de poderem fazer caretas através das janelas escuras, de modo que outros motoristas não podem ver, do que por eu ser um astro de cinema. Eles também ficam encantados com o fato de que tenho um cara para dirigir por mim e me levar aonde eu quiser; a irmã deles entende melhor como eu sinto falta de ter meu próprio carro.

Gabrielle orienta Luis até uma sorveteria no seu antigo bairro, e os meninos ficam loucos quando eu digo que eles podem pedir tudo que quiserem. Acho que eles nunca ouviram essas palavras: "Podem pedir *tudo que quiserem*". Eles levam dez minutos discutindo para decidir o que querem e, como somos os únicos clientes, a mulher atrás do balcão aproveita a pausa para ver amenidades numa televisão minúscula ao lado do caixa. Um dos comentaristas diz meu nome, e eu finjo não perceber enquanto a funcionária olha para mim e para a minha imagem na telinha. Por fim, ela me encara, a boca ligeiramente entreaberta e as sobrancelhas elevadas até a viseira cor-de-rosa, e eu sorrio para ela. Quando saímos, ela pega o celular e tira fotos das nossas costas.

Luis ergue uma sobrancelha quando saímos, porque os meninos estão levando copinhos de cem mililitros, e Gabrielle e eu estamos segurando cones transbordando de tão cheios.

— O jantar oficialmente *já era* — digo a ela enquanto um dos meninos pede para ir na frente e o outro se esmaga entre nós no banco de trás. — Sua mãe vai me matar.

Gabrielle dá um sorriso bonito.

— Não vai, não. Ela gosta de você.

— É? — Sou pego de surpresa, apesar de a sra. Diego ter me agradecido por trabalhar na casa uns dois dias atrás. Quer dizer, Jesus, eu bati na casa dela com o meu carro. — Deve ser meu charme abominável e minha boa aparência.

Ela ri e balança a cabeça.

— Ela diz que você trabalha muito. Essa é a *única* coisa que impressiona a minha mãe.

Dori

Eu estava na fila da inspeção de segurança no aeroporto às sete da manhã para o voo até Miami e, de lá, peguei a conexão para Quito. Já fiz essa viagem duas vezes — nos últimos dois verões —, mas ter experiência de viajar entre Los Angeles e Quito não faz com que a viagem de treze horas pareça mais curta. É quase meia-noite quando me instalo no dormitório feminino, e eu provavelmente terei sorte se tiver cinco horas de sono antes de acordar.

Sempre tem muita coisa para fazer. As crianças em Quito são mandadas para a cidade aos montes para mendigar ou lustrar sapatos para ajudar a manter a família. No meu primeiro ano aqui, reformamos uma escola e organizamos atividades de aprendizado com crianças cujos pais as liberaram de alguns dias de trabalho. Perguntei a um grupo de meninos se eles frequentavam a escola durante o período escolar normal. Todos disseram que não, mas tinham irmãos que frequentavam. Quando perguntei por que alguns irmãos tinham permissão para ir e eles não, um deles respondeu:

— Minha irmã é inteligente, por isso ela vai pra escola e a gente trabalha. — Isso partiu meu coração. Aquelas crianças eram excepcionalmente espertas, mas se resignavam à ideia de que não eram.

De certa maneira, voltar no ano passado foi ainda mais deprimente. Tivemos um impacto no primeiro ano em que me voluntariei, e voltar um ano depois e não encontrar nenhuma melhoria me fez querer gritar de frustração. Eu nunca tinha entendido totalmente meus pais e Deb quando eles diziam que o progresso social dava dois passos para a frente e um para trás — às vezes, dois. Arrasada, liguei para Deb em

San Diego, onde ela estava fazendo uma pesquisa de verão antes do último ano de faculdade de medicina.

— Dori, pequenos ganhos ainda são ganhos. Grandes mudanças levam tempo para acontecer. A gente mal as percebe enquanto estão acontecendo. Pensa na diferença que trinta, quarenta ou *cem* anos fizeram em coisas como relações raciais, testes em animais ou reconhecimento do vício como uma doença.

Seu raciocínio lógico me acalmou, mas não impediu o lamento que invadiu minha voz.

— Não é justo.

Ela deu uma risadinha.

— Eu sei, docinho. Mas o mundo não é justo. Você sabe disso tão bem quanto eu. — Falar com Deb é parecido com ter alguém segurando sua mão enquanto você toma um remédio de gosto horrível ou recebe uma injeção. Ela não consegue fazer as coisas ruins desaparecerem, mas faz com que sejam mais fáceis de aceitar. — Se quiser fazer a diferença um dia, simplesmente continue.

Pensei no conselho dela várias vezes no último ano, e aqui estou no Equador pela terceira vez, mais preparada para as condições que vou encontrar e pronta para enfrentá-las.

Usar esse tempo para superar os sentimentos imprudentes que desenvolvi por Reid é outra coisa que preciso fazer. Prometo voltar a Los Angeles com uma mentalidade mais racional, porque, nas últimas quarenta e oito horas, fiz pouca coisa além de pensar nele como uma série de clipes de filmes: seu pouco caso na manhã em que nos conhecemos, sua ironia, seu charme, o modo desconcertante como as duas coisas se combinam para fazer com que ele seja impossível de ignorar. O orgulho no seu rosto quando ele terminou as prateleiras, a surpresa nos seus olhos quando soltou a verdade sobre os pais durante o jantar, a delicadeza do seu beijo.

Depois de passar pela alfândega, sou recebida por Ana Diaz, uma missionária que mora aqui o ano todo e tenta educar o máximo possível de crianças equatorianas.

— Bem-vinda de volta, Dori — diz ela, me abraçando.

À uma da manhã, estou encarando o fundo da cama de beliche acima de mim, inquieta e acordada, cercada pela respiração sonolenta das mulheres que vou conhecer amanhã. Eu poderia jogar a culpa da minha insônia no frio — as noites em Quito ficam em torno de dez graus o ano todo —, mas não sou tão estúpida para achar que um friozinho me impediria de dormir depois desse dia exaustivo.

A verdade é que estou suficientemente aquecida, me lembrando dos dedos de Reid brincando no meu cabelo, segurando o meu rosto e descendo pelos meus braços nus, sua boca na minha. As sensações que me aquecem são as mesmas sensações deliciosas responsáveis pela minha insônia, mas minha mente se recusa a pensar em qualquer outra coisa. Por hoje, eu me rendo, minhas mãos inquietas sob as cobertas amaciadas e gastas pelo uso. Amanhã será suficiente para começar a tirá-lo da cabeça.

31

Reid

— Tem certeza disso? — Não consigo me lembrar do meu pai me olhando com uma expressão tão incrédula, e, acredite, já testemunhei incredulidade no rosto dele um milhão de vezes.

— Tenho certeza, sim.

Nas manhãs de sábado, meu pai fica no escritório de casa, fazendo o que não fez durante sua semana de trabalho de sessenta horas. A ideia de incomodá-lo antes do meio-dia é inconcebível para mim e para a minha mãe, já que normalmente estamos dormindo a essa hora. Assim, quando bati na porta dele às nove da manhã, ele pareceu confuso com a minha aparição. Falei que eu tinha um assunto financeiro para discutir, além das nossas consultas mensais sobre meus gastos e investimentos. Ele se recompôs bem rápido, obviamente esperando que eu pedisse mais dinheiro porque já tinha acabado com o orçamento do mês.

Em vez disso, falei que queria que ele comprasse três carros e entregasse anonimamente para os Diego no dia em que eles recebessem as chaves de casa.

— Uma doação anônima? — ele questiona, com as sobrancelhas unidas. — Sem publicidade? Sem desconto nos impostos? É um gasto significativo, para não obter nenhuma vantagem pessoal.

Seu tom diz que ele vai fazer o que eu quero, mesmo que esteja confuso com o pedido atípico. O dinheiro é *meu*, no fim das contas; ele só o administra para mim, já que eu nunca me interessei muito por nada além de gastá-lo.

— Tem que ser anônima. E, no fundo, você acabou de descrever a maioria dos meus gastos.

Ele dá uma risadinha.

— Faz sentido. — Franze a testa uma última vez. — E isso não tem nada a ver com a garota.

Dou um sorriso forçado.

— Pai, o que exatamente você está sugerindo?

Ele solta a respiração pelo nariz e faz uma careta, sem tirar os olhos do meu rosto, sempre uma águia da advocacia.

— Acho que você sabe muito bem o que estou sugerindo, Reid. Eu normalmente deixo passar suas *indiscrições*, mas a garota dos Diego é menor de idade.

Inspiro e expiro fundo, através dos dentes.

— Sim, eu tive essa ideia depois de ver a porcaria de carro que ela anda dirigindo por Los Angeles. — Levanto a mão para silenciá-lo. — Mas não quero que nenhum deles saiba da minha ligação com isso, pra que não seja usado como isca. Por mais estranho que pareça pra você, é uma coisa que eu quero fazer. Pra reparar o mal que eu causei.

Ele fica em silêncio por um instante, depois dá de ombros.

— Não sei o que te deu, mas tudo bem. Esses são os carros que você quer? — Ele aponta para o monitor, onde abriu os links que mandei ontem à noite.

— É. O John e eu montamos os carros online pra confirmar as características disponíveis, e essas são as especificações exatas. São todos muito seguros, mas não são chamativos.

Ele faz que sim com a cabeça.

— Ser chamativo não vai ajudar a família naquele bairro onde eles moram. Vou pedir todos os itens de segurança disponíveis também, pra desestimular o roubo.

— Obrigado, pai. — Eu me levanto para sair, mas volto. — Não preciso dizer pra não contar pro Larry. Nem pro George, só pra garantir. Acho que ele aceitaria, mas prefiro deixar isso só entre nós dois.

Ele me olha com aquela mesma expressão incrédula.

— Tudo bem.

Viro e saio do escritório, me perguntando por que demorei tanto tempo para descobrir esse tipo de euforia. O mês na Habitat mexeu comigo mais do que eu pensava.

Dori

— Você está tão difícil de encontrar quanto eu, ultimamente. — Deb ri. A ligação dela é a primeira, desde que meus pais me ligaram no fim de semana passado. Estamos brincando de gato e rato por telefone nas últimas vinte e quatro horas, e eu quase tinha desistido de conversar com ela. Quito e Indianápolis ficam a apenas uma hora de diferença, mas ela trabalha a noite toda, e eu, o dia todo, então nossos horários são desencontrados. — Como estão indo as coisas?

Timing perfeito. Estou sentada no meu beliche, folheando partituras para hoje à tarde.

— Muito bem. Tenho um grupo entusiasmado este ano... Estou ensinando para as crianças músicas que ajudam a aprender conceitos matemáticos. São todas tão inteligentes! Mas a coisa mais legal: sou tutora de duas meninas quase da minha idade em inglês e matemática. — É impossível disfarçar a empolgação na minha voz. — Quando as conheci, duas semanas atrás, elas achavam que iam abandonar a escola pra casar ou começar a trabalhar em tempo integral. Agora, uma está determinada a terminar pelo menos o ensino médio, e a outra está falando em ir pra *faculdade*.

— Isso é fantástico, Dori!

— Sinto que estou fazendo uma enorme diferença, desta vez. — Minha colega de beliche entra, sobe a escada até a cama de cima e se joga com um gemido. Ela tem a idade da minha mãe e chegou ao Equador na noite de anteontem com um grupo de mulheres da sua igreja em Oklahoma. — Tudo bem, Gina? — grito para o andar de cima.

— Aaaaaah, essa altitude está me *matando*. — Ela se pendura na cama e me olha de cabeça para baixo. — Você está falando com a sua irmã? Perguntou se ela tem alguma recomendação pra mim?

— Ela vai te dizer a mesma coisa que eu te disse ontem. Nada de se esforçar demais e muito líquido. — Deb dá uma risadinha do outro lado do aparelho. As pessoas, desde amigos e familiares até desconhecidos, pedem conselhos médicos desde que ela começou na faculdade de medicina. — Você vai se sentir melhor daqui a um dia, mais ou menos.

Gina vira de costas na cama.

— Meu Deus, espero que sim. Isso não é legal.

— Tem certeza que não quer estudar medicina? — pergunta Deb, ainda rindo.

— *Tenho* — sussurro, esperando que Gina durma em vez de ficar ouvindo a conversa com minha irmã, que provavelmente será a única enquanto eu estiver no Equador. — Agora, vamos falar de *você*. Você e o Bradford já passaram da fase de se agarrar no estacionamento?

O sorriso na voz dela continua quando ela responde:

— Ah, talvez...

— Deborah Cantrell — digo, me esforçando para manter a voz baixa. — O que você está querendo me dizer? Você parece absolutamente culpada.

— Vou contar primeiro pra você, depois pra mamãe e pro papai, e em seguida pra Sylvie. — Sylvie estudou com a Deb na faculdade e é sua melhor amiga. Ela se casou com o namorado que conheceu também na faculdade, tem um filho de dois anos e mais um a caminho, e vem apresentando minha irmã a todos os amigos solteiros do marido dela há anos. Nenhum deles deu certo, e alguns se resumem a ser anedotas espirituosas quando ela e as amigas da faculdade de medicina discutem fracassos de relacionamento.

— Ora, isso parece promissor. *Espera. Deb. Me conta.*

— Ele me pediu em casamento na noite passada.

Eu me esqueço de sussurrar.

— *O quê?*

Gina se pendura.

— O quê? O que foi?

— Ele te *pediu em casamento*? Mas vocês se conhecem há poucas semanas! — digo, e os olhos de Gina ficam redondos quando ela emite um som animado de *eeeeeeeee*. Quero dar um soco na testa dela para poder ter esse momento com a minha irmã, *sozinha*, mas é claro que não faço isso.

A resposta de Deb é calma, imperturbável depois do meu surto. Provavelmente já estava esperando.

— Dori, eu sei o que te preocupa: se eu tenho certeza ou não. E eu *tenho*. Nunca tive tanta certeza de uma coisa na vida.

— Ai, minha nossa. — Meus olhos ficam marejados, mas estou sorrindo, e Gina sorri entusiasmada, ainda de cabeça para baixo. Uma lágrima escorre pelo meu rosto, e eu a seco. Gina desaparece momentaneamente e reaparece com um lenço de papel. — Vocês já resolveram as coisas com a administração do hospital? Quando é que eu vou conhecer o meu cunhado?

Deb suspira.

— Ainda não sabemos como contar, nem o que vai acontecer quando contarmos. Ninguém no hospital sabe ainda, exceto um amigo próximo dele e uma das enfermeiras, que pegou a gente se beijando num quarto vazio. — Ela dá uma risadinha, e eu fico surpresa de novo por como ela está parecendo ter *dezesseis* anos desde que esse homem entrou na vida dela. — Foi a primeira vez que ele disse que me amava. Quando ela entrou, tentei me afastar, mas ele me segurou, sorriu e disse: "Marta, você conhece a mulher que eu amo?" Ela nos encarou por um instante e depois disse: "Bem, eu sabia que *alguma coisa* estava acontecendo, doutor. Você tem estado tão agradável nas últimas semanas que achamos que você estava apaixonado ou morrendo. Fico feliz de saber que é a primeira opção." Fizemos ela jurar que ia manter segredo.

Estou rindo e chorando ao mesmo tempo e, estranhamente, Gina também, e ela me dá outro lenço de papel enquanto seca os próprios olhos.

— Uau — digo, encantada.

— Tenho alguns dias de folga em setembro, e estamos planejando fazer uma viagem rápida até lá em casa. Acho que você pode escapar de Berkeley uma noite, não?

— Claro que sim. Eu não perderia isso por nada. Quando você vai contar pra mamãe e pro papai?

— Assim que desligarmos, vou ligar pra eles. Mas, primeiro, como você está indo com a situação Reid Alexander? A distância está ajudando? — Ouvir o nome dele é um choque.

— É. Estou bem. Não tenho pensado muito nele. — Cruzo os dedos embaixo da perna.

— Quer dizer que você não tem notícias dele, então?

— Não. — Como ele previu, ele voltou à própria vida, e eu, à minha. — O que os olhos não veem o coração não sente. — Minha voz ecoa de maneira falsamente indiferente aos meus ouvidos.

— Não consigo imaginar um garoto idiota o suficiente pra tirar você da cabeça com tanta facilidade, irmãzinha. Nem mesmo ele.

Estou feliz porque Gina, que ainda está ouvindo a conversa sem a menor vergonha, não consegue escutar a parte de Deb na conversa.

— Bem, obrigada. Mas acho que eles todos são meio parecidos. — Deb sabe que estou me referindo a Colin.

— Não são, não, mas caras como o Brad são raros. Levei vinte e seis anos pra encontrá-lo, e olha a que distância de casa. E se eu tivesse feito a residência em outro lugar? Nós nunca teríamos nos conhecido. O Brad e eu estávamos escritos nas estrelas.

Viro de lado, reprimindo palavras que já disse à Deb, palavras que não vou repetir agora porque estou determinada a não acabar com a sua felicidade. Eu sei que Deb acredita que Deus trouxe Brad para ela. Que eles estavam destinados um ao outro. Mas, se for verdade, Colin e eu também estávamos destinados? Será que o que ele fez comigo tinha que acontecer? Ou talvez ele tenha sido um teste no qual eu fracassei, acreditando tolamente num garoto que explorou algo que não me permitiu ver a realidade?

Não consigo acreditar em nenhuma dessas coisas. O que aconteceu com Colin foi simplesmente um fracasso em dar atenção à minha razão. Cometi um erro de julgamento e paguei por isso.

— Estou contente por vocês terem se encontrado, Deb — digo a ela, virando de costas. — Espero que vocês sejam muito felizes.

Ela suspira, extasiada.

— Já somos. É quase felicidade demais.

Balanço a cabeça e sorrio.

— Isso não existe.

— Espero que você esteja certa. Talvez a mamãe te ligue em breve, superanimada. Acho que ela pensava que eu era alérgica a garotos... ou eles eram alérgicos a mim. Te amo, irmãzinha.

— Também te amo e estou muito feliz por você.

Quando desligamos, parece que Gina se esqueceu dos seus problemas com a altitude. Ela me diz que é uma romântica incorrigível, que deixa o marido louco comprando todos os filmes românticos que existem.

— Acho que assisti *Diário de uma paixão* umas mil vezes — confessa ela, sem um pingo de vergonha. — Quero ouvir tudo sobre sua irmã e o noivo, mas primeiro... quem é esse garoto que você deixou pra trás? Vocês terminaram? Não por causa dos seus esforços voluntários aqui, espero.

— Não, nada disso. Só saímos uma vez. Não foi nada. — Estou cruzando os dedos embaixo da perna de novo, apesar de só ter falado a verdade.

— Não era pra ser, então — diz Gina, e preciso de todo meu autocontrole para não revirar os olhos. Caramba, parece até que as pessoas nunca tomam decisões em relação a nada, que não estão no controle de nenhuma direção da própria vida.

— É. Não era pra ser. — Eu me obrigo a descruzar os dedos. Nada do que estou dizendo é mentira, calúnia ou uma verdade contestável. Se a minha vida é ou não orquestrada por Deus, ou, ao contrário, pelas escolhas que Reid e eu fazemos, individualmente ou em conjunto, o fato é que não estamos destinados um ao outro.

32

Reid

Em três dias, parto para Vancouver, num voo de duas horas. Eu poderia voltar rapidamente a Los Angeles durante os próximos três meses, se quisesse, mas, exceto por uma emergência, não tenho motivos para isso. Preciso de um tempo longe de tudo aqui. Definitivamente, preciso de um tempo do meu melhor amigo, que neste momento está beirando o irritante idiota.

— Olha, não consigo manter os músculos que estou cultivando se beber e ficar doidão toda noite. Achei que você tinha entendido. — Já tentei explicar isso ao John várias vezes nos últimos dias, mas ele está bêbado e deixando passar todas as minhas dicas de "para com isso". Acabamos de chegar na casa dele depois de uma festa, a primeira da qual saímos juntos esta semana.

— Eu sei, estou te ouvindo. Só que... você está só...

— Eu estou só *o quê*?

— Você não está só cortando o álcool ou sei lá o quê. Você dormiu aqui a semana passada e não só está quase sempre sóbrio, o que é uma droga, mas também não trouxe nenhuma garota pra cá. Nem uma vez.

— E daí?

Ele suspira.

— Nada, cara. Mas você não tem sido você mesmo.

Às vezes, meu melhor amigo parece perceptivo, apesar de eu nunca ter certeza de quanto do seu insight é compreensão da verdade e quanto é uma bobagem adivinhada. Não temos o que se pode chamar de relacionamento profundo.

— Talvez eu esteja tentando desenvolver um pouco de autocontrole.

— Por favor, cara... *sem* álcool, *sem* erva, *sem* garotas? Que merda é essa? Parece que você é outra pessoa. Eu normalmente me esforço só pra te acompanhar, e agora estou bebendo sozinho noventa por cento do tempo. — Ele aponta para a minha Perrier com a cerveja na mão. — Eu fico doidão sozinho, e a única coisa que você está fodendo é a minha cabeça.

Dou um meio sorriso.

— Qual o problema, John? Você quer terminar comigo?

Ele ri e tira o cabelo dos olhos.

— Não, cara, nosso romance continua vivo. — E me olha por um instante. — Ah, de jeito nenhum. É aquela tal de Dori, né? Você nunca trepou com ela, né?

Meu olhar se estreita, os dedos se enterrando na minha perna.

— Não começa com isso, cara.

Ele senta e aponta para mim, sorrindo.

— É isso! Na última vez que falamos sobre ela, você ia simplesmente levá-la pra cama e acabar com isso. Não me fala que você desenvolveu uma consciência porque ela é boazinha.

Não consigo acreditar que tivemos essa conversa, que eu falei alguma coisa assim para o John sobre a Dori, mas sei que provavelmente é verdade. Tenho certeza de que eu estava bêbado e falando merda — mas isso foi um século atrás. Antes de eu beijá-la. Antes de eu deixar de ser um completo idiota durante tempo suficiente para conhecê-la.

— Estou falando sério, John. Cala a boca.

Ele dá um trago no cigarro, e eu acho que ele vai obedecer. Não tenho essa sorte.

— Só estou falando, cara... você tem mais uns dias em Los Angeles. Procura a garota, joga um saco na cabeça dela ou sei lá o quê e fode até arrancar aquele cérebro respeitável, pra você poder voltar ao normal.

A combinação de John muito bêbado e eu sendo a coisa mais distante disso faz com que eu controle meu temperamento apenas o suficiente para não dar uma surra nele, mas não me impede de pegá-lo pela camisa e empurrá-lo na poltrona com tanta força que sua cabeça é jogada para trás.

— *Nunca* mais fala assim dela, porra. Estou falando sério, John. *Nunca mais*.

— Tudo bem, cara, tudo bem. *Merda*. Fica frio. Me d-desculpa — ele gagueja, os olhos arregalados e surpresos, as mãos erguidas, se rendendo. — Me *desculpa*. Que merda, Reid. Já entendi.

Eu me ajeito, tremendo, e passo a mão no cabelo enquanto lhe dou as costas. Ele está certo em relação a uma coisa: não estou sendo eu mesmo.

Dori

Meu voo atrasou uma hora por causa de uma tempestade terrível, mas não estou preocupada de perder a conexão, porque o intervalo ainda vai ser de mais de duas horas. Tempo suficiente para passar pela alfândega em Miami e pegar o voo para Los Angeles — espero. Até nove da noite, estarei em casa.

As últimas três semanas foram desafiadoras, mas não do jeito de sempre. Eu finalmente fiz progressos desta vez, desde falar um espanhol compreensível com os moradores até fazer mudanças concretas na vida das crianças de lá. Convencemos alguns pais a deixarem os filhos frequentarem a escola neste outono, em vez de passarem os dias pedindo dinheiro aos turistas por engraxarem sapatos a ponto de ficarem com as mãos pretas de graxa e não terem esperança para o futuro. E as meninas que orientei, que juraram mandar e-mails e me manter atualizada do seu progresso.

O maior desafio foi afastar Reid dos meus pensamentos. Houve momentos, na última semana, em que eu estava tão ocupada e concentrada que não pensei nele o dia todo, mas isso mudava no instante em que eu caía na cama e me enterrava sob as cobertas, à noite. Não havia nada que eu pudesse fazer para mantê-lo longe da minha cabeça quando eu fechava os olhos. Eu sei que vou superar essa saudade dele. Suas provocações e nossas discussões se tornaram um hábito, só isso — um hábito irritante, estimulante e enfurecidamente agradável. Não sei qual foi sua motivação para me beijar, além do fato de que ele parece fazer a mesma coisa com muitas garotas. Acho que ele não tinha a intenção de ser cruel, apesar de que beijá-lo fez reviver em mim uma fome que estava enterrada havia muito tempo.

Quando pousamos, há um aviso, e acho que escuto meu nome no meio de uma confusão de instruções, mas as palavras são inaudíveis porque todo mundo está conversando e soltando o cinto de segurança, e tem uma bebê que não para de chorar na fileira da frente. Os dentinhos dela estão nascendo, e ela chorou quase a viagem toda. Nunca estive tão pronta para sair de um voo. Estarei em casa daqui a — *argh* — sete horas.

Do meu lugar até a última fileira, levo uma eternidade para desembarcar. Antes de sair, paro e pergunto a uma comissária de bordo:

— Com licença, acho que ouvi meu nome durante o aviso. Não tenho certeza. Eu estava perto da bebê.

Ela me dá um sorriso lamentável.

— Eu entendo. — Ela pergunta a outro comissário de bordo sobre o aviso, e ele vira para mim.

— Srta. Cantrell?

Fico arrepiada quando percebo que meu nome ser citado numa mensagem no fim do voo provavelmente não é uma coisa boa.

— Pois não?

Ele sorri de um jeito reconfortante.

— Quando sair da ponte de embarque, haverá uma agente à sua espera, usando um blazer xadrez. Por favor, fale com ela.

— Hum, tudo bem. Devo me preocupar?

A expressão prestativa no seu rosto não muda.

— Sinto muito, mas não temos mais nenhuma informação. Você precisa perguntar a ela.

Sou a última passageira a desembarcar. A agente está me esperando, como prometido, com uma expressão idêntica à do comissário de bordo. Estou ansiosa. A sensação arrepiante se tornou um medo que revira lentamente o meu estômago.

— Dorcas Cantrell? — ela pergunta.

— Sim? — Minha respiração fica rasa.

— Boa tarde, srta. Cantrell, sou a Lucia. Sua família entrou em contato com a empresa aérea hoje de manhã, enquanto você estava a caminho. Houve uma emergência, e precisamos encaminhá-la para Indianápolis, em vez de Los Angeles. Espero que concorde.

Faço que sim com a cabeça. Meu estômago está embrulhado.

— Que tipo de emergência? — Indianápolis. *Deb.*

A agente pega minha mala de rodinhas e faz sinal para que eu a siga.

— Vamos andando enquanto conversamos, porque precisamos que você passe pela alfândega o mais rápido possível. Para começar: não temos voos diretos de Miami para Indianápolis esta noite, mas podemos mandá-la por uma conexão em Dallas, e você chega lá às dez e meia. Tudo bem, ou prefere esperar até amanhã de manhã e pegar um voo direto?

Sigo os passos firmes da agente enquanto ela puxa minha mala até a fila da alfândega, mas não consigo sentir nada. Meu corpo todo está entorpecido. Que tipo de emergência me obrigaria a ir a Indianápolis?

— Eu... eu posso fazer a conexão — respondo, com a boca seca.

— Ótimo. Espere aqui, vou ver se consigo passá-la na frente, para acelerar essa fila. O embarque para o seu voo começa daqui a cinco minutos. — Lucia dispara, e eu fico parada onde ela me deixou, andando menos de um metro na fila enquanto ela não aparece. Pego meu celular e o ligo. Telefono para o número do meu pai. Vai direto para a caixa postal, e eu desligo. O da minha mãe também, e o da Deb. Meu coração está disparado, e me concentro apenas em respirar, ficar em pé e não surtar.

A agente volta, pega minha mala e me transfere do fim de uma fila para a frente de outra. Percebo os olhares e especulações dos outros passageiros. Alguém me pergunta se tenho alguma coisa a declarar, e eu respondo que não. Minhas malas são examinadas, e passo pela alfândega em tempo recorde.

— A emergência? O que é? — pergunto enquanto embarcamos num carrinho motorizado e ela dá o número do portão para o motorista.

— Tenho poucas informações, mas me disseram o seguinte: sua irmã sofreu um acidente. Ela está no hospital em condições críticas. Seus pais estão a caminho de Indianápolis agora, e alguém vai te encontrar quando você pousar lá.

— Um acidente? Tipo, um acidente de carro? Que tipo de acidente?

Ela coloca a mão no meu ombro e olha nos meus olhos.

— Não tenho certeza, querida. Sinto dizer que essa é toda a informação que tenho. Não me deram nem o nome do hospital. Sua função, agora, é ficar calma. Vou te falar os novos números dos seus voos, mas não se preocupe, vamos te dar tudo no papel.

Ela me fala de portões, voos e horários, mas não absorvo nada. Deb vai ficar bem. Ela é jovem, forte e saudável. Sempre usa o cinto de segurança, e o carro dela tem airbags para todo lado, e aquela coisa que liga para a emergência se você estiver inconsciente. Condições críticas significa que ela está *viva*, e me concentro nisso.

A agente e os comissários de bordo me colocam no avião para Dallas e fazem tudo por mim, exceto fechar o cinto de segurança. Tenho um cartão de embarque para o voo de Dallas até Indianápolis, com apenas uma hora entre os voos. Eu me sinto um zumbi e tenho certeza de que pareço um, mas isso não importa.

Minha irmã está viva, e ela vai ficar bem. Esse será o meu mantra pelas próximas seis horas.

33

Reid

Vancouver é exatamente a mudança de que preciso. Devido à atmosfera diferente para este filme, ao elenco mais velho (sou o mais novo da equipe), às exigências físicas das cenas que vou fazer e aos músculos que preciso manter, decidi fazer uma coisa que não faço desde que tinha catorze anos. Não que fosse uma escolha na época, só as restrições típicas da infância. Enquanto estiver no set de filmagem, vou me abster. De tudo. Álcool, erva, pílulas, *sexo*.

Enquanto Olaf e eu acrescentávamos os dois últimos quilos, só fiquei chapado uma vez, e cortei a bebida só para sobreviver às sessões de tortura. (Se ele suspeitasse de que eu tinha bebido na noite anterior a uma sessão, praticamente me mataria na sala de levantamento de peso.) Quanto ao sexo, não estive com nenhuma garota desde que beijei Dori. De um jeito distorcido, esse fato está decididamente deixando um gosto doce na minha boca. Em vez das minhas trepadas de sempre, que são melhores se forem rápidas, sórdidas e feitas com sobriedade suficiente apenas para me lembrar delas, tenho uma lembrança graficamente clara dos seus lábios macios se abrindo sob os meus. Com esse pensamento em mente, posso atingir o recorde de punhetas nesse período, algo do qual *não* vou me abster, por motivos óbvios.

O filme que estamos fazendo é um thriller de ação com história de amor, e o roteiro parece uma mistura de Guy Ritchie com Nicholas Sparks. O par romântico do meu personagem vai ser interpretado por Chelsea Radin, que é gostosa de matar e tem vinte e sete anos. Os dois personagens têm "aproximadamente vinte e três anos", então, enquanto eu finjo ter mais idade, ela finge ter menos. Hollywood, né? Estamos no terceiro dia de filmagem, e o elenco está pegando o almoço no bufê quando ela vira para mim e diz:

— Sabe, você não é nada parecido com o que eu esperava, com todos os boatos.

Estou escolhendo um sanduíche, tentando evitar o de atum porque temos nossa primeira cena de beijo depois do almoço. Viro para ela, segurando um sanduíche de peru no pão integral que deixaria Olaf orgulhoso, e digo:

— Ah, é? O que você estava esperando?

Ela dá de ombros.

— Não que eu achasse que você ia dar em cima de *mim* nem nada do tipo, mas você tem fama de ser um playboy perverso destruidor de virtudes, e eu não vi nenhuma evidência disso. Ainda.

Engasgo um pouco com a borda do sanduíche que acabei de morder, e ela bate a palma da mão nas minhas costas até eu conseguir respirar de novo. Dou um meio sorriso para ela.

— Chelsea, você não sabe que não pode confiar em tudo que lê na internet?

Ela balança a cabeça, o cabelo escuro curto voando de um lado para o outro.

— Fotos, baby. *Muitas* fotos. *Muitas* garotas. Meu marido, na verdade, ficou um pouco preocupado quando deram o papel pra você.

Dou risada.

— Hum, sem querer ofender, mas não precisa ter medo. — Nossa, ela é linda de perto.

Chelsea franze a testa.

— Nunca me senti tão aliviada e ofendida ao mesmo tempo. — Ela inclina a cabeça e me olha como se eu fosse um mapa e ela estivesse procurando o caminho. — Quem é a garota?

— Hein?

Ela toma um gole da Coca zero e começa a escolher um sanduíche.

— A garota responsável por essa transformação de destruidor de virgindade para menino de igreja.

Esse rumo de pensamento invoca Dori, e imagens dela piscam na minha mente muito rápido, como um slideshow em velocidade máxima. Ela deve voltar a Los Angeles hoje à noite e, daqui a algumas semanas, vai estar em Berkeley, estudando para se transformar de boazinha amadora a boazinha profissional.

— Não sou um menino de igreja, e não tem garota nenhuma.

— Hum. — Chelsea sorri. — Se você está dizendo... — Ela morde um sanduíche, inacreditavelmente um sanduíche de *atum*, e vai até outro colega de elenco para perguntar sobre seu bebê recém-nascido.

Destruidor de virgindade? Essa foi dura.

* * *

As cenas da tarde foram boas, apesar de eu estar com uma baita mancha roxa se formando no ombro por causa de um erro na coreografia. Não vou fazer *todas* as minhas cenas sem dublê porque não sou suicida. (Numa delas, meu dublê vai pular do teto de um caminhão para o teto de um BMW, enquanto ambos se movem a 100 km/h.) Mas as cenas de briga, as de escalada — essas eu vou fazer. O incidente de hoje aconteceu durante uma briga de bar que deveria — e iria — ser realizada sem dificuldade, só que o cara que deveria quebrar uma cadeira no balcão do bar enquanto eu rolava para a esquerda fez merda e quebrou a cadeira em cima de mim. O diretor cortou a cena e chamou um médico, mas, por sorte, não me quebrei. Mas, com ou sem músculos, essa merda *dói*.

Em comparação, o beijo foi muito melhor e decididamente menos doloroso. Chelsea e eu temos uma boa química, apesar de não ser a que eu tinha com Emma no ano passado. Mesmo assim, acertamos na primeira tomada. Eu me concentrei o tempo todo em *não* pensar em Dori. Meu nível de sucesso foi, na melhor das hipóteses, questionável. Não importa o que estou fazendo para esquecê-la, ela invade meus pensamentos como um sonho ambulante.

As Palavras de Sabedoria de John quando eu estava tentando lidar com a rejeição de Emma:

— A melhor maneira de superar uma garota é ficar embaixo de outra. — Dei ouvidos a ele naquela época. Só para constar? Essa merda não funciona.

Dori

Só quando vejo o rosto do meu pai é que meu escudo de anestesia começa a recuar, deixando em seu lugar alfinetes e agulhas de sentimentos, um medo agudo e penetrante que me espeta ao ver seu olhar angustiado. Eu me vejo implorando: *Deb, por favor, não esteja morta. Por favor, por favor, não esteja morta.*

Num piscar de olhos, pela primeira vez eu me permito considerar essa possibilidade. Mas a afasto violentamente.

Corro para os braços dele, que me envolve com força.

— Pai, o que aconteceu? Como ela está? — Não consigo respirar, pesada e com medo das palavras que estou esperando horas para ouvir.

— Ela sofreu um acidente. — Sua voz está rouca, tensa. Ele engole em seco, e tenho vontade de dizer: "isso eu já sei!" Quero que ele pule para o final e me garanta que ela está viva, mas mordo a língua e o deixo reunir os pensamentos e a coragem para falar. — No hospital, durante um plantão. Ela... ela escorregou. Tinha uma parte molhada no chão, e ela escorregou. Caiu e bateu a cabeça.

Parte molhada. Chão. Caiu. Bateu a cabeça. Isso é terrível, mas muito melhor que o acidente que eu imaginei — metal destroçado, escurecido e retorcido no meio de um cruzamento movimentado. Infinitamente melhor que a enorme perda de sangue, as cicatrizes, os ferimentos internos, a paralisia, a possível fatalidade. Quase dou uma risadinha de alívio, mas ela evapora na garganta, porque meu pai está aflito.

— Pai? — Minha voz sai abafada em seu peito.

— Ela teve traumatismo craniano, Dori. Antes da sua mãe e eu chegarmos, ela estava inconsciente, depois ficou lúcida e conversou por uma hora, mais ou menos, mas então seu cérebro começou a inchar, e eles não conseguiram impedir. Ela não responde desde que chegamos aqui.

Eu me afasto e olho nos seus olhos.

— Não responde? Tipo um coma? Mas por quê? Você disse que ela escorregou e bateu a cabeça, mas como assim... como ela pode ter batido com força... ela é tão baixinha quanto eu... estamos perto do chão, lembra? — Minha voz está entre ansiosa e histérica, minha boca ainda curvada num sorriso, porque nenhuma parte de mim está aceitando essa situação. *Não responde.*

Ele me aperta com força e me solta.

— Vamos pegar sua bagagem. Preciso voltar pra ficar com a sua mãe. Podemos conversar no caminho.

Ficamos em silêncio, que só é quebrado por conversas fúteis, como "Posso levar essa mala, você pega aquela". Ele aperta um botão e destranca um SUV compacto, vermelho-vivo. O carro alugado, mais bem equipado que qualquer um dos nossos, tem um leve cheiro de pinho e pessoas desconhecidas. Ainda mudos, guardamos a bagagem no porta-malas, travamos o cinto de segurança e meu pai liga o motor, o ar frio soprando com velocidade pelas aberturas. Estendo a mão para a que está virada para o meu rosto e a aponto para a janela, quando meu pai pega a minha mão. Abro a boca para dizer "Vamos, vamos", mas ele está com a cabeça baixa, e o pedido fica preso na minha garganta.

— Senhor — ele começa, com os olhos fechados e a voz falhando —, acreditamos em seu poder de cura. Acreditamos em suas promessas. O senhor cuida do pardal quando ele cai. O senhor estava observando minha menina quando ela... — Sua voz falha de novo, e eu aperto a mão dele com firmeza, as lágrimas escorrendo pelo meu rosto.

Nesse momento, sinto uma explosão ofuscante de autocompreensão: sou duas pessoas. A Dori que todo mundo conhece é confiante, esperançosa e leve — como uma fagulha, como uma pena. Sou cheia de fé, e nada é impossível.

A antiDori está escondida desde que se criou. Ela é cética e cheia de dúvidas, e analisa obstinadamente teorias sombrias de descrença. No rastro da oração fragmentada do meu pai, da sua dor profunda que ecoa a minha, são as palavras dela que escuto. *Não existe sorte, nem destino, nem "era pra ser".*

Quero acreditar que Deus está em toda parte — no milagre da vida, no amor que temos uns pelos outros, voando em face da morte. Quero acreditar que existe um motivo e um propósito para o que aconteceu com Deb.

Mas não existe um motivo.

Meus dois eus são velhos adversários, sempre prestes a se enfrentar, usando persistentemente os mesmos argumentos inadequados. Cada um tem a mente fechada, é surdo para o outro, e eu não consigo reconciliar os dois.

34

Reid

O engraçado de não acordar de ressaca nos dias de folga: tenho mais tempo de folga no dia. Não consigo acreditar que eu tinha medo disso. Eu tinha certeza de que ficaria superentediado em quarenta e oito horas — noites sem o entretenimento de sempre, seguidas de dias inteiros para ocupar. Mas como sentir falta das dores de cabeça, do enjoo e da sensibilidade à luz e ao som? Meu entusiasmo pode ter tanto a ver com Vancouver quanto com a falta de ressacas. Eu não sei direito; antes deste projeto, eu tinha pouca experiência com ambos.

É nosso primeiro domingo de folga, e Chelsea e seu marido, Chad, me convidaram para explorar Gastown, uma área da cidade com ruas de paralelepípedos e pequenas lojas, galerias e restaurantes. Um guarda-costas nos acompanha, mas não é necessário. Vancouver é conhecida como Hollywood do Norte, e os moradores parecem meio acostumados a ver celebridades. Ninguém nos incomodou, apesar de mirarem celulares frequentemente na nossa direção e de eu ter ouvido meu nome e o de Chelsea sussurrados enfaticamente uma dezena de vezes.

Entrelaço os dedos na nuca e alongo o ombro dolorido com cuidado. O roteirista está inserindo a mancha roxa no enredo para as cenas sem camisa, porque escondê-la é impraticável. É enorme e horrível, e questiono minha sanidade pelo fato de estar mais satisfeito do que irritado com ela. Eu frequentemente saía da casa dos Diego exausto e com alguns hematomas, assim como Dori. Uma vez, apontei para um contorno roxo na parte de trás da sua coxa, e ela se contorceu para ver.

— Humm — disse, dando de ombros. — Já tive piores. — Eu quis bater em mim mesmo porque aquilo foi *muito excitante*.

— Esta cidade é *maravilhosa* — diz Chelsea agora, abrindo um cardápio. Chelsea é fã de palavras como "maravilhoso", "fabuloso" e "esplêndido", estendendo a primeira sílaba como se estivesse tentando se lembrar do resto da palavra. Ela sorri para o marido. — Acho que devíamos nos mudar pra cá.

Encontramos um bistrô de esquina, em frente a um espaço verde idílico que é lugar-comum em Vancouver, misturado com os prédios modernizados e com o concreto. Esse aqui tem uma fonte. Enquanto as crianças jogam moedas e fazem pedidos, um garotinho tira do bolso um punhado de moedas e joga o sapato da irmãzinha bebê na água. Do nada, luto contra a vontade de ligar para Dori e contar a ela. Quero que ela me diga que eu sou malvado e tente não rir enquanto imito o amor artificial da minha colega de elenco por adjetivos multissilábicos. Eu me pergunto se ela ficaria mais entretida ou preocupada de eu ter sido atingido por uma cadeira durante uma briga de bar simulada.

— Espero que você esteja sugerindo que eu me torne um homem sustentado — diz Chad —, porque acho que a minha licença do bar na Califórnia não chega tão ao norte.

— Ah, não, não. *Você* é o rico, e *eu* sou o tipo artístico brilhante neste casamento. — Chelsea franze os lábios com carinho, enquanto eu luto contra o desejo de socar a cara de um ou dos dois.

Meu celular apita com uma mensagem do Tadd, e eu fico feliz de me afastar do romance Chelsea e Chad e dos pensamentos inúteis em Dori.

> **Tadd**
> Ei, brôu, tá em Vancouver?
> O Rob e eu vamos até aí no fim da semana.
> Queremos te encontrar pra jantar, se você puder.
> Me avisa.

> **Reid**
> Acho que posso dar um jeito de te encaixar na agenda, haha.
> Me manda uma mensagem quando chegar.

𝒟ori

Quando meu pai e eu chegamos ao hospital, era quase meia-noite.

— Ah, Dori — disse minha mãe, jogando os braços ao meu redor como se eu fosse um colete salva-vidas e ela fosse afundar e se afogar sem mim. Ela estava arrasada: o rosto cheio de manchas, os olhos vermelhos, uma mancha de rímel dissolvido sob os olhos, dando à sua pele delicada um tom cinza sob a iluminação fluorescente e esverdeada da área de espera da UTI. Nós nos abraçamos enquanto meu pai parecia impotente.

A equipe médica de Deb nos dá atualizações periódicas, muitas vezes complexas demais para entender. Tentei fazer anotações, mas acabei com pedaços de papel cobertos com rabiscos tipo "aumento da pressão intracraniana", "hematoma epidural" e "escala de coma de Glasgow — 5". Não sei o que nada disso significa, mas as palavras são ameaçadoras, e minha mãe fica abalada com elas, por isso eu sei que o prognóstico não é favorável. Deb teve uma convulsão pouco depois do acidente, um dos muitos motivos para ela estar sedada.

— O aumento da pressão dentro do crânio por causa do inchaço do cérebro é comum nesse tipo de lesão — enfatizou um dos médicos, mas ficou claro que isso não era tranquilizador. Se o inchaço não parar, minha irmã pode morrer.

Não era nessas circunstâncias que nenhum de nós queria conhecer Bradford. Deb me disse uma vez que ele raramente fica emocionado, porque lida com a realidade da morte todos os dias. Mas, sentado ao meu lado na cantina do hospital, ele está visivelmente angustiado, as mãos entrelaçadas e rígidas sobre a mesa, ao lado do café gelado.

— Quase ninguém no hospital sabe do nosso relacionamento. — Sua voz está rouca, e seu rosto bonito, pálido e exausto. — Pelo que a maioria das pessoas sabe, éramos conhecidos distantes. Ninguém espera que eu esteja... que eu sinta... — Coloco a mão no braço dele, enquanto ele se esforça para manter o controle.

Quando meus pais recebem os pertences de Deb — as roupas e as joias que ela estava usando quando o acidente aconteceu, um lindo e desconhecido solitário pendurado numa comprida corrente de ouro está no meio das suas coisas. A inspiração imediata de Bradford e seu maxilar travado são a resposta de que precisamos para confirmar que esse é o anel de noivado de Deb — escondido dos colegas de trabalho, usado perto do coração.

***

Meu pai e eu ficamos viajando entre Los Angeles e Indianápolis enquanto minha mãe permanece constantemente ao lado de Deb. Quando ela consegue ser persuadida a sair do hospital por algumas horas, passa esse tempo no apartamento da Deb, onde cuida da varanda cheia de plantas da minha irmã, mas não dorme o suficiente para acabar com as olheiras. Minha mãe e minha irmã sempre foram esbeltas. Agora, as duas estão cada vez mais magras toda vez que eu volto de Los Angeles. Quando informo isso ao meu pai, ele e eu começamos a empurrar comida para minha mãe: potes de castanhas, muffins de mirtilo amanteigados, sanduíches de peru com abacate.

Adio minha matrícula em Berkeley por um semestre. Não conto aos meus pais por enquanto, mas não consigo me imaginar lá de jeito nenhum. Graças a milhas aéreas doadas, meu pai e eu entramos num ritmo de revezamento — hospital, casa, hospital, casa —, para não termos que pedir a ninguém para cuidar da casa ou alimentar e passear com Esther. Eu mal vejo meu pai, nossos voos passando um pelo outro como aquele ditado sobre navios à noite. Meus sentimentos mais fortes são reservados para tudo que seja relacionado a uma mudança nas condições de Deb.

Os médicos dela usaram abordagens inovadoras e controversas para diminuir o inchaço no cérebro, e o pavor de perdê-la também diminuiu. Houve pouca mudança desde que ela foi tirada com sucesso dos aparelhos. Os monitores provam um nível baixo de atividade cerebral e, quando ela acorda, seus olhos ficam abertos. Mas, se eu fico diretamente na sua linha de visão, é como se eu fosse feita de vidro. Ela simplesmente olha através de mim. Não fala nem reage a vozes, a menos que sejam muito altas — e suas únicas reações parecem ser de dor ou irritação.

Os médicos gritam com ela na tentativa de provocar uma reação, e minha mãe fica sentada estoicamente, enquanto mal consigo suportar ver minha irmã se encolher várias vezes seguidas. Eles me pedem para tentar, na esperança de que ela possa reagir à minha voz

— Deb, você está me ouvindo? — digo, e eles insistem: "Mais alto, mais alto". — Deb, você está me ouvindo? Está me ouvindo, Deb? — Estou gritando, mas o volume só a faz se encolher ainda mais, e eu saio correndo do quarto, fraca e frustrada, ofegando em busca de ar e me apoiando na parede do corredor, afundando cada vez mais e engolindo as lágrimas. Enterro o rosto nos joelhos, desejando que tudo fosse um pesadelo e eu pudesse acordar.

Minha mãe se junta a mim enquanto me encolho no chão, e me abraça.

— Está tudo bem, Dori. Eles não vão te pedir pra fazer isso de novo.
— Eu me permito chorar, porque não quero que ela desista. Esse abraço é para mim, e eu o desejo desesperadamente ao mesmo tempo em

que me censuro por me apoiar na minha mãe para obter consolo. Ela não precisa que eu desabe e aumente seu fardo.

Bradford fica por perto, mas eu me pergunto até quando isso vai durar. Ele e Deb não eram casados; o relacionamento dos dois nem era de conhecimento público. Excluído das decisões relacionadas aos cuidados com ela, exceto quando meus pais pedem sua opinião, ele não tem um lugar oficial na vida dela — essa mulher com quem ele queria se casar, a pessoa com quem ele pretendia unir seu futuro. Enquanto minha mãe e o capelão rezavam ao lado de seu corpo imóvel ontem, pedindo milagres em nome dela, meus olhos encontraram os de Bradford. Vi minha tristeza espelhada ali, assim como meu reconhecimento do prognóstico dela. A garota que amamos não vai voltar.

Não há como discutir a realidade com minha mãe, quando ela se dirige constantemente a Deb como se ela fosse capaz de dar uma resposta coerente a qualquer momento.

— Como está se sentindo hoje, docinho? Parece que seu cabelo está crescendo de novo... está na hora de aparar, não acha? — Seus dedos passam amorosamente pelos pontos esparsos na cabeça de Deb enquanto minha irmã olha direto para a frente, para o nada. Minha mãe conversa sobre o tempo e eu saio do quarto, porque é quase tão insuportável quanto ver as pessoas gritando com a minha irmã para obter uma reação.

Quando estou em Los Angeles, vejo meus amigos, membros da igreja ou Nick — que me traz comida e fica para sentar e conversar quando vem da faculdade, apesar de evitarmos assuntos delicados, como minha nova vida sem rumo ou a recuperação de Deb, cada vez mais improvável. Dois meses atrás, eu contava segredos para minha irmã e contava com meus pais. Todos estimulavam minha independência, mas estavam sempre *ali*. Agora, não há nenhuma mão para me equilibrar e nenhuma rede embaixo de mim, e estou mais sozinha do que achei que fosse possível.

— A Dori é uma rocha para o Doug e a Jocelyn — ouvi a sra. Perez dizer à sra. K num domingo. — Eles não precisam se preocupar de ela desabar.

Tarde demais, percebo como me custa essa demonstração de força. Eu me desliguei de tudo, e as pessoas na minha vida se tornaram miragens. Quando estendo a mão para elas, meus dedos as atravessam.

Só há uma exceção: Reid.

Não sei explicar, mas sempre que o vejo na televisão ou numa capa de revista, eu me conecto com minha antiga vida, com meu eu anterior, mesmo que só por um instante. Decorei horários e canais de programas de notícias de entretenimento que nunca assisti, e mudo de canal rapidamente nos primeiros dois minutos. Minha pulsação se acelera quando ele aparece nas chamadas, como um macaco que aprendeu a apertar uma alavanca para ganhar uma recompensa. Ele é uma droga, e eu preciso dele. Digo a mim mesma que essa é uma obsessão segura, porque ele não sabe de nada.

Às vezes, acordo depois de sonhar com ele, estremecendo de desejo. Nesses momentos acordados, volto à realidade sem vontade, aterrada por Esther, que dorme encostada no meu peito como uma extensão de mim. Ela é uma prova de que estou viva — meu ouvido aninhado em seu peito, sintonizado com os gorgolejos do seu estômago macio e do tambor constante do seu coração, meu nariz respirando seu cheiro de cachorro familiar, meu rosto e meus dedos enterrados no seu pelo, acariciando seu corpo quente e amado.

— Fica, fica, fica — sussurro.

Ela fica, e eu também.

35

Reid

— Não é verdade, é? — diz Chelsea, sentando ao meu lado no almoço enquanto analiso o roteiro da filmagem da tarde.

— Claro que não. — Não tenho a menor ideia do que ela está falando.

Ela mastiga uma salada feita quase somente de vegetais crus, enquanto eu como o máximo de fatias enroladas de carne que consigo. A filmagem se tornou mais cardiovascular, e meu corpo está queimando músculos com a mesma rapidez que Olaf e eu conseguimos recuperá-los. Chelsea não me esclarece em relação ao tópico verdadeiro ou falso da sua pergunta, mas ela sabe que estou curioso como o diabo. Ela enfia outra garfada na boca e mastiga, sorrindo como o mal encarnado.

— Tudo bem, *o que* não é verdade?

Ela termina de mastigar e arqueia uma sobrancelha para mim.

— Você não entrou na internet ultimamente, né?

Roubo algumas cenouras da sua tigela.

— Eu *nunca* entro, quando o assunto sou eu. Se eu fizesse isso, já estaria convencido de que sou o diabo.

Ela dá de ombros.

— Ou gay.

— Como é?

— É o mais novo boato no mundo de Reid Alexander. Desde que chegou a Vancouver, você não foi visto com ninguém interessante além do Chad e de mim... totalmente apaixonados e casados, seu amigo Tadd, que é gay, e o amigo dele, gostoso, desconhecido e provavelmente gay. Além disso, um dos nossos guarda-costas... que é homem e, portanto, alimenta o bochicho gay.

Quase engasgo com a cenoura roubada, e ela bate nas minhas costas enquanto eu me esforço para respirar. Finalmente, consigo dizer:

— Bem, essa é nova.

— E aí, é verdade ou não? Só para constar, não me importa. Apesar de eu ter um irmão que largaria tudo e viria até aqui pulando num pogobol pra ser seu escravo sexual...

— Pode parar, Cupido. *Não é verdade.* — Meu celular toca e, claro, é Tadd. Eu apostaria um novo Porsche que *ele* entrou na internet e está se acabando de rir. — Ótimo — resmungo, suspirando e apertando o botão para atender. — Thaddeus.

— Oi, *amante* — diz ele.

— Bem que você queria.

— Ah, isso só eu sei, e você nunca vai ter certeza.

Dou risada, cobrindo o rosto com uma das mãos.

— O que o Rob pensa disso?

— Ah, ele adorou.

— Adorou *o quê*, exatamente? Esquece. Não responde. — Sei que não devo discutir com Tadd.

— Ah, por favor — diz ele. — Pra que serve a imprensa, se não for pra servir uma insinuação salpicada com algumas mentiras infundadas?

Suspiro.

— Bem, contanto que o Rob não fique chateado de ser tragado para o redemoinho de boatos de Hollywood...

— Que nada, isso foi uma coisa que discutimos antes de tornar nosso relacionamento público. Não sou tão conhecido quanto você, além de estar audaciosamente fora do armário, por isso não atraio muito interesse. *Você*, por outro lado... Se o boato fosse verdadeiro, teria alertas de suicídio e faixas pretas no braço de um lado, e alegria nas ruas, de outro.

— Paaaaaaaara — digo.

— Então. Tem praticado? — ele pergunta, mudando de assunto. Tadd toca violão e, quando mencionei a ideia maluca de tentar aprender, ele insistiu que eu comprasse o instrumento enquanto ele estava aqui.

— Sim, papai.

Tocar violão é apenas uma das novidades que estou tentando aprender enquanto procuro maneiras de ocupar meu tempo livre com atividades que não sejam as de sempre. No início, isso foi, ao mesmo tempo, mais e menos assustador do que eu pensava. Eu podia sonhar com muitas coisas para tentar, na verdade. Motivar a mim mesmo para *fazer* essas coisas de fato era outra história. Há muitas horas em que não resta nada além de jogar videogame e comer porcarias que Olaf me mataria por comer.

Quando Tadd e Rob estavam na cidade, passamos uma noite avaliando as boates locais. Não quero impor a ninguém minha restrição de não beber. Como eu nunca tinha precisado resistir à pressão dos colegas (que inferno, normalmente sou eu que faço pressão neles), me juntei aos dois em doses excessivas de uísque canadense e uma rodada de karaokê (Tadd e eu *arrasamos* num medley de Ke$ha e Rolling Stones).

Passei o dia seguinte inteiro renovando meus votos de sobriedade, ainda mais quando Olaf viu meu olhar prejudicado. Eu sabia que ia me dar mal quando ele semicerrou os olhos e todos os músculos consideráveis do seu tronco pareceram se expandir de desagrado ao mesmo tempo.

— Cem flexões — rosnou ele, apontando para o chão. Isso foi só o começo.

Quando se trata de consequências na manhã seguinte, passar a noite com o violão é exponencialmente menos perigoso. Também tentei meditação — um fracasso absoluto, porque não consigo esvaziar a mente — e leitura, um pouco melhor, pelo mesmo motivo. Um dos guarda-costas faz trilhas, e exploramos algumas delas no New Brighton Park. As folhas estão ficando com todos os tons possíveis de dourado e vermelho, e o clima está mais fresco, mas ainda fantástico.

No entanto, não importa o que eu faça, não consigo acabar com o hábito de conversar com Dori em minha cabeça. Penso em ligar para ela, perguntar como estão as aulas e arrancar suas observações irônicas — do tipo que ela fica relutante em expressar, por medo de parecer mal-educada. Eu me imagino sentado com ela numa dessas minúsculas cafeterias que descobri aqui, contando a loucura que é o set de filmagens.

Eu me lembro de beijá-la. O beijo no closet que a fez fugir. O beijo na frente da casa dela que não a fez fugir. Eu poderia ter continuado a beijá-la por muito mais tempo na última vez, porque nada na reação dela demonstrava cautela. O problema era a *minha* reação. Se nossas bocas ficassem unidas mais um minuto que fosse, eu a teria arrastado de volta para o carro.

Tirar Dorcas Cantrell da cabeça não está sendo uma tarefa fácil.

* * *

— Reid, eu ouvi seu recado na secretária eletrônica três vezes. Eu entendi direito? Você quer doar dinheiro para uma organização *missionária* na América do Sul?

Estou confundindo muito meu pai — um bônus inesperado.

— É isso mesmo.

— Devo me preocupar com algum culto, lavagem cerebral, Hare Krishnas?

— Sim, pai, existem toneladas de Hare Krishnas no Equador. — Antes que ele retruque e a gente acabe numa batalha de esperteza (na qual o perdedor quase sempre sou eu), acrescento: — Quem me falou dela foi uma garota da Habitat. Se ela está envolvida, existe de verdade. Achei que seria um bom uso do meu orçamento para caridade.

— Tuuudo bem. — Ele desenha as palavras, irônico como sempre. Afasto o telefone da boca por um instante e me obrigo a respirar fundo e não reagir. — Não estou acostumado com você decidindo suas contribuições de caridade, sem falar naqueles carros recém-comprados, que, devo lembrar, não podem ser deduzidos dos impostos, já que foram direto para os beneficiários e você insistiu em permanecer anônimo.

Fico em silêncio por um instante.

— Já discutimos meus motivos pra essa decisão, pai, então estou esperando aonde você quer chegar.

— *Humpf* — ele murmura. — Quanto você quer doar pra essa organização missionária?

Digo o valor, e ele fica mudo.

— Pai?

O som do ar sibilando por entre seus dentes é inconfundível.

— Acho que preciso conhecer a garota que inspirou toda essa... *doação* atípica.

Jesus Cristo. Eu não apresentaria Dori ao meu pai nem que ele implorasse.

— Na verdade, não a vejo desde que ela foi pra Quito. Ela deve estar em Berkeley, agora.

— Ela estuda em Berkeley? — Ele parece impressionado. Disfarço o ciúme. — Que curso?

— Ciências sociais.

— *Quê?* Ela vai desperdiçar uma formação em Berkeley pra estudar *ciências sociais?*

Fico enfurecido, mas reconheço que não é nada além do meu pai e seu típico desdém por qualquer carreira que não renda toneladas de dinheiro. Não que a *minha* pareça impressioná-lo.

— A Dori é exatamente o tipo de pessoa que deve fazer esse tipo de coisa — digo. Estou irritado comigo mesmo por ter tido a mesma opinião que *ele* sobre a escolha de carreira dela. Sinceramente, ainda fico chocado de alguém com a voz dela fazer, por vontade própria, algo diferente de usá-la.

— Ah, é? — ele diz, com um toque adicional de desdém. — Por quê?

— Porque ela se importa de verdade com essas merdas, pai.

𝒟ori

Depois que os especialistas concordaram que não havia mais nada que pudessem fazer, eu sabia que meus pais aceitariam a verdade. Ao mesmo tempo inspirador e desconcertante de ver, eles tinham mantido a fé na recuperação da minha irmã, contra todas as evidências. Eu me preparei para aguentar as consequências emocionais da minha mãe, que, com toda sua competência médica e praticidade, tinha se recusado convictamente a aceitar a derrota.

Depois da nossa última consulta com a equipe médica de Deb, nós três ficamos em silêncio no caminho para seu apartamento minúsculo. O dano que minha irmã sofreu na queda parece irrefutavelmente permanente. As áreas danificadas do seu cérebro não vão se recuperar, apesar de ser possível que, em algum momento, ela comece a reagir a estímulos, como uma voz familiar.

— Quando falamos em *reagir* — esclareceu um dos médicos —, estamos falando em reações físicas de minutos, como uma mudança no padrão de respiração ou um pequeno movimento de pálpebras ou dedos. Mas não vemos possibilidade de ela recuperar a capacidade de se comunicar pela fala.

Quando chegamos ao apartamento, meus pais desabam em cadeiras próximas na pequena mesa da cozinha, extremamente chocados. Esquento uma travessa de lasanha oferecida por uma das enfermeiras que trabalhavam com Deb. Finalmente, minha mãe pigarreia.

— Amanhã vou começar a ligar para as pessoas e pedir orientação das clínicas que existem perto de casa. — Fico aliviada de ouvir o retorno do seu pragmatismo natural. Ela olha ao redor da sala de estar aconchegante. — Vamos precisar alugar um caminhão para levar as coisas dela e conseguir um depósito em Los Angeles. Espero que um dia ela precise dessas coisas de novo.

Paro enquanto fatio o pão italiano na tábua de cortar, virando o rosto para o outro lado. Quero gritar de frustração. Deb nunca mais vai ter uma vida independente. Nada do que *nenhum* dos médicos disse poderia estimular essa crença, nem mesmo a esperança disso. Anos atrás, eu poderia me juntar a esse delírio, mas não acredito em milagres — não para Deb, nem para ninguém. Talvez eu não acredite há muito tempo, e só agora esteja consciente disso.

O apartamento de Deb tem que ser sublocado, as contas de consumo precisam ser canceladas, os credores têm que ser notificados. Esses detalhes vêm à tona na mente do meu pai, enquanto eu distribuo as plantas da varanda para vizinhos e funcionários do hospital depois de convencer minha mãe de que elas seriam um consolo para as pessoas de quem Deb gostava, e que seria impraticável levá-las conosco. Enquanto entrego recipientes com gerânios e fúcsias e vasos suspensos de buganvília, sou recebida com abraços e lágrimas. Eu me encontro por último com Bradford, em seu pequeno escritório particular. Levo para ele uma hera inglesa, a planta menos exigente da coleção de Deb, e uma caixa dos pertences que ele deixou no apartamento dela. Eu tinha encontrado a lâmina de barbear e sua escova de dentes no armário de remédios dela, e uma gaveta com uma calça jeans e meias, cuecas e camisetas.

— Arrumei essas coisas na nossa primeira noite na casa da Deb — digo, colocando a caixa sobre a mesa dele. Ele a encara, imóvel. — Eu esperava que, quando voltássemos pra Los Angeles, eu pudesse sussurrar pra minha irmã onde ela poderia encontrar a escova de dentes e as cuecas do namorado dela. — Minha voz falha, mas continuo falando. — Se sentir falta de alguma coisa, me avisa que eu encontro e mando pra você. Minha mãe planeja guardar as coisas dela num depósito.

— Obrigado, Dori. — Ele coloca as mãos em cima da caixa, mas não faz nenhum movimento para abri-la. — Eu sempre quis uma irmã mais nova, ela te contou isso? — Seus olhos estão cheios de lágrimas. — Não tenho irmãos, por isso eu ficava com inveja quando ela falava de você. — Ele respira de maneira trêmula enquanto as lágrimas escorrem pelo meu rosto. — Sua irmã mudou a minha vida. Ela mudou o modo como eu vejo o mundo, como pratico medicina. Ela mudou quem eu *sou*. E eu sei que não posso... não posso nem começar a comparar como eu me sinto, perdendo ela desse jeito, com o que você sente...

Contorno a mesa e coloco os braços ao redor do homem que teria sido meu irmão.

— Pode, sim. Ela te amava, e você a amava. Não é diferente do que ela sentia por mim, nem do que eu sinto por ela.

Um tremor passa pelo peito dele.

— Sinto muito mesmo. Sinto muito por não termos conseguido trazê-la de volta, curá-la. — A dor e a raiva que ele sente são um só sentimento. — Isso aconteceu num *hospital*. Somos *médicos*. Foi pra isso que eu estudei medicina: pra curar pessoas, fazer com que elas melhorem. E não consigo nem recuperar a mulher que eu... — Ele para, sem conseguir falar, e eu o abraço com mais força.

— Eu não te culpo, e nem a Deb te culparia. Se você a conhecia, *sabe* que ela não te culparia. Ela ia querer que você fosse o médico brilhante que ela sabia que você era, que você continuasse ajudando as pessoas, vivesse sua vida e fosse feliz...

— *Como?*

Engulo em seco, contente porque ele não pode ver meu rosto.

— Não sei.

* * *

Os tabloides e os sites de fofoca estão malucos tentando descobrir quem é a mais recente peguete de Reid. Quem quer que seja, ele está conseguindo esconder melhor do que nunca. O que, provavelmente, é o motivo para uma das teorias que estão circulando: que ele é gay.

Posso não saber muita coisa, mas sei o suficiente para confirmar que *isso* não é verdade.

Também se especula que ele está voltando com a garota do seu último filme, Emma Pierce, quando surge uma foto dos dois no Festival de Cinema de Vancouver. A foto é escura, mas clara o suficiente para identificá-los. Ela se inclina na direção dele com um sorriso, enquanto ele fala no ouvido dela. A especulação da mídia enlouquece, e dezenas de fotos de um ano atrás reaparecem — os dois de mãos dadas, se beijando, fotos do filme em que estão lindos juntos.

No dia seguinte, outro tabloide publica a mesma foto do festival de cinema — só que essa não está *cortada*. Na nova foto, Graham Douglas, namorado de Emma, está sentado do outro lado, com o braço esquerdo nas costas da cadeira dela e a mão direita segurando a mão dela em sua coxa. Ele também está ouvindo o que Reid está dizendo, e *sorrindo*. Então, obviamente, a teoria de Emma está eliminada.

O cara que vendeu a foto cortada vai para a lista negra, o site do tabloide que originalmente publicou a foto cortada é desacreditado, e eu acabei de passar vinte e quatro horas odiando Emma sem nenhum motivo.

No meio disso tudo, Aimee e Kayla ficam me ligando e mandando mensagens, tentando descobrir se eu tenho um furo sobre Reid:

> **Kayla**
> O Reid é gay???!?

> **Dori**
> Não que eu saiba. Eles voltaram com isso de novo?

> **Kayla**
> Tem fotos dele com aquele Tadd, que fez papel de Charlie em Orgulho estudantil, e outro cara gostoso cantando no karaokê em Vancouver...

> **Dori**
> Notícia velha, acho. Não estou preocupada com isso no momento.

> **Kayla**
> Ahhh :(Eu sei que está tudo horrível agora, com o que aconteceu com a sua irmã. A Aimee e eu vamos sair no sábado, quer ir?

> **Dori**
> Quero

> **Kayla**
> SÉRIO?!??!?! AMD, dorme no nosso dormitório??

> **Dori**
> Ok. Claro.

Estou disposta a fazer qualquer coisa para me tornar outra pessoa durante algumas horas. Alguém que não seja invisível para todos que costumavam amá-la. Alguém que não seja a garota que perdeu a fé.

Elas me pegam no sábado, tagarelando como se fossem uma só pessoa, como sempre.

— Você trouxe a identidade? — pergunta Kayla antes de sair com o carro.

— Ãhã — respondo. — Mas acho que não pareço nem um pouco com ela.

Aimee inspeciona a carteira de motorista de Deb, emitida em Indiana.

— Tudo bem, não é tão ruim. Podemos fazer isso. Eu já tenho umas coisas escolhidas pra você usar. Usamos o mesmo tamanho, certo? Quando terminarmos, você vai parecer *muito* com ela. Espera só.

— Tudo bem. — Guardo a identidade na bolsa e inclino a cabeça para trás, tentando dominar as borboletas que estão batendo cabeça no meu estômago. Estou muito cansada de sentir tudo. Desde que voltamos para Los Angeles, estou sobrecarregada. Estou furiosa com meus pais, que continuam agindo como se minha irmã fosse acordar. A Bela Adormecida deles, com o fim de conto de fadas enlatado.

Fiquei tão boa em reprimir o desejo de gritar que não consigo nem chorar. Quando penso na Deb, fico com os olhos secos e fixos, exatamente como ela. Sou o oposto de cascuda. Estou em carne viva, como se não houvesse nada entre mim e tudo que insiste que eu *sinta*. Não quero mais sentir. Quero ficar anestesiada.

Deb sempre foi tão cuidadosa. Quando comecei no ensino médio, ela me fez prometer que nunca ia beber e dirigir e nunca entraria no carro com um amigo que tivesse bebido. Ela me falou sobre intoxicação por álcool e desidratação, como futura médica.

— A mamãe e o papai nem sempre são realistas sobre esse tipo de coisa. Sei que você é uma boa menina, mas boas meninas são exatamente as que acabam tomando as decisões mais idiotas, porque não *planejam*. Se você for beber, ou transar, tem que *planejar*. *Capisce?*

Prometi voltar para recapitular, se precisasse. Aqui estava eu, precisando recapitular, mas agora Aimee e Kayla eram a coisa mais próxima que eu tinha de conselheiras, embora elas estejam mais para guias turísticas estressadas.

Minha irmã escorregou no chão molhado do hospital. Os médicos explicaram que ela bateu a cabeça no local exato com a força exata para provocar o tipo de dano prolongado. Cuidado e aversão ao risco não fizeram nada por Deb. Não existe esse negócio de destino. Nada de milagres, também, senão minha irmã teria recebido um e caído de bunda — ficaria envergonhada, mas ainda seria ela mesma.

Hoje à noite, quero ficar na beira de um penhasco e olhar para baixo, desafiar o vento a soprar e me derrubar. Todo mundo pensa que cair para a morte é a pior coisa que pode acontecer. Mas é mentira. A pior coisa é estar viva sem nenhum motivo.

36

Reid

No início desta semana, a filmagem terminou, e eu me despedi de Vancouver e de Olaf por pelo menos uma semana, porque John começou a insistir que eu devo me despedir da minha superioridade moral.

— Eu entendo que a abstinência faz o coração gostar mais das coisas — disse ele ontem à noite, enquanto eu pensava: *Quê?* — Mas, por favor, você está em casa agora.

Eu me perguntei se John estava tentando brincar com as palavras, mas talvez ele estivesse certo. Talvez a abstinência *faça* o coração gostar mais das coisas. Tirando a escapada naquela noite com Tadd e Rob, estive limpo o tempo todo que passei em Vancouver, e ainda não consegui me esquecer dela.

— Tem uma festa... — começou ele.

— Sério? Uma festa? Não sei o que é isso.

— *Cala a boca.* O Jorge e o Daniel também vão. Vamos passar numas boates perto da UCLA, pegar umas universitárias que vão ficar encantadas pelo meu charme irresistível, sua aparência mais ou menos e seu status de celebridade.

— Ah, seu charme irresistível — eu ri. Meu Deus, como senti falta do John. Ele é tão babaca. — Isso vai fazer as meninas entrarem numa fila.

Quando quatro caras numa limusine param na frente de uma boate — três ricos de nascença e uma celebridade —, não existe fila. John, Daniel e Jorge ficam atrás de mim, e é como se eu nunca tivesse deixado essa vida. Depois que entramos, me aproximo de John.

— Vocês escolhem quem querem levar. Vou tomar umas doses antes que eu decida abandonar essa noite toda.

Ele estreita os olhos.

— Não é permitido abandonar nada. É como andar de bicicleta, Reid. Sobe e pedala como o diabo, cara.

Dou de ombros.

— Tanto faz. Vou estar no bar. E, hum, não fala no meu nome pra nenhuma delas, tá? Não estou no clima.

— Não está no clima pra *sexo*? — Ele parece chocado.

— Não estou no clima pra uma garota que só quer transar com Reid Alexander. Encontra uma garota que não tenha a menor ideia de quem eu sou, e eu penso no assunto.

Ele balança a cabeça, o cabelo escuro caindo nos olhos.

— Você está doente, meu filho, e vamos te curar hoje à noite, mesmo que isso me mate. Ou mate *você*.

Suspiro.

— Só me dá um tempo pra ficar meio dopado antes, tá?

Dori

Tenho evitado o cenário das boates de Los Angeles há anos, enquanto a maioria das minhas amigas fazia de tudo para entrar. A música está tão alta que mal consigo ouvi-la. Mas consigo senti-la. Kayla fez minha maquiagem e arrumou meu cabelo em longas ondas, e Aimee me vestiu com uma minissaia preta e um top fúcsia tão justo que sinto falta de ar. Estou me equilibrando em cima de saltos que poderiam fazer meu nariz sangrar.

Com a carteira de motorista de Deb, tento parecer uma pessoa confiante de vinte e seis anos. Kayla e Aimee juram que, apesar da diferença de idade, Deb e eu nos parecemos (parecíamos) o suficiente — mesmo tom de pele, mesma altura, mesma estrutura óssea — e que usar a identidade dela é melhor do que tentar usar uma identidade falsa com o segurança. Espero que o cara ameaçador na porta não a examine com muita atenção. Qualquer pergunta direta vai me fazer desabar e começar a confessar.

Ele analisa a carteira de motorista com mais atenção do que analisa a mim. Depois de pagar as três entradas, passamos pela porta, Aimee com a carteira de motorista da prima e Kayla com uma identidade falsa do Arizona que custou uma fortuna.

Primeiro passo: entrar — foi mais fácil do que eu pensava. Segundo passo: beber até parar de pensar na Deb. Parar de pensar no Reid. Parar de pensar no futuro que não consigo mais ver com clareza e na fé que não consigo mais sentir.

* * *

— Nunca te vi por aqui, linda. — Dancei com pelo menos uma dúzia de caras, e esse é o sortudo número treze.

Não estou acostumada com desconhecidos tão perto de mim. Nem me chamando de "linda". Apoio o cotovelo na mesa com uma casualidade interessada e tomo um gole da bebida que tenho na mão, que tem aparência de Coca-Cola e gosto de Coca-Cola, turbinada com chamas ingeríveis. Acho que é minha terceira, talvez quarta bebida. Por trás da borda do copo, vejo um cabelo loiro e olhos azulados. Seus olhos me examinam do jeito preguiçoso de um predador analisando o jantar, e todos os meus instintos dizem *foge*. E é exatamente por isso que faço o contrário. Porque meus instintos são superprotetores e inúteis.

Depois que inclino a cabeça e dou um sorrisinho, ele se move para mais perto ainda.

— Vamos dançar — diz ele. Lá vamos nós de novo.

Deixo a bebida de lado, olho para Kayla (que balança a sobrancelha para mim e faz um sinal de positivo com o polegar) e Aimee (cujos olhos passeiam pela seleção de gostosos de hoje), e escorrego do banco do bar, caindo nos braços do desconhecido. Ele desliza um braço na minha cintura enquanto eu me equilibro. Conforme seguimos para a pista de dança, juro que ouço Aimee dizer:

— Ai, meu *Deus*. Kayla, olha... eu tomei doses demais de tequila ou aquele ali é o Reid...

Não escuto o fim da frase antes de sair do alcance da escuta. Ela não pode estar falando de quem eu acho que está falando, mesmo que tenha falado o nome dele, o que é discutível, por mais que seja difícil escutar alguma coisa por causa da altura da música. Olho ao redor, mas tudo é um redemoinho de cores e ruídos. Então as mãos desse cara estão nos meus quadris, e estamos roçando um no outro, seguindo o ritmo. Fecho os olhos e penduro os braços ao redor do seu pescoço.

— Como você chama? — ele pergunta, se aproximando.

Meus olhos se abrem, e seu rosto está perto o suficiente para eu ver seus olhos. Azul-claros, não como o azul de tempestade dos olhos de Reid. *Não quero pensar no Reid.*

— Dori — respondo.

— Dori. Fofo, igual a você. Sou o Reece.

Droga. Parecido demais com *Reid*. Não quero pensar nele.

Danço com Reece-que-não-é-Reid até ficar com calor e com sede, então paro no meio da música e vou para a mesa. Resisto à vontade de olhar para trás e ver se ele está me seguindo. Não me importo. Se ele não me seguir, alguém vai.

Estou bebendo o resto da cuba libre e Reece apoia o quadril no banco de Aimee enquanto ela leva outro cara para a pista de dança. Sempre outro cara. Eu tinha notado isso antes, quantos são? Eu estava carregando o peso do mundo sobre os ombros, tentando fazer a diferença, nunca fazendo nada imprudente nem agradável, não desde Colin. Bem. Isso não é totalmente verdade. Reid foi imprudente e agradável. Mas não vou pensar nele.

No fim, eu só desperdicei meu tempo tentando melhorar o mundo, e Deb também.

Afasto os pensamentos para longe da minha irmã, também, que está sentada na poltrona encarando o nada, com tudo que ela aprendeu, tudo que ela se tornou, tudo que ela queria ser — médica, namorada, esposa — *acabado*. Reece faz sinal para uma garçonete e pede mais duas bebidas, quando começa a girar o gelo no copo vazio. Seus dedos rastreiam meu braço, subindo e descendo, como um mágico me hipnotizando.

— Me fala mais de você, Dori de olhos grandes e inocentes.

Arqueio uma sobrancelha ao ouvir isso.

— Quer dizer que eu pareço inocente, é?

— Você é? — Outro sorriso preguiçoso. Seu repertório de expressões faciais parece ser bem limitado.

— Talvez. Isso é um problema?

Suas narinas se dilatam um pouco, e o sorriso preguiçoso se transforma em outro. Um sorriso faminto. A verdade é que estou com um pouco de medo dele, mas isso não importa. Nada importa.

— Depende. — A bebida chega, e ele a vira, bebendo metade num grande gole.

— Do quê? — pergunto, bebendo metade da minha também e estremecendo em seguida. Incrível como é fácil beber fogo depois que você se acostuma.

Ele se aproxima, e sinto seu hálito quente no meu rosto.

— Se você quer continuar assim. — Ele não se afasta, nem eu, mesmo quando ele começa a passar o nariz na minha orelha, com a língua mexendo na ponta.

Rápido demais, rápido demais, diz meu cérebro, mas meus novos poderes de repressão calam a boca num instante. Viro o rosto na direção do dele, e ele me beija. Em poucos segundos, suas mãos estão passeando, acariciando com força demais. Não importa. Não importa. A música me deixa surda, e seu braço me envolve, me pressionando ao seu lado, apesar de eu ainda estar sentada no banco alto e ele estar em pé. Ele usa muita colônia, e não é o cheiro certo. Muito doce. Não é terroso.

— Vamos sair daqui... Tem um lugar aqui perto que é muito melhor.

Não me lembro de outra boate neste quarteirão, mas parece que entramos aqui dias atrás. Olho para a pista de dança, vejo Aimee e faço um sinal dizendo que vou embora. Ela tenta fazer um sinal de "me liga" com a mão errada e quase entorna a bebida na orelha.

Reece termina a bebida dele e aponta para o meu copo.

— Ainda tem metade do seu. — Engulo o resto, virando o copo até os cubos de gelo baterem no meu lábio superior. — Legal — diz ele, se aproximando. — Está na hora da Dori inocente aprender alguns fatos adoráveis da vida. — Meu corpo está saindo do banco, e eu olho para baixo. Suas mãos estão na minha cintura, mãos grandes, me segurando, me impedindo de cair. Ou de fugir.

— Espera. — Eu me seguro na mesa, fecho os olhos e desejo que o salão pare de girar. Fechar os olhos ajuda, mas não sei se isso vai ser suficiente depois que essa última dose achar seu caminho até minha corrente sanguínea. Quero ficar anestesiada, mas só fico tonta. Tudo está muito barulhento e piscando, e não é assim que eu achei que seria. Só quero sentar de novo e chorar.

— Você vai se sentir melhor quando estivermos lá fora — diz ele, apoiando meu peso e me conduzindo até a saída.

37

Reid

Estou sentado no bar, tomando doses de vodca Armadale enquanto os caras reúnem garotas para levarmos para a festa. O espelho na parede dos fundos é levemente inclinado, refletindo o local todo, de modo que posso ficar de costas para a multidão e contemplar os copos de shot vazios e, ainda assim, observar tudo que está acontecendo. Enquanto estou decidindo se quero ficar totalmente chapado ou só tonto o suficiente para perceber o que está acontecendo, mas não dar a mínima para nada, vejo uma garota na pista de dança.

No último verão, realizei uma busca malsucedida por uma sósia de Dorcas Cantrell. O mais próximo que cheguei foram algumas garotas com cor de pele semelhante. Essa garota se parece com ela em alguns gestos obscuros que eu notei durante as semanas em que trabalhamos juntos, além de ter uma semelhança física impressionante. Mas Dori nunca se vestiria nem se comportaria de maneira tão abertamente sedutora, apesar de eu tê-la imaginado desse jeito mais de uma vez. No fim da minha tarefa com a Habitat, eu a achava atraente não importava o que ela estivesse usando — mesmo com as camisetas excessivamente largas.

Na última hora, minha atenção está grudada nessa menina da boate. Perdi o interesse nas doses de vodca, observando enquanto ela saía da mesa para a pista de dança e voltava com caras diferentes. Por fim, um deles decidiu ficar mais tempo por perto, se apoiando na mesa enquanto ela terminava a bebida que tinha deixado ali, de maneira tola, enquanto eles estavam dançando, a qual poderia ter sido facilmente batizada por um dos amigos dele. Não tinha — eu teria percebido, mas mesmo assim. Ele se inclinou e a beijou e, quando eles começaram a se agarrar, passei de oitenta por cento de certeza de que essa garota não era Dori para cem por cento. Mesmo assim, eu não conseguia desviar o olhar.

Quando ela virou para fazer um sinal para outra garota na pista de dança, consegui ver melhor o seu rosto. A semelhança com Dori era tão grande que parecia que alguém tinha me dado um soco no estômago. Ela engoliu o resto da bebida antes de os dois irem para a porta, o braço dele ao redor dela enquanto ela cambaleava nos saltos altos de stripper.

Essa cambaleada decidiu tudo. Jogo uma nota de cem sobre o bar e a empurro na direção do barman, pegando o celular e mandando uma mensagem para John me encontrar lá fora. Meus olhos não desgrudam da garota enquanto eu os sigo até a porta.

— Oi, Reid Alexander? — diz alguém, e eu balanço a cabeça. Não tenho tempo para essa merda agora.

Chegamos à saída ao mesmo tempo, e eu seguro o ombro do cara do jeito que alguém pararia um amigo para dizer "oi".

— Com licença.

Ele vira, irritado, mantendo a garota em pé. Ela está caindo rapidamente, a cabeça apoiada no peito dele, o cabelo escondendo o rosto.

— Sim?

Eu me concentro nele.

— É, cara, você vai ter que achar outra pessoa.

Seus olhos se estreitam.

— Do que você está falando? Eu te conheço?

— Não, mas eu conheço *ela*. — Aponto com a cabeça para a garota. Não tenho a menor ideia do que planejo fazer com ela. Levá-la para a festa? Levá-la de volta para as amigas e perguntar que diabos elas estavam pensando, deixando alguém tão chapada sair de uma boate com um desconhecido?

— E daí?

Que babaca.

— E daí que ela não vai sair daqui com você.

Ele me analisa e não fica impressionado. Que erro.

— Quem é você? Esquece, não dou a mínima. Só dá o fora antes que eu te dê uma surra.

— É, acho que você não vai fazer isso, e também acho que ela não vai sair daqui com você.

Vejo o gancho de esquerda antes de ele ser totalmente lançado, me esquivo, seguro seu punho e giro seu braço atrás das costas dele como um pretzel, enquanto pego a garota pela cintura e a puxo para o meu outro lado. Os caras grandões nunca percebem o que está acontecendo. São condicionados demais pelo tamanho e pelos músculos, disfarçando qualquer ofensiva lançada.

No mesmo instante, John aparece com o segurança e, de repente, somos o alvo das atenções. Apesar do seu invariável estupor, meu melhor amigo é especialista em certas coisas — tipo induzir autoridades a verem as coisas do jeito dele. Ele já colocou algumas notas de cinquenta na mão do segurança, e elas desaparecem dentro de um bolso enquanto eu explico que a garota obviamente não está em condições de sair da boate com um desconhecido. É claro que estou supondo que eles não se conhecem, com base apenas na observação. Mas ninguém dá ao babaca a chance de refutar, antes de ele cair nas mãos de outro grandalhão tatuado e ser conduzido para fora. O soco perdido foi suficiente para ele ser expulso.

— Como sei que ela *te* conhece? — O segurança olha para mim, mais esperto que a maioria dos caras que ficam na porta da frente flexionando os músculos, guardando números de telefone para ligar na hora em que a boate fechar.

Olho para a garota, esperando que ela entre no jogo, e, naquele momento, percebo que a sósia de Dori que está usando aquela roupa sensual e toda aquela maquiagem *é* a Dori.

Ela franze a testa e pisca devagar, se apoiando em mim.

— Reid?

— Oi, Dori.

— Oi, Reid. Você não está aqui de verdade, né? — Seus olhos se enchem de lágrimas. — Não estou me sentindo bem.

Isso é suficiente para o segurança.

— Tudo bem, vão embora. Se cuidem.

Tarde demais.

Dori

Meus olhos estão tão secos que abri-los é uma agonia. Estou numa cama desconhecida, num quarto cinza-azulado desconhecido. Os móveis são perfeitos e granulados de cinza. O aroma do travesseiro sob a minha cabeça, no entanto... o aroma é levemente familiar. Não é floral nem cítrico, mas algo mais pesado — puro e concentrado. Masculino. As persianas escuras estão fechadas, mas a luz escapa pelas fendas entre as ripas. É de manhã... ou mais tarde.

Alguém está digitando num teclado atrás de mim. Viro, preocupada, e o olhar de Reid Alexander sai do notebook e vem até mim. Ele tira as mãos do teclado, se recosta na cadeira e me encara. Um sorriso satisfeito atravessa seu rosto. Devo estar sonhando. Eu me sentiria assim tão horrível se estivesse sonhando?

— Bom dia. — Sua voz é grave, e de algum jeito sinto as reverberações por baixo do meu esterno. Meus dedos vão até lá, como se eu pudesse afastar o pânico. Não estou sonhando. Estou na cama de Reid. Não na cama de um desconhecido qualquer. Na cama de *Reid*.

— Achei que tinha sonhado com você. — As palavras saem sussurradas da minha garganta seca.

Ele inclina a cabeça para um lado, a boca mudando para algo menos irônico, mais divertido.

— Acho que essa é a coisa mais encantadora que já me falaram depois de passar a noite com uma garota.

Engulo o pouco de saliva que consigo produzir. Minha boca está seca como algodão, meus lábios, entreabertos.

— O que... aconteceu? — Minha voz falha, pouco mais do que um sussurro.

— Você não lembra?

Fecho os olhos, tentando me lembrar de qualquer coisa depois do último cara que eu segui até a pista de dança — aquele que tinha cheiro doce demais.

— Não lembro de nada.

Obrigo meus olhos a abrirem quando ele se levanta, se movendo para olhar para mim. Com a boca formando uma linha desgostosa, ele puxa o lençol cinza e eu fico tensa, esperando o ar na pele nua, mas ainda estou vestida com o top e a saia que usei ontem à noite. Nós fizemos aquilo vestidos? Ou ele colocou as minhas roupas?

Ele pega meu cotovelo e me puxa delicadamente da cama, mas minha cabeça está pesada e latejando, e meu equilíbrio está prejudicado. Quando eu balanço, ele me segura, e o quarto gira como louco. Eu me apoio nele, gemendo. O cheiro da sua cama era apenas um eco da sua masculinidade aromática, mais forte agora, com meu rosto encostado em seu peito. Quero me aninhar nele e dormir, mas ele se afasta da cama. Suponho que ele queira me carregar para fora e me colocar na soleira da porta, de onde eu possa ser carregada como um pacote da FedEx.

Ele me conduz por uma porta que leva a um banheiro grande, e não para o corredor, como eu esperava. Tem um banco acolchoado ao longo de uma parede, e ele me coloca ali, suas mãos segurando levemente meu ombro até ele ter certeza de que consigo me manter reta. Minhas pálpebras se abrem apenas o suficiente para acompanhar seus movimentos e sua posição no cômodo. Vestido com calça jeans e uma camiseta preta desbotada, ele anda descalço pelo chão de carpete e mármore. Ele se inclina para dentro do chuveiro, e eu ouço um jato d'água, e em seguida ele volta para mim enquanto o vapor vai subindo pelo vidro fosco.

Nunca pensei que veria Reid de novo. Não ao vivo. Meu rosto fica quente com esse pensamento, e eu fecho os olhos, reabrindo-os quando ele diz:

— Hum. — Ele está parado na minha frente, com as mãos nos quadris, olhando de cima para baixo. Estou caindo para a direita, mas ainda estou sentada. E aí ele puxa meu top fúcsia e o tira, pegando minhas mãos para me levantar.

— Nããããão — digo, parecendo mais um lamento e menos uma recusa. Ele começa a abrir o fecho da saia, e eu seguro as mãos dele. Ele não pode querer tirar minha roupa *agora*.

Ele pega uma toalha de banho enorme numa pilha macia na ponta oposta do banco, abre a toalha e a segura, fazendo uma cortina improvisada entre nós.

— Tira tudo — ordena ele. — E entra no chuveiro.

Tento olhar furiosa para ele por cima da toalha, mas até juntar as sobrancelhas faz minha cabeça doer. Decido usar um olhar vazio. Ele me olha, com uma sobrancelha erguida como um desafio.

— Você vai ter que ir pra casa em algum momento — diz, apontando para a parede espelhada. — É assim que você quer estar quando chegar lá?

Olho para o meu reflexo, percebendo a maquiagem borrada, a saia amassada pela cama e o cabelo emaranhado, duro com o meio frasco do que Kayla usou para penteá-lo ontem à noite. Com todo o serviço comunitário que eu já fiz, conheço essa aparência muito bem. Pareço uma prostituta barata. Não posso aparecer no dormitório de Aimee e Kayla assim.

— Dori. Chuveiro. — Não é uma ordem nem um pedido, só uma declaração de bom senso. Puxo a parte de cima da toalha na direção do meu queixo com as duas mãos e faço que sim com a cabeça. Ele retribui o movimento e sai do cômodo, fechando a porta.

Penduro a toalha num gancho e abro o fecho da saia, deixando-a cair no chão. A calcinha e o sutiã de renda cor-de-rosa que pareciam tão sensuais ontem à noite parecem incrivelmente idiotas agora. Tiro a lingerie e entro na cascata quente de água que cai de um chuveiro do tamanho de um Frisbee.

Enquanto gotículas pulsantes escorrem pelo meu rosto e pelo meu corpo, fico tão relaxada quanto é possível ficar uma pessoa num chuveiro desconhecido, que não se lembra de quase nada da noite anterior. No ambiente quente e fechado, cada respiração cataloga o rastro de amêndoas e frutas exóticas de *Reid*. Eu não tinha ideia de que conseguia me lembrar com tanta precisão do cheiro dele. Sentindo como se eu estivesse me afogando nele, só fecho a torneira quando minha pele está vermelha e enrugada.

Minhas roupas estão cheirando a suor, cigarros e álcool, e a última coisa que eu quero é vesti-las de novo. No banco, ao lado da minha bolsa minúscula, há uma pilha de roupas dobradas. Um short preto de linho, um top branco macio e uma blusa azul com botões de pressão na frente. Reluto em olhar as etiquetas, mas faço isso e depois desejo não ter feito. O preço dessas roupas cobriria o valor da hipoteca da maioria das pessoas.

Depois de uma batida suave, Reid me dá três segundos e abre a porta. Seus olhos passeiam sobre mim, enrolada na toalha, o cabelo molhado descendo pelas costas.

— Acho que essas roupas devem caber. — Ele aponta para as peças, entrando no banheiro. — Você e a minha mãe têm mais ou menos o mesmo tamanho.

— Essas roupas são da sua mãe? — Balanço a cabeça e imediatamente me arrependo de ter feito isso. — Não posso usar as roupas da sua mãe.

— Claro que pode. Você não quer ir de toalha para casa, não é? — Seus olhos descem rapidamente pelo meu corpo e voltam mais devagar.

— Posso te devolver depois, se você quiser.

Sua indiferença em relação à devolução das coisas da mãe é evidente, mas ele dá de ombros, me acalmando.

— Eu lavo antes — digo. — Obrigada. — Envergonhada, passo os dedos pelo cabelo, tentando remover os nós maiores e evitar os olhos dele.

Reid se aproxima e me dá uma garrafa d'água, que eu bebo, agradecida.

— Tem um secador, produtos pra cabelo, todo tipo de coisa neste armário. — Ele se abaixa, vasculhando, e pega um frasco de alguma coisa, colocando um pouco nas mãos. — Desembaraçante — diz ele, passando-o no meu cabelo, os dedos separando com cuidado os fios enquanto eu me lembro dele tirando pedaços de fruta do meu cabelo, num banheiro diferente, um milhão de anos atrás.

Com os olhos fechados, bebo enquanto ele desembaraça. Quando ele vem para a frente, eu me obrigo a olhar para ele.

— Reid, nós...?

Seus dedos continuam seguindo pelo meu cabelo, sua expressão inocente como o rosto de um anjo.

— Nós... o quê?

Quero fechar os olhos de novo, mas tenho que encará-lo quando ele responder. Preciso ver se ele está me dizendo a verdade.

— Nós d-d-dormimos juntos?

Ele me olha com aquela expressão confusa que eu conheço muito bem.

— Você acordou na minha cama, Dori. E, sim, eu estava nela com você ontem à noite.

— Ah. — Meu olhar cai para o chão. Eu dormi com Reid e não me lembro de nada.

— Dori. — Ele espera até eu olhar para ele. — Não fica tão arrasada. Nós só *dormimos*. Eu não transo com virgens desmaiadas.

Engulo em seco. Claro que ele fez a mesma suposição que todo mundo que me conhece: Dori Cantrell não passa de uma garota pura e inocente.

38

Reid

O que eu não digo: ela fez quase tudo que se pode imaginar para quebrar essa política pessoal. Não que eu tenha instituído um código de conduta para peguetes; já transei com virgens e com garotas tão chapadas ou bêbadas quanto eu. Simplesmente criei uma política para traçar um limite e não combinar as duas coisas, se possível.

O que me leva à outra coisa que não contei a ela. Se eu não a conhecesse, suas atitudes na boate teriam me levado a acreditar que ela pode não ser tão inocente quanto imaginei. O que aconteceu entre a boate e a minha cama deixou pouca dúvida.

De jeito nenhum eu poderia levá-la para casa bêbada como um gambá e entregá-la ao seu pai pastor. Assim, eu não tinha a menor ideia de aonde levá-la, além da minha casa. No carro, ela reviveu um pouco, com a cabeça apoiada no meu ombro. Suas mãos começaram a passear pelo meu peito, acariciando por cima e por baixo da minha camisa, fazendo círculos lentos ao redor de todas as partes de mim que ela conseguia alcançar. Achei que ela ia me enlouquecer, quando chegamos em casa.

Enquanto eu a carregava pela escada dos fundos até o meu quarto, ela não parou de me torturar. Quando a sentei na cama, ela envolveu os braços no meu pescoço e começou a me beijar, com a boca aberta e sem restrições, arqueando o corpo na direção do meu. Não pude evitar de reagir, puxando-a com força na minha direção, explorando sua boca com a minha língua, redescobrindo a sensação dela com a palma das mãos e a ponta dos dedos. Caímos na cama, chutando os sapatos para longe, e eu a arrastei para cima de mim. Sua saia estava enrolada nos quadris, minhas mãos agarravam suas coxas, e ela estava praticamente escapando do top com decote em V profundo enquanto estava em cima de mim, me beijando.

Quando sua mão encontrou o fecho da minha calça jeans e o abriu, segurei seus punhos e sufoquei seu nome.

— *Dori.* — Ela congelou e olhou para mim, os olhos muito, muito escuros vidrados e os lábios inchados e molhados. Estou ficando duro agora só de pensar na aparência dela naquele momento. Não tenho a menor ideia de como consegui fazer o que fiz em seguida. — Dori, *dorme.*

Ela pareceu desnorteada.

— Você não me quer? — Sua voz falhou no meio da frase.

Gemi.

— Quero, muito. Mas você não quer isso.

Ela piscou.

— Não quero?

— Não.

Um franzido arqueou sua sobrancelha.

— Ah.

Sem mais uma palavra, ela deitou, se aninhou em mim e caiu no sono. Sua aceitação foi tão rápida que quase me senti ofendido. Não sei por quanto tempo fiquei deitado ali, pensando no tipo de fracassado que eu tinha me tornado para recusar o que ela me ofereceu, mesmo que ela estivesse inquestionavelmente sob influência do álcool. Parecia irracional deixá-la dormir — *mandá-la* dormir — em vez de virá-la de costas e passar as mãos e a boca sobre ela, até ela estar tão excitada a ponto de me implorar para terminar o que tínhamos começado.

Depois que abafei o desejo de convencê-la a acordar e mandar meu dilema moral para o inferno, coloquei o braço sobre a barriga dela e pensei no que ela fez comigo antes de apagar. Nada do que fizemos era novo para ela, e eu senti que não tínhamos chegado ao limite da sua experiência.

Eu não conhecia essa Dori. Alguma coisa aconteceu entre a noite passada e a noite em que eu a beijei pelo que pensei ser a última vez e a deixei — doce, respeitável e durona — parada no meio da calçada da casa dos pais dela. Não sei por que ela estava naquela boate, vestida como uma garota caçando um peguete e bebendo como se seu objetivo fosse esquecer, e certamente não sei o que ela estava fazendo ao sair de lá com aquele cara.

Tudo que eu sei é: tenho que descobrir.

Eu a deixei sozinha no banheiro, com uma toalha e uma expressão ininteligível. Ela não está com raiva e não está feliz. Tirando isso, não sei dizer. Eu a ouço se movimentando, a torneira abrindo e fechando. Penso naquele sutiã de renda cor-de-rosa, imagino como ela devia estar cinco minutos atrás no meu chuveiro, escuto o secador ligar, penso nela enrolada na toalha. Imagino a toalha caindo no chão.

Merda.

Meu agente mandou um novo maço de roteiros parciais alguns dias atrás. Sentar na cama desfeita me faz lembrar da noite passada, então eu me mudo para a poltrona perto da janela do canto e leio os roteiros até perceber que não estou absorvendo nada do que estou lendo. Fecho o notebook, coloco no chão, penduro as pernas no braço da poltrona acolchoada e me recosto no outro. Com os braços cruzados atrás da cabeça e os olhos na porta do banheiro, fico esperando o momento em que ela vai aparecer.

Dori

Eu me sinto estranha sem lingerie, mas pelo menos estou limpa, e as roupas são macias e folgadas o suficiente para eu ficar confortável assim.

O armário que Reid me mostrou parece uma loja de artigos de beleza luxuosos, lotado de produtos para cabelos, loções, escovas de dentes novas e lâminas de barbear. O desembaraçar cuidadoso de Reid deixou meu cabelo úmido e ondulado, então uso o secador um pouco e depois o deixo secar naturalmente. Abro e fecho os botões de pressão na blusa azul, finalmente decidindo deixar um pouco do top branco macio exposto em cima. Uma última olhada no espelho, mais uma e estou demorando mais do que devia.

Quando saio do banheiro, ele fala do outro lado do quarto, com a voz calma e baixa, como se estivesse tentando não me assustar.

— Minha mãe tem pés de criança, então os sapatos dela não vão caber em você. Pedi pra Maya pegar alguma coisa. Ela já vai voltar. — Ele sai da poltrona e vem na minha direção com tanta sensualidade que um modelo de passarela ficaria com inveja.

Franzo a testa.

— Pegar... sapatos pra mim, você quer dizer? Tipo, *comprar* sapatos pra mim?

Ele dá de ombros.

— Está com fome? Acho que você devia comer alguma coisa, mesmo que não consiga engolir quase nada ainda. — Ele pega a minha mão enquanto se aproxima, como se eu fosse uma cega num lugar desconhecido e precisasse ser conduzida por salas, portais e corredores. — Vamos ver se alguma coisa na cozinha chama sua atenção.

Enquanto caminhamos pela parte principal da casa, fico maravilhada com o luxo que ele vê como natural. Tudo é refinado e adorável, desde a arte nas paredes até a iluminação e o piso de mármore, entre ilhas de tapetes felpudos. Não há rachaduras nessas paredes para camuflar com tinta ou plantas, nenhum piso gasto, nenhum móvel de segunda mão. Os aparelhos eletrônicos são grandes e ameaçadores, com caixas de som e componentes presos nas paredes. Ele mantém minha mão na dele, o que é bom, porque eu provavelmente daria de cara numa parede ou coluna enquanto olho para tudo feito uma idiota.

Não pertenço a este lugar.

— Immaculada, a mulher que eu queria ver. — Entramos na cozinha por portas almofadadas com inserções de vidro chanfrado. Aço inoxidável, granito e madeira escura se combinam para tornar este cômodo tão estonteante quanto o resto da casa. Fecho a boca e viro quando percebo que Reid me apresentou a alguém.

— *Señorita* — diz a mulher, com um sotaque conhecido na minha parte de Los Angeles. — Muito prazer. — Ela tem aquele peso da meia-idade na cintura, o cabelo está preso numa trança, e está usando *uniforme*. Apesar de educada, tem alguma coisa antipática no jeito dela, e minhas orelhas ficam quentes porque é claro que ela deve saber que eu passei a noite aqui.

— Sim, senhora, o prazer é meu. — Nunca me senti tão deslocada. Bom, não... eu me senti igualmente deslocada na boate. Eu não apenas *saí* da minha zona de conforto, mas eu me catapultei para fora dela. Neste momento, não quero nada além de encontrá-la e cambalear para dentro dela em segurança.

Immaculada sai da cozinha, e Reid puxa a minha mão e me senta numa pequena mesa, perto de uma janela. No muro alto dos fundos da propriedade, um homem poda um arbusto em flor até ficar completamente redondo, como numa foto. Outro homem varre as partes cortadas do gramado e as coloca em sacos, que são carregados até um carrinho motorizado. É isso que as pessoas querem dizer quando falam em "propriedade" em vez de "quintal dos fundos". Caramba.

Uma torrada e um pequeno omelete simples são colocados no prato branco com alto-relevo diante de mim, e o copo pesado de suco de laranja, logo atrás do guardanapo dobrado e dos talheres. Quando Reid senta ao meu lado, engulo nervosa, sem saber se consigo comer alguma coisa. Mas o suco acabou de ser espremido de laranjas de verdade, a torrada tem um pouquinho de manteiga e eu até consigo comer um pedacinho do omelete. Comemos em silêncio, exceto pelos sons dos talheres na porcelana e da nossa mastigação, e eu me sinto um pouco melhor depois. Reid não está nem um pouco de ressaca — ele comeu o triplo do que eu tinha no meu prato quase intocado, além de café, que só de pensar faz meu estômago revirar.

No instante em que passo o guardanapo macio na boca, ele empurra o próprio prato e cruza os braços.

— Você vai me contar o que aconteceu? — ele pergunta, sem preâmbulos.

Olho diretamente para ele pela primeira vez desde que saí do seu banheiro e, na alegria iluminada pelo sol deste ambiente, seu rosto ainda me tira o fôlego. Existem tantas maneiras de responder a essa pergunta que nem sei por onde começar.

— O que você quer dizer?

— Trabalhei como um cavalo ao lado de uma garota durante um mês, quase diariamente, e, apesar de aquela garota ter a *sua* cara, ela e a garota que eu resgatei na noite passada são totalmente diferentes. Não consigo deixar de imaginar: o que aconteceu para provocar esse tipo de mudança?

Começo a falar e tenho que pigarrear.

— Resgatou?

A expressão dele não muda, exceto por um tique quase imperceptível no maxilar.

— Você estava completamente bêbada e prestes a ir pra casa com um babaca... Tenho quase certeza que ele era um desconhecido. Não sei o que poderia ter rolado, mas acho que não seria interessante pra você.

— Ah. — Meu coração está martelando. Não sou uma garota que quer ser resgatada por um garoto. Nunca fui essa garota. Mesmo quando me apaixonei pelo Colin, eu me apaixonei pelo mito de que nos amávamos. Que estávamos no mesmo ponto naquele relacionamento. Sim, eu tinha muita consciência de que ele era mais velho e popular, e fiquei fascinada por essas coisas no início, mas não era isso que me importava. A perda desse status quando terminamos não me perturbou. A perda do que eu achava que era o amor, a percepção de que era tudo mentira, foi isso que fez meu coração quase parar.

Se o que Reid está dizendo é verdade... Mas não tenho motivo para acreditar que não é, pelos flashes que me lembro da noite passada. Eu sei que é verdade. E sei que ele me resgatou, simplesmente porque eu tinha falhado ou me recusado a resgatar a mim mesma. Eu me sentia uma criança que atravessa uma rua movimentada sem prestar atenção e sem olhar — uma criança que foi sacudida e ouviu a pergunta "O que você estava pensando?" Não tenho uma boa resposta. Eu simplesmente *não estava* pensando ontem à noite. Só queria me sentir anestesiada.

— Então. — Seu olhar está grudado no meu, a voz ainda baixa, mas firme. — O que está acontecendo?

Eu me obrigo a pensar na coisa da qual passei a noite anterior tentando fugir, e lágrimas se formam pela primeira vez em algum tempo. Ele parece parar de respirar, os dedos se curvando na palma da mão, mas não faz nenhum movimento nem desvia o olhar. Respiro fundo.

— Minha irmã, Deb... — Ele faz que sim com a cabeça, me encorajando a continuar. Encaro o ovo frio e as migalhas de torrada no meu prato. — Ela sofreu um acidente... Ela caiu, bateu a cabeça e praticamente não reage a nada há algum tempo. Não consegue andar, não consegue se alimentar, pisca e tem algumas expressões no rosto, mas nunca olha nos olhos de ninguém e não fala. Os médicos dizem que o fato de ela mexer a boca é involuntário, e não uma reação.

Uma lágrima escapa do meu olho e cai no prato, sendo sugada por um farelo de torrada ao lado. Levo o guardanapo aos olhos, feliz porque a maquiagem de ontem à noite já foi tirada.

— Vocês eram... muito próximas? Eu nunca tive irmãos — ele tropeça na última palavra —, então não sei qual seria o nível normal de intimidade. Ela é vários anos mais velha, né?

— Oito anos. Mas somos muito próximas. — O esforço de manter as malditas lágrimas dentro de mim é torturante; minha garganta arde, meu pescoço todo dói, como se alguém tivesse socado minha traqueia. — Ela é minha melhor amiga.

Ele coloca a mão em cima da minha e passa a outra no próprio cabelo.

— Cara. Que horrível. — Então olha para mim e expira de um jeito pesado. — Desculpa, não sou muito bom nisso.

Minha boca se curva para cima num dos lados, porque, de alguma forma, Reid disse a única coisa estranha e verdadeira que ninguém mais pensaria em dizer.

— Não. Acho que isso resume muito bem. Obrigada.

Outra empregada uniformizada entra na cozinha nesse momento. É magra, baixinha e tão elétrica que minha cabeça dói só de tentar segui-la com os olhos.

— Estou com os tênis e os chinelos — ela diz. — Comprei dois ou três tamanhos de cada, só pra garantir. — Sem prestar atenção aos meus olhos vermelhos e sem fazer com que eu me sinta minimamente envergonhada por usar roupas emprestadas, ela tira caixas de sapatos de duas sacolas. Abrindo as tampas, revela sapatos bem além da minha faixa de preço. Pelo amor, são chinelos Coach em duas caixas. Eu nem sabia que eles *fabricavam* chinelos Coach, mas aqui estão eles. Também há tênis de corrida, e de marcas ainda mais assustadoras.

— Obrigado, Maya — diz Reid, e ela sorri e sai da cozinha rapidamente.

Eu me aproximo dele, apesar de estarmos sozinhos, achando que teria um treco a qualquer momento e me perguntando se ele saberia me acudir.

— Não posso aceitar isso.

Ele me ignora e pega um par de chinelos da caixa.

— Experimenta estes. — Como eu não os pego, ele se inclina e os coloca nos meus pés, com as mãos na minha panturrilha. Ai, carambola.

Carambola, carambola, carambola, enquanto sua mão desliza pela minha perna.

O chinelo fica perfeito. Sou a Cinderela sem uma madrasta malvada, sem fada madrinha e sem destino na realeza. Só um belo príncipe que coloca sapatos impraticáveis nos meus pés.

— Tudo bem, mas vou devolver com as roupas...

— Por quê? Eles não são do meu tamanho. E *definitivamente* não são o meu estilo. — Ele dá um sorriso forçado. — Por favor. Fica com eles.

— Mas...

— Não.

— Mas...

— *Não.*

***

— Olá, Luis. — Estou vermelha quando cumprimento o motorista de Reid, reconhecendo-o da única vez em que estive no carro dele, na noite em que Reid e eu fomos jantar. Algumas pessoas fazem uma caminhada da vergonha; eu tenho um dia inteiro para isso. Luis sorri com simpatia e inclina o chapéu de chofer.

Reid senta ao meu lado, os olhos invisíveis por trás dos óculos escuros espelhados. Nossos dedos estão a centímetros de distância no assento, mas ele não os aproxima. Além de me carregar para o chuveiro, segurar a minha mão enquanto íamos para a cozinha e me consolar quando falei sobre Deb, ele não tocou em mim, hoje.

A caminho da UCLA, flashes da noite passada voltam à minha mente. Eu não me lembro do cara com quem Reid disse que eu estava prestes a sair ontem à noite, mas me lembro do braço de Reid ao meu redor quando ele disse:

— John, vocês podem levar a limusine.

O mesmo cara — John? — me levou apoiada até um táxi e me colocou lá dentro.

— Quer dizer então que você é a Dori? — ele perguntou, entrando, mas deixando a porta entreaberta. Depois virou para o motorista e disse: — Ei, brôu, o cara que vai embora com ela vai chegar num segundo. Não queremos que os paparazzi tirem fotos dela, tá?

Fechei os olhos enquanto o último drinque me atingiu com força total, somando-se aos quatro anteriores. Ou cinco. Minhas mãos agarraram o assento. Eu estava num brinquedo de girar e não havia nada que eu pudesse fazer para ficar parada. Os flashes estouravam através das minhas pálpebras, como raios ao longe, e eu ouvi Reid dizer: "Obrigado, cara". O assento pulou e se inclinou enquanto ele tomava o lugar do amigo no banco traseiro do táxi e fechava a porta. Ele estendeu a mão para mim enquanto dava um endereço ao motorista. Eu me encolhi em seu peito sólido e aguentei firme, com os olhos bem fechados enquanto tudo ainda girava.

Isso é tudo que eu lembro até acordar hoje de manhã.

Mando uma mensagem para Kayla para avisar que preciso de autorização para entrar no seu dormitório. Ela e Aimee deixaram dezenas de mensagens de texto e de voz no meu celular entre ontem à noite e hoje de manhã, apavoradas de ter acontecido alguma coisa comigo porque eu tinha desaparecido. Parece que, quando gesticulei para Aimee dizendo que eu estava indo embora, ela achou que eu estava elogiando seus passos de dança. Acho que precisamos estabelecer sinais mais claros quando bebemos, não que eu queira repetir a noite passada.

Elas estão sentadas nos degraus do prédio quando o carro para. Não conseguem ver o interior do carro e, obviamente, não suspeitam de que a passageira sou eu, porque continuam falando enquanto lançam olhares furtivos na nossa direção, esperando para ver quem vai ser deixada ali.

— Obrigada — digo enquanto Reid tira os óculos escuros. — Para onde devo mandar as roupas?

— Não consegui te convencer a ficar com elas?

Balanço a cabeça.

Ele dá um sorriso forçado, um canto da boca se curvando para cima.

— Coloquei meu número no seu celular. Me liga ou me manda uma mensagem, e a gente combina alguma coisa.

Antes que Luis abra a minha porta, Reid pega a minha mão, o polegar acariciando a pele sensível entre o polegar e o indicador.

— Toma mais cuidado, tá? — ele diz, recolocando os óculos escuros, e eu faço que sim com a cabeça, me sentindo uma idiota ingênua. E aí, ainda um pouco de ressaca, saio do carro e vou até minhas amigas deslumbradas, usando uma roupa de marca, nenhuma lingerie, e carregando minhas roupas numa sacola de loja de sapatos.

— Você acabou de ser trazida por uma *celebridade?* — pergunta Kayla, observando o carro enquanto ele se afasta.

— Isso aí são chinelos *Coach?* — Aimee ofega e, em seguida, puxa as costas da blusa para fora e olha a etiqueta: — *Aimeudeus*, e esse top é da *Versace?*

39

Reid

A bola está no campo dela; eu me sinto melhor quando está no meu. Estou acostumado a ter controle total de qualquer relacionamento com uma garota — seja por uma hora ou algumas semanas. Ter controle não exige esforço quando o resultado é claro ou inconsequente. Nada disso se aplica a Dori.

Já se passaram quatro dias. Em circunstâncias normais, eu estaria puto por contar e mais puto ainda por me importar. Quando se trata de Dori, não existe esse negócio de circunstâncias normais.

Devolver as roupas foi ideia dela, então devo esperar que ela entre em contato comigo. Eu *poderia* fazer isso primeiro. Tenho o número do celular dela. E sei onde ela mora.

Pareço um maldito stalker.

* * *

— Você acordou cedo. — Com uma inflexão de voz cuidadosa, meu pai consegue pegar declarações que deveriam ser positivas e distorcer as palavras para parecerem acusatórias e desconfiadas. É um dom.

Também é uma isca, e não vou mordê-la. Sem virar, continuo descascando a tangerina que está na minha mão, separando a casca macia da polpa embaixo, tirando pedaços e deixando-os na pia.

— Vou me encontrar com o George daqui a uma hora, pra discutir propostas de novos projetos. — Solto um gomo e o coloco na boca, resistindo ao impulso de lamber o suco dos dedos. Luto contra a vontade de curtir qualquer coisa demais na frente dele, na verdade, e agora que estou consciente desse fato, meu cérebro fica pensando no motivo disso.

— Humm — ele murmura, com o mínimo de preocupação possível. Na minha visão periférica, suas sobrancelhas estão quase juntas no centro enquanto ele encara a caneca vazia na mão esquerda e a garrafa de café na direita, como se tivesse esquecido como servir. Ele não olha para mim, e eu penso se devo virar e voltar para o meu quarto ou esperar até ele dizer palavras inteiras. Decido contar em silêncio até cinco primeiro. Estou no três quando ele acrescenta: — Algum filme interessante?

Arrasto os pedaços de casca de tangerina para o triturador e o ligo, saboreando o cheiro ácido da fruta quase tanto quanto o zumbido motorizado que adia propositalmente a minha resposta.

— É, uns dois. Um tem possibilidade de apelo crítico... talvez renda um Oscar. O outro é um filme de ação. Mais dinheiro, provavelmente.

— Humm — ele diz de novo. Estranho. Raramente sem uma opinião indelicada sobre a minha carreira, ainda mais quando se trata de finanças, esse homem parece pai de outra pessoa. Um minuto depois, ele saca uma pilha de papéis da pasta. Com minhas escolhas de filme esquecidas, tira um clipe gigantesco e folheia a pilha de dois centímetros, marcando alguma coisa no centro de uma página.

Meu pai é especialista em contratos. Nenhum detalhe fraudulento escapa de sua habilidade, e é por isso que seus clientes lhe pagam uma caralhada de grana, como diria John. É uma pena que os detalhes emocionais da vida passem sem ele perceber, e é por isso que tudo que eu e minha mãe fazemos parece vir do nada para ele. De repente, a pergunta que eu costumo evitar surge: até que ponto eu sou filho do meu pai? Eu me tornei perito em evitar me envolver emocionalmente. Engraçado como meu comportamento autoprotetor precoce me transformou na coisa da qual eu estava me protegendo.

Eu o deixo com sua obsessão padrão — trabalho — e vou para o meu quarto, decidindo, no meio do caminho, que, se eu não tiver notícias de Dori até o fim do dia, vou ligar para ela.

Sua mensagem chega no meio da reunião agendada com George.

> **Dori**
> As roupas voltaram da lavanderia. Para onde devo mandar?

> **Reid**
> Posso pegar quando te buscar para almoçar amanhã.

> **Dori**
> Vou visitar minha irmã amanhã.

> **Reid**
> O dia todo?

> **Reid**
> Esquece. Hoje à noite, então.

Vários minutos se passam, durante os quais meu agente sofredor repete o nome do diretor de um dos filmes propostos duas, três vezes, e eu continuo sem escutá-lo.

— Reid. Me avisa quando você estiver *escutando* de verdade, em vez de marcar trepadas. — Seu tom seco disfarça sua irritação comigo, só porque o conheço muito bem.

Dori
Almoço hoje à noite?

Reid
Haha, isso. Almoço hoje à noite.

— Estou escutando — digo ao George, e segundos se passam enquanto espero a resposta dela, clicando no celular para garantir que ainda está ligado. Por fim, ela responde.

Dori
Ok

Reid
Te pego às 7

— Não estou convencido — diz George, com um tom seco feito uma torrada, e eu lhe dedico minha atenção quase exclusiva. Já estou planejando a noite de hoje.

Dori

Aqui estou eu, encarando meu armário outra vez, mastigando a unha do polegar e pensando no que vestir para devolver uma roupa emprestada a uma celebridade.

Desço usando calça jeans e camisa social branca com mangas três quartos. Na última vez que usei essa blusa na escola, Aimee disse: "Caramba, Dori, você está parecendo a minha mãe". Seu sorriso de pena revelou que não era um elogio. Mas o que ela odeia na peça é o que eu gosto. Essa blusa diz "Não estou tentando ser provocante" — pelo menos, não como uma garota de dezoito anos.

Minha mãe está no segundo turno do hospital, e meu pai fica no escritório a maior parte da tarde. Não gosto de ir lá conferir como ele está. Ele fica olhando insistentemente pela janela ou, pior, para alguma coisa invisível em sua mente, e, quando interrompo seus devaneios, ele dá a impressão — por um ou dois segundos — de que nunca me viu na vida.

Paro na porta.

— Oi, pai.

Fico aliviada quando ele olha para mim por sobre os óculos, as mãos grudadas no teclado. Isso é bom. Ele está *trabalhando*. Escrever sermões tem sido uma tortura para ele nas últimas semanas. Ele sempre resmungou de um jeito simpático sobre se esforçar para ouvir a voz de Deus; quando eu era pequena, ele ia até o corredor e me dizia, quase sério, que não conseguia ouvir Deus falar enquanto eu brincava de virar cambalhota na sala de estar ou quando eu e Esther fazíamos uma algazarra na minha cama, seus latidos brincalhões se misturando com a minha risada. Agora, desconfio de que o impedimento para ouvir a voz de Deus vem de uma fonte diferente.

— Vou sair. Não vou chegar tarde.

Ele faz que sim com a cabeça e volta a olhar para a tela.

— Manda um "oi" pra Kayla e pra Aimee.

Por um instante, não o corrijo, depois me sacudo por dentro. Não tenho motivo para omitir a verdade em relação ao que vou fazer.

— Na verdade, vou sair com o Reid.

Seus olhos se erguem de repente, e ele franze a testa — não com raiva, mas confuso.

— Reid Alexander?

Eu raramente falo de Reid para alguém, mas, quando falo, seu sobrenome sempre é mencionado em seguida, como se ele nunca pudesse ser apenas *Reid*. Ele é maior e mais sensacional do que isso, para não ser descrito pelo primeiro nome como um cara da escola.

— É o único Reid que eu conheço, pai.

Ele inclina a cabeça para o lado.

— Por que você vai sair com *ele?*

Meu pai não sabe que encontrei Reid no fim de semana passado, é claro. Eu até deixei Kayla e Aimee acreditarem que saí da boate com um desconhecido, e elas me deram um sermão pesado por isso, depois me fizeram contar os detalhes do top Versace, dos chinelos Coach e do Mercedes com janelas escuras, dirigido por um chofer.

Procuro uma resposta sensata.

— Acho que ele está, hum, investigando instituições de caridade para possíveis contribuições e quer a minha opinião. — Isso poderia ser verdade. — Você sabe como são os ricos.

— Na verdade, não sei — diz ele.

A campainha toca, e Esther assume seu posto na porta, latindo.

— Nem eu, acho. — Dou uma risada nervosa enquanto viro para me afastar, meu cérebro culpado se lembrando da casa incrível, das empregadas uniformizadas, dos chinelos caríssimos no meu closet e das roupas de marca dobradas com cuidado e enfiadas na minha bolsa da Mary Poppins.

Na última vez que vi Reid na minha varanda, ainda não tinha feito minha terceira viagem a Quito. Deb estava prestes a ficar noiva. Eu estava quase indo para a faculdade. E achava que nunca mais o veria depois daquela noite.

Ele está usando calça jeans e camisa social cor de ameixa, do tipo que eu como com sal — um hábito que Deb cultivou em mim quando eu era mais nova e espelhava tudo que ela fazia. As mangas estão enroladas até os cotovelos, a camisa está passada, mas por fora da calça. Seus olhos azul-escuros me olham de cima a baixo uma vez, rapidamente, indo até Esther, que rosna.

— *Esther* — brigo com ela, mas não com violência e não sem passar a mão na cabeça dela. Somos próximas demais há muito tempo para eu repreender seu comportamento protetor.

Reid se abaixa na altura do olhar de Esther e oferece o dorso da mão. Ela me olha pedindo uma confirmação de que ele não é perigoso, e eu coloco a mão no ombro dele para provar.

— Está tudo bem, Esther. Ele não vai me machucar. — Ela cheira a mão dele de leve e depois levanta o nariz com um ar meio arrogante, observando-o com suspeita prolongada enquanto uma lembrança enevoada surge no meu subconsciente: Reid me carregando pela escadaria da sua casa, sussurrando alguma coisa que meu cérebro se recusa a traduzir agora.

Quando ele olha para cima, estou encarando-o. Tenho certeza de que minha expressão confusa é estranha; ele está acostumado a ver expressões desejosas da maioria das mulheres e expressões incomodadas vindas de mim. Viro e pego a Mary Poppins no cabideiro, desfazendo a conexão.

— Que bolsa enorme! — ele diz. — Vamos roubar uma loja? Viajar pros Hamptons? Esconder um corpo?

Dou uma cotovelada de leve na lateral dele (Deus do céu, esqueci que ele é *inteiro* duro) e saio antes dele pela porta da frente, depois de acariciar Esther atrás das orelhas e dizer que vou voltar.

Nosso almoço-jantar consiste em sanduíches num lugar minúsculo e escondido, onde eles cortam o rosbife grosso, tostam o pão, acrescentam o que você quiser, embalam em papel de pão e te mandam embora, porque não tem espaço para mesas nem para ficar em pé por ali. Do outro lado da rua, encontramos um banco de parque meio escondido e conversamos sobre a filmagem em Vancouver e o adiamento da minha faculdade enquanto terminamos de comer, depois passeamos por uma fileira elegante de lojas onde um par de meias deve custar todo o meu orçamento.

— Oh-oh — murmura Reid. Sigo sua linha de visão até um cara escondido não tão discretamente atrás de uma caixa de correio, com uma lente de câmera inequivocamente virada para nós dois. — É só ignorar. Eles normalmente não se aproximam quando estão sozinhos. — Ele pega o meu cotovelo e vira para fingir interesse numa vitrine. Em seguida tira o celular do bolso e liga para Luis, que nos pega na próxima esquina, dois minutos depois.

***

 É domingo quando as fotos são publicadas e as especulações começam. Não houve nenhuma demonstração pública de afeto, nada que possa ser mal compreendido por uma pessoa equilibrada. Mas estou aprendendo como os tabloides funcionam. Escândalos vendem. A mão no meu cotovelo é tirada do contexto, assim como a maneira como eu pareço me aproximar quando rio de alguma coisa que ele disse enquanto estávamos comendo. Aquele fotógrafo estava nos observando muito antes de nós o vermos.
 Não demorou muito para alguém ligar a garota que passou a noite de quinta-feira com Reid Alexander à garota da Habitat que caiu em cima dele no quintal dos fundos no último verão. Acho que foi uma tarefa simples conseguir meu nome naquele momento e ainda mais fácil começar a conjecturar sobre a profundidade e a intensidade do nosso romance secreto e/ou amizade colorida, porque *é claro* que deve ser uma dessas coisas.
 Recebo ligações e mensagens de Kayla e Aimee, assim como de várias outras pessoas que eu mal conheço ou nunca vi na vida. Repórteres e fotógrafos estão acampando na frente da nossa casa e me seguindo por toda parte.
 Reid me liga para pedir desculpa, mas eu minimizo a situação.
 — Vou sobreviver. Pelo menos, não tem nenhuma foto minha te atacando, desta vez.
 Ele ri.
 — Nesse caso, que tal fazer alguma coisa no fim de semana? Podemos ver algum filme antigo que está no cinema, se você quiser. Acho que está passando *Os vivos e os mortos*. Você já viu?
 — John Huston? Adoro. — Não digo a ele que essa adaptação para o cinema de uma história incrível de James Joyce é uma das minhas preferidas. E de Nick.
 — É? Eu também. — Parece que ele está sorrindo.

***

— Não queremos que você saia mais com ele.

Encaro os meus pais, minha mãe na minha frente e meu pai ao lado, na nossa pequena mesa da cozinha. Eles ficam sentados observando minha reação, cada um de nós exausto de mergulhar no trabalho e em esforços voluntários até não haver momentos livres para pensar na Deb nem para ponderar por que Deus a deixou viva, mas permitiu que sua identidade e sua personalidade lhe fossem arrancadas.

— Não entendo — digo finalmente. — Não aconteceu nada nem vai acontecer. Nós só saímos e conversamos. Somos amigos, acho.

Meu pai encara as mãos, entrelaçadas sobre a mesa como se estivesse rezando. Ou implorando.

— Só estamos dizendo que não confiamos nele. Não é uma boa companhia pra você, Dori. Você sabe que isso não vai terminar bem. E, enquanto você estiver morando *aqui*...

Ofego.

— Pai, *sério?* "Enquanto você estiver sob o meu teto"? Mãe?

— Dori, não há motivo pra dificultar essa situação, se ele é tão irrelevante quanto você está dizendo. — Sua voz é lógica, e estou acostumada com isso, mas está tensa, o que é totalmente estranho e parece errado, vindo da mulher que me amou e cuidou de mim a vida inteira.

Meu rosto fica tão quente que consigo até escutar o sangue latejando em meus ouvidos. Meus pais foram irracionais tão poucas vezes na minha vida que quase consigo me lembrar de todas elas. Passar fio dental toda noite parecia irracional quando eu tinha nove anos. Passar filtro solar fator sessenta parecia irracional aos onze. Não me deixar ver filmes com possíveis cenas de sexo ou palavrões parecia irracional aos treze. E o que eu me pergunto é se futuramente vou encarar esta discussão e perceber que o que eles estavam me pedindo era razoável e que era eu que estava sendo irracional.

— Não me lembro de ter dito que ele era irrelevante — falo, baixinho.

— Dori — começa meu pai, e abro a boca para argumentar, mas minha mãe nos interrompe.

— Não vamos mais discutir isso. — Ela recua a cadeira e se levanta, o arranhado decisivo no chão gritando. — Você não vai mais sair com ele, Dori. Ele não faz parte do nosso mundo.

Olho para ela, sem acreditar.

— Que mundo é esse?

Ela vira e sai da cozinha sem responder, fazendo sinal para meu pai segui-la. Quando eu não achava que minha vida poderia ficar mais bizarra, vejo que estava errada de novo.

40

Reid

Estou na casa do John quando recebo uma mensagem da Dori:

> **Dori**
> Precisamos conversar.

Não gosto de como essa frase soa. Mando uma mensagem em resposta, dizendo que ligo para ela daqui a pouco, pego uma cerveja na geladeira e vou até a sacada. As luzes do centro da cidade parecem uma comemoração, desta altura. Eu queria que Dori estivesse ao meu lado, porque a vista é incrível, é mais fácil decifrar as pessoas cara a cara, e eu sou bem mais persuasivo em carne e osso.

Fico constantemente confuso quando se trata dessa garota.

— O que houve?

Sua resposta inicial é um leve suspiro, e eu penso: *Merda*. E aí me pergunto se vou ceder a isso com tanta facilidade.

— Isso é vergonhoso — ela diz e suspira outra vez, me preparando para o que vai falar. Fico sem saber como agir, mas espero como se eu fosse paciente, algo que definitivamente não sou. Mesmo assim, não forcei a barra com ela quando saímos. Eu nem a beijei quando a deixei em casa. Talvez o lance dos paparazzi a tenha feito surtar. — Meus pais me proibiram de te ver.

— O quê, tipo, amanhã? — Tínhamos planejado ver *Os vivos e os mortos* no cinema historicamente reformado que minha mãe e eu frequentávamos antes de ela começar a beber. Os filmes clássicos que vimos lá na minha infância foram responsáveis por acender a fagulha da interpretação em mim.

— Não. Tipo *nunca mais*.

Faço tudo que eu quero desde que tinha catorze anos. Ignoro qualquer problema que não faz sentido para mim e qualquer pessoa que fica no meu caminho. Entendo a ideia dos limites que eu não devo cruzar e coisa e tal, mas tenho dezenove anos e estou segurando uma cerveja neste exato momento, pelamordedeus. A ideia de que meus pais me dissessem de quem eu poderia ser amigo cinco ou dez anos atrás é inconcebível, mas um ano atrás? Nem pensar.

— Você não tem dezoito anos?

— Tenho. — Ela suspira de novo e não sei se está irritada comigo, com a situação ou o quê.

— Isso não faz sentido. — Pareço um garoto petulante.

— Eu sei. E sinto muito. — A voz dela falha um pouquinho no fim, e minha mão aperta a balaustrada.

Ficamos os dois em silêncio, mas meu cérebro está a mil, determinado a encontrar uma saída para esse problema.

— Então. Pergunta. Que tal se você disser pra eles que vai sair com outra pessoa? — Isso não faz sentido para mim, mas sei como ela se sente em relação a mentir. — Nem sei te dizer quantos filmes adolescentes envolvem exatamente esse tipo de coisa.

Ela fica calada por um instante. Pensando, espero.

— Alguns terminam muito mal, né?

— É. Mas eu estive numa dezena deles. Conheço *todas* as armadilhas comuns.

Ela ri, e meu corpo todo estremece.

— Eu... eu não sei. E os fotógrafos?

Malditos paparazzi.

— Ainda estão te seguindo?

— Acho que estão começando a perder o interesse. Especialmente depois de cinco horas me acompanhando por toda Los Angeles uns dias atrás, durante minhas entregas da Meals-on-Wheels sem nenhuma celebridade à vista. — Rio de novo com a imagem mental que isso provoca. — Mas, mesmo que eles parem de *me* seguir — diz ela —, vão continuar *te* seguindo.

Uma ideia surge na minha cabeça. Eu a jogo no ar e a imagino mordendo o lábio inferior enquanto pensa. Quando tenho certeza de que ela vai dizer não, Dori Cantrell me surpreende mais uma vez.

* * *

Atendo no primeiro toque.

— Estou aqui — ela diz, e vejo que sua convicção anterior foi totalmente para o espaço.

Não lhe dou chance de passar da dúvida ao arrependimento.

— Legal. — Acabei de apertar o controle remoto do portão.

— Tudo bem, está abrindo. — Ela definitivamente está em pânico. — Reid, talvez eu...

Ah, não, nada disso.

— Entra e estaciona à direita, eu já vou aparecer.

Minha ideia brilhante: se nós nunca *sairmos*, os paparazzi não terão como nos fotografar juntos. O triste é que só consegui pensar nessa parte do plano, e isso só vai durar enquanto nos ocuparmos dentro da minha casa. Estou tentando não pensar nas atividades com as quais eu gostaria de ocupar o tempo dela.

— Oi — digo. Seu Honda tem pelo menos dez anos. A porta geme quando ela a abre, e sua boca se contorce quase imperceptivelmente. Boquiaberta, ela olha atrás de mim, para a garagem repleta de carros, tão grande quanto sua casa inteira. Seus olhos passeiam pelo resto do local, e eu imagino tudo pela sua perspectiva. Quero impressioná-la, é claro, mas tem uma diferença entre impressionar e intimidar. Pego a mão dela e fecho a porta do carro. — Câmbio manual, é? Maneiro. — Nunca conheci uma garota que soubesse dirigir um carro com câmbio manual. Isso é incrivelmente excitante. *Menos, cara.*

Ela puxa a mão da minha, joga a bolsa por sobre o ombro e ajeita o cabelo atrás da orelha num dos lados.

— É, por algum motivo meu pai adora transmissão manual, e nós dividimos o carro, então eu meio que não tive escolha. — Ela ainda encara os fundos da casa dos meus pais.

Com as mãos nos bolsos, peço para ela me seguir e viro para entrar. Parece o inverso da nossa primeira interação, logo depois de eu convencê-la de que eu era um babaca, analisando-a de cima a baixo. Eu me pergunto se ela entrou na casa dos Diego naquele dia desejando que eu simplesmente sumisse ou preocupada de eu não a acompanhar, como estou me preocupando agora de ela abandonar a ideia de passar o fim de tarde aqui, voltar para o carro e ir embora.

Immaculada deixou o jantar no forno, como pedi, e eu admito que não, não cozinhei nada, apesar de ser surpreendentemente habilidoso em arrumar a mesa. Comemos na cozinha, e eu conto a ela sobre os dois projetos que estou analisando, ambos com filmagens no próximo outono. Não posso fazer os dois, mas não consigo decidir qual rejeitar.

— Ignora a questão da crítica por um minuto — diz ela. — Porque, sinceramente, não estou convencida de que você se importa tanto com isso. — Empurramos os pratos vazios para o centro da mesa, e as pernas dela estão cruzadas sobre a cadeira, com um dos joelhos em destaque. Ela gruda em mim um olhar direto e sério, com um cotovelo sobre a mesa enquanto se inclina para a frente. — Quando você fala do primeiro, seus olhos brilham. Quase como se eles *não* fossem te pagar e você ainda assim quisesse fazer.

Meu Deus, ela me entende com tanta facilidade, às vezes.

— Mas eles *vão* me pagar. *Muito bem*. — Eu me levanto para fazer café.

— Você se sente culpado por querer fazer? Não se sente um artista torturado o suficiente? — Sua voz está provocante e bem perto de mim. Ela trouxe os pratos para a pia. Se eu não a detiver, aposto que também vai lavar.

Pego os pratos da mão dela e os coloco na bancada.

— As pessoas na minha carreira buscam reconhecimento. Faz parte da nossa natureza... é por isso que pisamos nos palcos, ficamos na frente das câmeras. Queremos admiração, aprovação. Queremos ser os *melhores* no que fazemos. E o Oscar é o que diz "Você é o melhor" na indústria cinematográfica.

Aperto o botão, e a cafeteira mói os grãos, joga no filtro e começa a coar. Eu me apoio na bancada, e ela se encosta ao meu lado.

— Tudo bem — diz ela. — Imagina que você tem um desses caras dourados. Ele está sobre o console da sua lareira. Seus talentos foram reconhecidos pelos colegas e todos os aplausos da crítica são seus. De agora em diante, você vai ser convidado a fazer mais desse tipo de trabalho, o tempo todo. Como você se sente com isso?

— Entediado — respondo, me surpreendendo. Ela sorri para mim como meu pai fez na primeira vez em que amarrei meus sapatos sozinho. Minha mãe tentou, mas meu pai tinha o truque do coelhinho-correndo-ao-redor-da-toca em seu arsenal. Ele também me ensinou a usar pauzinhos para comer comida japonesa, a usar fio dental e a fazer divisões longas. Em algum ponto depois disso, nós nos perdemos. Na primeira vez que minha mãe fracassou na reabilitação, talvez.

— Reid? — A cabeça de Dori está inclinada para o lado, com uma pequena ruga na testa.

— Desculpa. — Pisco para afastar as lembranças e viro para servir o café. — Vamos ver um filme. Eu te deixo escolher.

— Que tal um dos seus?

— *Meu Deus*, não. Eu detesto me ver na tela. — Tenho cópias de tudo que já fiz, mas só assisto sozinho, feito um atleta que usa a gravação de um jogo como ferramenta de treino. Assim como um atleta, acho que parte da gravação é genial e outra parte é tão horrível que, se eu pudesse destruir todas as cópias, com certeza destruiria.

— Sério? Eu sempre achei que isso era uma coisa que vocês, atores, simplesmente dizem. Que, no fundo, vocês ficam se olhando e pensando: *Cara, olha só pra mim. Sou tão brilhante.*

— Você me pegou. — Dou uma risadinha por ela chegar tão perto da verdade ocasional. Semicerrando os olhos, abro um sorriso forçado e levanto uma sobrancelha, como um típico vilão. — Apesar de eu *ser* absurdamente brilhante — digo no meu melhor inglês pretensamente aristocrático, e sou recompensado com uma risada e com o vermelho que surge de repente em suas orelhas. *Hum.*

Dori

Minha nossa, quando usa o sotaque de garoto britânico e me lança aquele olhar ao mesmo tempo, Reid é um pedaço de mau caminho, como diria Aimee.

A "sala de entretenimento" fica em frente ao quarto dele, e esses são os dois únicos cômodos nesta parte da casa. Sem conseguir me impedir, fico boquiaberta.

— Caramba, você tem seu próprio *cinema*. — A sala tem quatro fileiras de cadeiras de cinema e o piso é inclinado. Ele desce até a primeira fileira — que, na verdade, é um sofá comprido — e pega um controle remoto. Quando aperta o botão, uma tela desce do teto na parede mais distante. Ainda estou boquiaberta quando ele olha para trás.

— Sabe, fazer filmes é meu sustento. Ver filmes é tipo o dever de casa. — Ele se joga no sofá, e eu fecho a boca e me junto a ele. No menu digital, escolhemos um filme recente indicado ao Oscar que nenhum de nós viu.

— Nossa, que deprimente — diz Reid uma hora depois, durante uma trégua entre trechos de diálogos.

— Os críticos dizem que é corajoso, realista e inspirador. — Mas ele está certo, o filme *é* deprimente. Eu devia ter forçado a barra para o filme de mulherzinha ou para o desenho animado.

— É melhor alguma coisa *inspiradora* acontecer rapidinho, senão esse copo vai voar na tela — resmunga ele.

— Uma reação meio exagerada, não acha? — Pouco depois de eu falar isso, o filho com câncer do personagem principal morre.

Reid vira a cabeça e aponta para a tela, com as sobrancelhas erguidas.

— Hummm?

— É — concordo, revirando os olhos. — Não tem como ser inspirador matando uma criança de sete anos de idade.

Nosso rosto está a centímetros de distância, nós dois largados no sofá confortável, os pés apoiados num enorme pufe de couro.

— Tenho uma proposta — ele diz, e minha respiração fica fraca. Enquanto espero o final da frase, aproveito a desculpa para o encarar, preocupada, mas hipnotizada. — Acho que você foi naquela boate porque estava a fim de ser um pouco *imprudente*. E, quando eu te tirei das mãos daquele babaca, você não teve chance de realizar o seu, hum, objetivo.

O que quer que eu estivesse esperando, não era isso. *O meu objetivo?* As pessoas na tela começam a discutir aos berros, mas nenhum de nós está prestando atenção agora. Encaro a minha mão, a dois ou três centímetros da dele, e murmuro:

— Espero que você não ache que estou chateada com você por aquilo.

Seus dedos acariciam o topo da minha mão, e minha respiração fica pesada como se meus pulmões estivessem congelados.

— A questão é que, se você estiver determinada a ser imprudente, pode ser imprudente com alguém relativamente seguro. — Ele vira de novo para o filme, com a mão apoiada na minha. Durante a próxima hora, faz mais algumas observações sobre o filme e pergunta minha opinião, mas não ensaia nenhum movimento além da pressão da sua mão na minha.

Quando entro no meu carro, ele fica em pé com as mãos enfiadas nos bolsos da frente da calça jeans, encolhendo os ombros na camiseta branca. O ar está fresco e com cheiro de chuva, frio demais para ele estar de manga curta e descalço. Ele levanta a mão quando coloco o Civic em marcha à ré e faço uma manobra de três pontos que meu pai ia admirar. Pelo espelho retrovisor, vejo Reid dar uma corridinha até a casa. Ele não pediu um beijo nem tentou me dar um, e agora eu só consigo pensar em beijá-lo.

Voltei à impressão que tive meses atrás: Reid Alexander é o Diabo. Só que agora é mais fácil entender os anjos que decidem cair do céu com ele.

* * *

— Olá, querida! — diz minha mãe para Deb, e eu mordo o lábio, virando para trocar as rosas desbotadas e murchas da cômoda de Deb pelas tulipas frescas que tenho nos braços. Acho que nunca vou me acostumar com a voz falsamente animada da minha mãe. Pode ser que isso sempre tenha estado no repertório dela — algo que ela usa no hospital com os pacientes, talvez — e eu nunca tenha notado.

Eu poderia visitar Deb sozinha, mas aí ninguém ia falar.

Demoro amassando as flores mortas, jogando-as no lixo e limpando o vaso. Na minha bolsa estão as tesouras de poda da Deb, que não podem ser deixadas num lugar como este — onde pessoas com diferentes problemas estão internadas. Corto um centímetro de cada caule, removendo com cuidado as folhas de baixo que estão murchas. Eu as coloco no vaso, uma a uma, e as arrumo cuidadosamente, até ficarem paralelas, ensolaradas e felizes. Quando fico satisfeita com o resultado, minha mãe quase terminou de dar iogurte de morango para minha irmã, levando pequenas colheradas aos seus lábios, como fazia nos vídeos em que Deb era criança, bem antes de eu nascer.

Ver isso me deixa fraca, então não olho.

Lavamos o cabelo de Deb, que cresceu onde foi raspado para a cirurgia. Tem sido mantido curto para facilitar os cuidados, e cai em fios e cachos ao redor de seu rosto ainda bonito. Pego meu brilho labial na bolsa e passo em seus lábios rachados bem no momento em que sua colega de quarto entra e nos vê, vestindo o roupão de banho que minha mãe comprou para Deb no mês passado, que não estávamos achando desde que o deixamos aqui no armário dela. Também tinham sumido todos os pares de meia com o símbolo da Nike em cor-de-rosa e sua escova de cabelo macia de madeira. O maxilar da minha mãe fica tenso, e ela reclama na recepção quando saímos. Eles dizem que vão "verificar". Nenhuma de nós acredita nisso.

Dirigimos quase até em casa em silêncio, quando minha mãe diz:

— Eu queria que ela tivesse um quarto exclusivo. — Sua voz me assusta, apesar de ela ter falado baixo. Ela tem trabalhado em mais turnos para poder pagar pelo quarto compartilhado da Deb; não temos como pagar por um quarto particular. Não preciso lembrar a ela desse fato. Ela sabe disso tão bem quanto eu. Encontro a mão dela e a aperto uma vez, entre a troca da quarta marcha para a quinta. Pelo menos nisso podemos concordar.

41

Reid

É Dia de Ação de Graças, e estou sentado na sala de jantar formal com meus pais e nossa refeição comprada, contando os minutos até meu pai e eu podermos fingir que estamos concentrados num jogo de futebol americano com o qual nenhum de nós se importa. Porcelana, cristal, toalhas de mesa brancas e mal conversamos. Minha mãe está bebendo vinho, se abstendo das coisas pesadas à mesa, mas a mão que segura o pé da taça treme um pouco. Contenho a vontade de fazer um drinque mais forte para ela, e para mim também.

Houve uma época em que minha mãe cozinhava. Não todas as refeições, mas sempre que os funcionários estavam de folga. Antes de minha avó morrer, as duas levantavam antes do amanhecer no Dia de Ação de Graças para começar tudo. Quando eu acordava, a casa toda estava cheirando a peru assado e uma combinação de temperos do recheios das tortas — alecrim, tomilho, noz-moscada, canela. Minha mãe colocava em mim um avental que descia até abaixo dos joelhos, e eu amassava as amoras fervidas no açúcar numa peneira, até sobrar só a polpa, e depois dizia ao meu pai que tinha feito o molho de amoras sozinho.

O pé do meu pai está batendo; ele já está prevendo o terror de um dia inteiro sem poder escapar para o trabalho, se perguntando por quanto tempo vai ter que encenar essa farsa de união familiar. Não poderia haver um silêncio mais desconfortável para uma refeição festiva.

Dori e seus pais estão servindo porções doadas de peru com molho para a população de rua de Los Angeles neste momento, mas ela vem na minha casa mais tarde. Ela vai estar cansada, depois de ficar o dia todo em pé, mas não quero deixá-la ir embora cedo. Uma pontada de culpa me atinge com essa ideia, e penso no que pode fazê-la querer ficar mais tempo.

Quando ela chega, confessa que comeu muito pouco hoje. Eu me ofereço para esquentar um pouco das nossas sobras, e ela faz que sim com a cabeça, agradecida, o que me diz que deve estar faminta.

— Já volto. Fica à vontade. — Eu a faço sentar na ponta da minha cama. Pela expressão cansada em seu rosto, eu não me surpreenderia se voltasse e a encontrasse encolhida, dormindo no meio da cama.

Em vez disso, ela está aninhada nos travesseiros na cabeceira da cama, lendo. Eu me pergunto que livro meu ela achou interessante e aí me aproximo. Ah, que inferno. Ela sorri, marcando o livro com um dedo e virando a capa para mim. Seu sorriso é meio orgulhoso.

— Eu não sabia que você era fã — diz ela, se divertindo com a descoberta. Quase todas as garotas da nossa faixa etária têm esse livro que ficou popular recentemente, enquanto garotas mais novas brincam de boneca e adaptações para quadrinhos com arte de mangá estilizada. O que o livro *não tem* é um grupo grande de fãs masculinos.

Dou de ombros, colocando o prato na mesa e virando em direção à cama.

— Meu agente me mandou o roteiro, e eu achei que devia ler o livro antes de decidir se vou aceitar.

Seu sorriso presunçoso desaparece.

— Eles vão filmar esse livro? E você está sendo considerado para...

Concordo com a cabeça, subindo na cama.

— O que você acha? Sou um concorrente viável para o papel? Posso dar vida a ele na telona?

— Hum — diz ela, os olhos arregalados nos meus.

Balanço a cabeça devagar e dou uma risadinha.

— Eu *sabia*. Você era uma daquelas meninas inteligentes que só se metiam em confusão quando eram pegas depois da hora de dormir com uma lanterna e um *livro* embaixo das cobertas. — Ajeito seu cabelo atrás da orelha de um lado e não consigo evitar um sorriso maligno; como sempre, suas orelhas não conseguem esconder seus segredos. — Estou certo, né?

Ela junta os lábios e não responde. Ela não tem ideia do que faz comigo. Estou acostumado com garotas calculistas — conscientes do seu poder sexual e sem medo de usá-lo. Eu poderia jurar sobre o capô de um novo Porsche que Dori tem noção de todos os seus outros poderes, mas, quando se trata dessa influência sobre mim, ela não percebe.

— Você se lembra de algumas noites atrás, quando eu te fiz uma proposta?

Seus lábios se abrem, e ela pisca.

— Você disse alguma coisa sobre objetivos. E imprudência. Mas não fez nenhuma proposta específica. — Ela engole em seco, encarando o livro em suas mãos.

— Humm. Então vou esclarecer. — Pego o livro e o viro de cabeça para baixo na minha mesa de cabeceira. Quando volto, ela está desconfiada. Continuo na ponta da cama, encarando-a. — Se você quiser *experimentar... me* usa, em vez de um desconhecido num bar que poderia te cortar em pedacinhos e te enterrar numa cova rasa.

Suas sobrancelhas se erguem. Por fim, ela diz:

— Pedacinhos?

Nossas risadas se misturam, morrendo quando pego a mão dela.

— Tudo bem, então?

Ela faz que sim com a cabeça, os olhos desviando dos meus.

— Tudo bem.

— Ótimo. Agora vamos te alimentar enquanto eu mato uns demônios. — Saio da cama, dando a ela o livro e pegando o prato no caminho até a sala de entretenimento.

Vou beijá-la antes de ela ir embora hoje à noite, essa é uma maldita certeza. Já chega de enrolar essa coisa toda. Vou mandá-la para casa com visões de mim como um personagem literário superdesejado, mas, em vez de estar em segurança no meio das páginas de um livro, serei real e estarei *bem aqui*.

Dori

O prato que Reid me dá está repleto de versões gourmet estranhas de uma refeição típica de Ação de Graças, mas o cheiro é bom, e eu estou faminta. Digo a mim mesma que não é hora de ser fresca e experimento um pedaço de alguma coisa que parece vagamente feita de batata.

— *Hummm*.

Percebo que falei isso em voz alta quando Reid sorri e diz:

— Fico feliz por *alguém* gostar dessa refeição.

Termino a garfada e decido experimentar a vagem e o que quer que seja aquilo em cima.

— Você não gostou? — pergunto, seguido de outro *Hummm*.

Balançando a cabeça, ele se apoia na ponta do sofá, os cotovelos nos joelhos enquanto mira o controle remoto e aperta botões: *clique-clique, clique-clique*. Sem tirar os olhos da tela, sorri de novo.

— Estou gostando mais de te ouvir comer...

Sem saber como receber isso, tento abafar os ruídos de apreciação.

Esse jogo é bem nojento, mas felizmente o volume está baixo. Sem os socos mortais com barulhos asquerosos, a carnificina fica menos repugnante, de alguma forma. Ou, talvez, considerando que o estou vendo jogar enquanto *como*, eu esteja ficando acostumada à violência.

Estranho. Mais estranho ainda é que eu meio que quero jogar também, apesar de ter certeza de que não tenho capacidade. Talvez eu peça a ele para me ensinar na próxima vez.

Como já estive aqui meia dúzia de vezes nas últimas semanas, suponho que haverá uma próxima vez. Eu me recuso a pensar no momento em que isso não será mais verdade.

Quando termino de comer, me recosto nas almofadas do sofá e folheio o livro. Li várias vezes antes do ensino médio. Assim como muitas amigas minhas, eu tinha uma queda pelo personagem principal: sensível e forte e, sim, um pouco introspectivo. Eu me lembro das disputas no almoço sobre qual astro atual seria perfeito para o papel se fosse um filme, rindo com as colegas bibliomaníacas quando chegamos à conclusão de que qualquer um deles colocaria os garotos da nossa escola no chinelo. Agora, sou amiga de um cara que pode estrelar a adaptação cinematográfica. Amiga de Reid Alexander. Surreal.

Ele dá pausa no jogo e lança o controle remoto para o lado.

— Acho que tem torta. Quer?

Anuo e começo a me levantar, mas ele me diz para ficar. Assim que ele sai da sala, ouço um barulho na porta.

— Esqueceu alguma coisa? — pergunto, virando para olhar por sobre as costas do sofá, e em pé na porta está uma mulher que deve ser mãe do Reid. É miúda e linda e está com uma bebida na mão. — Ah, desculpa. — Eu me levanto e sorrio, hesitante. — Sra. Alexander? Sou a Dori.

Ela não se mexe, então vou na direção dela. Sua blusa de seda azul farfalha quando ela se empertiga. Ela está usando uma calça social preta e saltos altos.

— É um prazer conhecê-la — ela diz, de um jeito meio enrolado. — Aonde você disse que o Reid foi?

Eu tinha esperança de que ele estivesse exagerando em relação à mãe alcoólatra. Quando me aproximo, vejo que seus olhos — no mesmo tom azul-escuro dos de Reid — estão injetados de sangue, tão alterados pela bebedeira que mal consigo ver a semelhança. Sua pele parece pálida, mesmo com a luz indireta. Conheço muito bem os indicadores de alcoolismo crônico para ignorar os sintomas. Ele não estava exagerando.

— Ele foi pegar torta.

Ela franze a testa.

— Ah.

— Quer ficar com a gente? Acho que vamos decidir entre *Bonequinha de luxo* e, hum, *007 contra Goldfinger*.

— Ah, Sean Connery. Um dos preferidos do Reid. Um dos Bonds preferidos, na verdade.

— Sério?

— Ãhã. Vou deixar vocês dois sozinhos. — Ela inclina a cabeça, e um traço de sorriso flutua em sua boca. — Você disse que é amiga do Reid? Namorada?

— Eu... eu sou uma *amiga*.

Ela assente e coloca uma das mãos no meu braço. Seu hálito é azedo — uísque, aposto — e, mais uma vez, conheço melhor do que eu gostaria.

— Você parece muito doce. — Ela se aproxima, e eu me concentro em respirar pela boca quando ela diz: — Não deixe ele te enganar. Ele também é muito doce. — Ela vira e sai trocando as pernas pelo corredor bem quando Reid aparece no topo da escada com um prato de torta coberta com chantili e dois garfos.

Ele faz uma careta.

— Era minha mãe?

— Ela passou pra dizer "oi". Convidei pra ficar, mas acho que ela não quis atrapalhar. Ou isso ou Sean Connery não é o Bond preferido dela. A *minha* mãe prefere o Roger Moore.

Ele me olha por um longo instante, depois me dá os garfos e usa a mão livre para me puxar para perto.

— Já está se sentindo imprudente?

Faço que sim com a cabeça, e ele não espera outra afirmação, trazendo os lábios até os meus. Esqueço da torta na mão dele e dos garfos na minha quando ele abre minha boca com a dele. Ele me beija uma, duas, três vezes, afastando-se só um pouquinho a cada vez, ao mesmo tempo em que me puxa mais para perto, até eu estar completamente desequilibrada e me curvando em direção a ele.

— Eu realmente preciso saber — diz ele, me segurando apertado, nossa boca a um centímetro de distância, nosso hálito se misturando — como você vai ficar com um gosto delicioso depois de comer alguns pedaços dessa torta.

Dou uma risadinha e ele dá um sorriso presunçoso, pegando a minha mão e me conduzindo até a frente, onde afundamos no sofá. Ele me dá um pedaço de torta antes de colocar o prato e os talheres de lado no pufe.

— Acho que você me esfaqueou. — Ele respira no meu pescoço antes de afastar meu cabelo e beijar a base da minha garganta. A sensação de sua boca na minha pele provoca ondas de desejo no meu ventre, que se enrosca e desenrosca como filamentos elásticos de conexão a cada terminação nervosa que tenho.

— Me... desculpa — ofego, porque seus dedos estão acariciando a pele sob a minha blusa, se espalhando pelas minhas laterais. Ele me puxa para o colo enquanto seus lábios sobem pelo meu maxilar, acendendo um caminho explosivo até a minha orelha.

— Não doeu. Eu mal notei. — Sua voz é suave e próxima, um carinho murmurado. — Meu cérebro estava ocupado com coisas mais importantes do que pequenos ferimentos na carne. — E aí seus lábios encostam nos meus, sua língua passando pela minha boca. — Hummm — ele rosna baixinho. — Meu Deus, Dori. — Ele não fala de novo, e não faz mais nada além de me beijar, com pequenas pausas para comer torta, como aqueles maratonistas que tomam Gatorade para ter resistência, até a hora de eu ir embora. Eu nunca me senti tão embriagada de beijos; se ele não tivesse me falado que horas eram, eu não teria percebido.

Ele veste um casaco com capuz e um tênis antes de me levar até o meu carro. Meus lábios estão inchados, e minha pele está vermelha dos pés à cabeça. Como a atração gravitacional, não consigo resistir quando ele está ao meu alcance. Meus dentes batem quando ele me pressiona contra o carro, abrindo o casaco e envolvendo nós dois, o capuz na cabeça protegendo a lateral do nosso rosto da luz da lua que brilha acima.

— Frio? — ele pergunta, e eu balanço a cabeça. Os tremores que percorrem o meu corpo não têm nada a ver com a temperatura. Na verdade, estou em chamas. Sua boca volta para a minha, e não é mais desconhecida nem nova. A sensação dos seus batimentos e dos músculos firmes é familiar sob as minhas mãos, assim como a maneira como ele extrai as minhas reações, cada movimento sutil previsto.

Dirijo até minha casa, pensando: *Essa sou eu em pedacinhos.*

42

Reid

— Cara, você é péssimo.

Essa é a avaliação profissional de John quando encaçapo a última bola na nossa segunda rodada de sinuca. Tradução: não sou péssimo como ele gostaria, porque eu já ganhei dele uma vez e estou prestes a vencer de novo.

— Então, já que tem uma mesa de sinuca entre nós — diz ele — e eu estou sóbrio o suficiente para me esquivar se for preciso, vou te fazer uma pergunta. — Considerando que a única vez em que fui fisicamente violento com John foi por causa da Dori, suponho que ele está me avisando que ela é o assunto desse interrogatório. Ele é muito mais corajoso ou muito mais burro do que eu pensava.

— Canto direito. — Enquanto me inclino para dar a tacada, ele pigarreia e eu passo giz no taco. Ao ver meu olhar furioso, ele joga as duas mãos para o alto, como se não tivesse nada a ver com isso. Apoiando a ponta traseira do taco no chão e segurando-o como um cajado, digo:
— Então fala.

Depois de levar o dia todo para alinhar, ele acerta as últimas duas bolas no buraco com uma tacada, então derruba a bola oito. Canalha.

Pego as bolas para mais uma rodada enquanto ele bebe o resto da cerveja, o que me deixa ainda mais curioso em relação ao que ele tem a dizer.

— Sua vez de estourar — diz ele.

— Só depois que você começar a falar. E, por favor, me diz que isso não tem nada a ver com a minha vida amorosa.

Ele suspira, passando giz no taco, não parecendo especialmente cauteloso, mas também sem se aproximar muito.

— Bem, não sei, você me diz: *tem* a ver com a sua vida amorosa? — Ele faz aspas no ar quando fala *vida amorosa*.

John realmente esqueceu quantas vezes durante o nosso relacionamento eu quis dar um soco nele. Esta é uma delas.

— Muito enigmático, John. O que é isso, um episódio especial de *Barrados no baile?* — Bato a bola branca nas outras e as espalho pela mesa.

— Está bem. Mas não fica estressado. É sobre aquela Dori. — Ele ainda está do outro lado, com toda a mesa entre nós. Esperto.

— O que tem ela?

Mostrando a palma das mãos, ele diz:

— Viu, você já está daquele jeito, cara.

— O quê?

— Parece que você vai me dar uma surra. Como posso ser seu brôu e fazer as perguntas mais difíceis se tiver medo de você me matar por isso? — Ele dá uma tacada e encaçapa a bola treze.

Enquanto ele está preparando outra tacada — continuando ostensivamente do outro lado da mesa —, digo:

— Se você não falar sobre o que eu devo *fazer* com ela, pode perguntar o que quiser. — Ele encaçapa mais uma bola e arqueia uma sobrancelha. — No limite do *razoável* — acrescento.

— Tudo bem. Você tem saído de algumas festas, ultimamente. Tipo, nas últimas semanas. Você recebe uma mensagem e vai embora.

Um ombro se ergue e cai.

— E daí?

Ele me olha.

— Tudo bem. As mensagens são dela? — Faço que sim com a cabeça, pensando aonde ele quer chegar com isso, e ele revira os olhos. — Reid, eu te conheço desde que você tinha dezesseis anos. Você é o melhor amigo que eu já tive. Acho que sou bem qualificado pra dizer: *Que merda é essa*, cara? Você nunca, *nunca* ficou remotamente puto por qualquer coisa que eu dissesse sobre uma garota que você pegou. Sem falar em agir como um homem das cavernas. — Ele perde a terceira tacada, e eu preparo a minha.

Eu me pergunto se John está com ciúmes. Não que eu possa perguntar isso — ele nunca mais ia parar de falar.

— Aonde você quer chegar? — Encaçapo minha bola e contorno a mesa para matar mais uma. Ele está encarando umas garotas que estão jogando na mesa ao lado, e uma delas se inclina indecentemente por sobre a mesa, usando um short megacurto. Ela olha por sobre o ombro, para ter certeza de que estamos observando.

Encaçapei mais duas bolas até ele responder.

— Hum, minha pergunta é: você está *vendo isso*? — Ele inclina a cabeça para as duas garotas, que estão flertando conosco abertamente e, pelo jeito da coisa, prestes a se aproximar.

Eu me empertigo.

— Sim, John, eu sou *homem*. Eu percebi. Só não me importo. — Todos os caras do local perceberam as duas no instante em que elas entraram. Boquiabertos, pararam o que estavam fazendo e as analisaram da cabeça aos pés. A reação masculina padrão a mulheres que usam roupas apertadas, curtas e com decotes ousados.

— Viu só... O que é isso? Você não se *importa*? O que isso significa?

— Oi. — As duas garotas passeiam atrás dele.

— Oi, meninas. — John está com seu típico sorriso de caçador. — O que podemos fazer por vocês?

Short Curto está com uma expressão parecida com a do John, mas virada para mim.

— Vocês são muito bons. Achei que a gente podia receber umas dicas. Estamos dispostas a pagar a próxima rodada pra compensar. — Elas sabem quem eu sou. Garotas não pagam bebidas; homens, sim. E, numa casa de sinuca cheia de caras mais que dispostos a fazer exatamente isso, elas vêm à nossa mesa e se oferecem para pagar? Eu não podia estar menos interessado.

— Me parece justo — diz John, me lançando um olhar de por-favor-não-estraga-isso. Merda. Ele vai ficar *puto* até o fim da noite.

Dori

— Quer dizer que você vai abandonar a faculdade? Antes mesmo de começar?

A expressão chocada no rosto de Nick provoca um novo peso na boca do meu estômago.

— Ainda não decidi. Mas ultimamente eu tenho ficado aérea, de vez em quando. Eu simplesmente me desligo. Não posso estudar em *Berkeley* e fazer isso. Eu seria reprovada.

Nick estende a mão antes que eu perceba o que ele está fazendo e a coloca sobre a minha, que está sobre a pequena mesa do bistrô.

— Dori, a Deb não ia querer que você desistisse dos seus sonhos por causa do que aconteceu com ela. — Sua mão está quente, cobrindo completamente a minha. Encaro as pontas quadradas de seus dedos, as unhas curtas, retas e bem cortadas. Tão diferentes dos dedos estreitos do Reid, compridos como os de um pianista, a mão grande o suficiente para envolver a minha.

— Eu sei. — Puxo a mão para tirar um fiapo inexistente no meu casaco de moletom, esperando que a rejeição não seja muito escancarada. Por mais que isso seja egoísta, não quero perder a amizade de Nick, mesmo que eu não queira nada além disso. Ele sabe, apesar de ter levado um tempinho para aceitar. Encaro sua mão, ainda na mesa entre nós, e tento explicar. — Eu me sinto perdida sem ela, e desligada desses sonhos. Talvez eles não fossem realmente meus.

Ele franze a testa e recua a mão até a caneca fumegante de chá verde diante de si.

— O que você sonha em fazer agora, então?

A imagem de Reid pisca na minha mente como uma daquelas propagandas com mensagem subliminar — um único frame com um rosto inserido num trecho de filme. Eu agora sonho com Reid; todo o resto é passatempo. Essa percepção deveria me apavorar, mas não.

— Nada — respondo. Antes que ele possa formular outra questão, pergunto se está gostando de Madison, onde estuda.

— Bem — ele me lança um olhar sério —, nem todo mundo é fã de queijo, como me fizeram acreditar. — Um dos cantos da sua boca se curva para cima.

— Propaganda enganosa? — pergunto, sorrindo também.

Quando escolheu a Univerisade do Wisconsin como uma das preferidas no último outono, ele deixou os pais — que são incapazes de detectar qualquer traço de ironia — surpresos ao insistir que "a abundância de queijo" era um dos motivos para ele querer estudar lá. Os pais de Nick não entendem seu senso de humor.

— Definitivamente.

Tomo um gole do latte e sorrio.

— Tirando o queijo, como está a vida na faculdade?

Ele pensa por um instante.

— Desafiadora.

— Ah, você deve adorar — provoco.

— É verdade. — Mergulhando o saquinho de chá como se controlasse uma marionete, ele acrescenta: — Então, o que eu posso fazer pra te convencer a ir pra faculdade, Dori?

Solto um suspiro pesado.

— Tudo parece sem sentido, neste momento.

Seus olhos castanhos sérios me encaram com atenção.

— Por causa da Deb.

Assinto.

— Acho que sim. Mas não parece que é *ela* ou o que aconteceu com ela, exatamente. Eu sinto mais como... como se eu finalmente estivesse vendo tudo como realmente é, e nada é como eu pensava.

— Humm — ele diz.

Ficamos sentados em nosso típico silêncio amigável por alguns minutos, observando compradores de presentes de Natal lotados de sacolas entrarem e saírem de lojas próximas. Algumas noites atrás, Reid me puxou para dentro da sua casa, me dizendo que íamos fazer nossas compras de Natal.

— Mas...? — falei, seguindo-o escada acima e entrando na sala de entretenimento.

Ele conectou o notebook à tela e, enquanto jantávamos, fiquei observando-o dar um novo significado à ideia de compras online. Armado com uma lista de pessoas e endereços dada pelo agente, ele gastou mais em algumas horas do que eu consegui acompanhar. Quando não o deixei comprar nada para mim, ele me olhou por um instante antes de me puxar para os seus braços e perguntar:

— Quer dizer que você só quer o meu corpo?

Mordi o lábio e fiz que sim com a cabeça, e ele gemeu e me beijou sem pensar. Quando escureceu, Immaculada nos deu garrafas térmicas de chocolate quente e Luis nos levou pela cidade para ver as luzes de Natal.

Como se os pensamentos na minha cabeça fossem transparentes, Nick diz:

— Se você não se importa de eu perguntar... qual é o lance entre você e o Reid Alexander? Não sigo as fofocas de Hollywood nem quando estou em Los Angeles, mas o país todo estava especulando sobre o encontro, ou seja lá o que for, entre vocês dois algumas semanas atrás. Aquele que ficou para a posteridade em todos os sites, desde o TMZ até a revista *People*. Foi o que ouvi dizer.

Antes de eu sair da casa de Reid ontem à noite, ele me pediu para cantar alguma coisa, ameaçando me fazer cócegas se eu recusasse. Quando falei que não conseguia cantar sem acompanhamento — e ele sabe que isso é mentira —, ele pegou um violão no closet.

— Você toca? — perguntei, sentada na ponta da cama dele.

Sua boca se curvou para cima num dos lados.

— Não muito bem.

— Eu podia te ensinar. — Afinei o instrumento, caro e top de linha. — Quer dizer, você me ensinou a massacrar zumbis nazistas. É o mínimo que eu posso fazer.

— Gostei da ideia — disse ele, me observando.

Ele sentou ao meu lado enquanto eu tocava alguns acordes, cantando "Fallen", da Sarah McLachlan. Depois, ficamos deitados de lado, encarando um ao outro. Ele passou um dedo nos meus lábios, descendo pela garganta.

— Você realmente tem uma voz linda, Dori. — Eu sabia que ele queria falar mais alguma coisa, mas não pedi para ele continuar.

Saio do devaneio com Reid, dando de ombros para Nick.

— Somos amigos. — Como posso explicar para ele ou para qualquer pessoa que, sem Deb, Reid é a única pessoa na minha vida que me vê como eu sou?

Quando fica claro que não vou falar mais nada, Nick inclina a cabeça e leva os olhos à caneca.

— Só, você sabe, toma cuidado. Ele não é exatamente do nosso mundo. — E mergulha o saquinho de chá, irrequieto. — Não quero que você se machuque. Você está muito vulnerável neste momento.

Eu sei que ele está certo e que estou entrando de cabeça numa coisa que não pode terminar bem. Evitando seu olhar, prometo:

— Vou ter cuidado — e, num piscar de olhos, estou oficialmente mentindo para todo mundo que conheço. Todo mundo, exceto Reid.

43

Reid

— Se você fechar os olhos, não vai saber se ele já morreu — digo.

Dori está socando o controle, *clique-clique-claque-claque-claque*, batendo na coisa que está na tela em tamanho real até virar uma papa de sangue.

— Mas é *nojento*. — Estamos na sala de entretenimento, eu sentado no sofá, ela de pernas cruzadas no chão, entre os meus joelhos. Meu boneco já morreu, então só estou olhando-a jogar. Para uma garota que nunca jogou, ela aprende muito rápido. — *Eca, eca, eca* — diz ela. Sensível, mas rápida.

— Tenho quase certeza que você matou o cara. — Ela me lança um olhar de esguelha e eu sorrio, com uma palma levantada — *quê?* —, e ela amassa a coisa mais uma vez.

— Só pra garantir.

— E *eu* quero garantir que você vai estar no meu time se predadores demoníacos um dia atacarem a Terra.

Meu celular apita com uma mensagem do meu pai:

> **Pai**
> Venha ao meu escritório quando tiver um minuto.

Ele nunca aparece no meu lado da casa para falar comigo; sempre recebo uma mensagem avisando para ir ao seu escritório. Uma vez, eu estava no set de filmagem e ele me mandou uma mensagem pedindo os recibos dos impostos. Fiquei bem satisfeito de responder que eu não estava em casa, nem em Los Angeles, nem na *Califórnia*, para dizer a verdade. Ele se orgulha de ser detalhista, mas não percebeu que seu único filho estava fora da cidade? Tenho quase certeza de que ele perdeu o prêmio de Pai do Ano por isso.

— Preciso falar com meu pai sobre alguma coisa. Volto num segundo. — Dori faz que sim com a cabeça sem olhar para mim, alternando entre encarar a ação na tela e fechar os olhos com força, todas as vezes que está matando alguém. É tão fofo que não consigo resistir a me inclinar para a frente, levantar seu cabelo da nuca e passar a ponta da língua ao longo da vértebra destacada, mordiscando a pele macia.

— Humm. — Seus braços ficam um pouco frouxos, e seus olhos se fecham. Seu avatar vai ser assassinado por minha causa. — Você está me distraindo, Reid. Vou morrer por sua causa. — Dou uma risada e ela grita, encolhendo os ombros. — Cócegas não!

— Não era minha intenção. — Eu me inclino, viro seu rosto na minha direção e a beijo, e ela se esquece de apertar o botão de *pausa* antes de largar o controle no colo; que *garota*. A julgar pelos sons que saem dos alto-falantes, ela está morrendo rápida e cruelmente, mas não parece se preocupar.

— Você não tinha intenção de me fazer cócegas ou de me matar? — Sua voz é um sussurro na minha boca.

Eu a beijo de novo, antes de dizer:

— Nenhum dos dois. Mas eu *estava* tentando te distrair. Pra ver se eu conseguia interromper seu desejo de sangue.

Alguma coisa pisca nos seus olhos, tão rápido que eu quase não vejo.

— Missão cumprida — murmura ela.

— Humm. O que foi esse olhar? — Ela balança a cabeça, com as orelhas vermelhas. Meus braços a envolvem, e eu me dobro por cima dela como uma tenda. — Foi porque eu disse — diminuo a voz — *desejo*? — Sua pele fica mais escura sob as sardas do rosto. — É isso que você está sentindo por mim? — Seguro seu rosto, beijando o canto da boca, impedindo-a de virar a cabeça e fundindo nossos lábios; ainda não. — Eu me sinto tão usado. — Passo a língua em seu lábio inferior, e ela ofega. — Ainda bem que eu não ligo pra isso, né?

Quando a beijo desta vez, sua cabeça se apoia na minha coxa, o tronco contorcido enquanto suas mãos me procuram. Conquistar seu desejo é diferente de tudo que eu já experimentei. O caminho era provar que eu era digno da sua confiança e, de algum jeito, consegui isso. Ela era indiferente a tudo que normalmente importa para as pessoas, na minha experiência. Um jato de pânico me atravessa quando percebo que nem sei o que foi que conquistou sua confiança.

Meu celular toca, assustando nós dois. Enquanto meu maxilar trava, ela salta e se afasta, como se alguém tivesse entrado na sala e nos pegado no meio do beijo. Como se não tivéssemos todo o direito de fazer isso, e que se dane o resto do mundo.

É meu pai.

— Sim?

— Você está em casa? Achei que tinha visto o carro da sua amiga lá fora.

Eu *não* vou discutir Dori com ele.

— Estou descendo. A casa é grande.

— Só preciso da sua assinatura num documento do tribunal.

— Claro. Já estou chegando. — Desligo, e Dori está salvando o jogo e saindo da sua missão fracassada de exterminar demônios; a que eu estraguei. Não posso me arrepender de estragar a missão. — Você pode recomeçar o nível, sabia?

Ela sorri.

— Talvez uma outra hora. Eu meio que perdi o interesse pelo, hum, desejo de sangue.

Estou engolindo as respostas desenfreadas que tomam meu cérebro, porque já excedi a cota diária de incitar sua pele a ficar vermelha.

— Temos tempo pra ver um filme. Não vai demorar; ele só precisa que eu assine alguma coisa. — Detesto perder até dez minutos com ela, um fato que deveria me preocupar, mas isso não acontece.

Quando chego ao escritório do meu pai, ele me dá uma caneta e um documento com um x na parte inferior, meu nome completo digitado sob a linha que precisa da minha assinatura.

— Depois que isso for registrado, você vai ter cumprido as exigências iniciais da liberdade condicional da sua sentença. — Rabisco meu nome enquanto absorvo suas palavras.

— A suspensão da minha carteira de motorista? — Parece que faz anos que não dirijo um carro, e não seis meses.

Ele suspira, pega a caneta e coloca o documento num envelope.

— A suspensão termina no dia 20, mas tudo isso *vai* ser levado em conta se você repetir o delito. Supondo que você não morra na próxima vez. — Ele me olha. — Tenho certeza que você sabe, mas vou dizer mesmo assim, que eu preferia que você simplesmente não dirigisse mais.

Ouço a implicação de que haverá uma próxima vez e que, como minha mãe, devo me resguardar da combinação entre álcool e veículos. Subjugo o ressentimento que ameaça me estrangular.

— Se eu decidir beber, não vou dirigir. Aprendi a lição.

Sua expressão é rígida, descontente com minha admissão de que não pretendo parar de beber, mas grato porque, pelo menos, eu concordei em não dirigir bêbado. Ele solta um suspiro e diz:

— Acho que, se essa é toda a garantia que tenho, sou obrigado a aceitar. — Ele me encara por um instante e, quando estou prestes a virar e sair, pergunta: — E aí, quem é a garota?

As respostas ficam dançando na minha língua. A garota que está lá em cima agora? A garota que eu estava beijando agora mesmo, como um garoto que não comeu tantas gostosas nos últimos cinco anos que não tem esperança de se lembrar da grande maioria delas?

— Que garota?

Sua expressão cínica é uma réplica da minha, ou vice-versa.

— A garota que dirige o Honda de dez anos estacionado na garagem várias noites por semana no último *mês*, mais ou menos. — Meu pai nunca foi bom de entrar na brincadeira.

— Dori.

Suas sobrancelhas se erguem.

— A garota da Habitat? A garota de Berkeley?

Como *diabos* ele se lembra desses detalhes? É tão notável quanto irritante.

— É, mas ela não foi... não começou ainda na Berkeley.

— É?

Há um desdém previsível em seu tom, e não consigo resistir a repreendê-lo. Ele supõe que todo mundo ligado a mim é libertino e inconsequente, e seu exemplo principal (e preferido) é John.

— A irmã dela sofreu um acidente pouco antes de ela começar na faculdade. Traumatismo craniano. A Dori adiou a faculdade pra ficar perto da família.

— Quanta gentileza — diz ele. Conheço bem demais sua condescendência para fingir que não percebi. Sua suposição dos possíveis motivos para o adiamento é irritante.

— Não, pai, isso é altruísmo e dedicação. Traços que parecem faltar nos genes Alexander.

Parece que eu acabei de dar um soco no estômago dele, e isso é menos gratificante do que eu achei que seria. Ele mexe em alguns papéis sobre a mesa e muda de assunto.

— Suponho que você vai comprar outro carro logo. Se você me falar a faixa de preço aproximada, eu baixo fundos dos seus investimentos pra eles ficarem disponíveis.

— Claro. Acabamos?

Ele ajeita os papéis e os empilha, dizendo:

— É. Acho que sim.

Passo a mão pelo cabelo, desejando poder retirar a implicação de que ele não me apoia. John está estudando finanças contra a própria vontade. Dori está sendo obrigada a mentir para os pais só para me ver. Celebridades com pais exploradores existem a rodo. Ele poderia ser muito pior. Talvez esse não seja o melhor elogio a um pai, mas talvez seja. Merda. *Merda*.

— Então... obrigado por cuidar de tudo.

Visivelmente surpreso, suas mãos ficam paradas enquanto ele olha para mim.

— Por nada.

Faço um sinal com a cabeça, ele imita meu gesto, e saio antes de analisar essa nova consciência com mais atenção.

Dori

A mãe do Reid acabou de sair da sala, depois de uma conversa que despertou, por um instante, minha aspiração de estudar ciências sociais. Passei os últimos meses emocionalmente desligada do trabalho voluntário que continuo fazendo, como se um muro impenetrável tivesse se erguido entre mim e a alegria que eu costumava sentir quando acreditava que o que eu fazia era importante.

— Estou interrompendo? — ela perguntou da porta.

Eu me levantei, consciente da provocação relacionada ao *desejo* e à sessão de beijos suspensa que eu tinha acabado de ter com o filho dela.

— Não. — Senti meu rosto corar. — Afinal, a casa é sua.

Ela sorriu.

— Tento não invadir a parte do Reid na casa. Mas, para ser sincera, percebi que ele tinha saído e quis conversar com você, se não se importar.

— Claro — falei, irritada com meu vocabulário monossilábico, apreensiva em relação ao que a mãe do Reid poderia querer comigo.

Quando ela sentou no sofá onde Reid e eu tínhamos estado minutos antes, sentei de novo, remoendo o julgamento dos meus pais em relação a ele e me perguntando se eu estava prestes a ser analisada pela mãe dele do mesmo jeito preconceituoso.

— Não quero te deixar desconfortável... Dori, não é? — Fiz que sim com a cabeça, prendendo a respiração. — O Reid não traz ninguém pra casa há muito tempo. — Isso não pode ser verdade, com base nas conhecidas façanhas dele, mas mencionar isso não faria bem a nenhum de nós, além do fato de que eu preferia não pensar nisso de jeito nenhum. — Você disse que vocês são... amigos?

Assenti de novo, desviando o olhar e depois voltando. Tentei manter contato visual constante, sabendo que evitar o olhar dela só me faria parecer mais culpada.

— Isso. — Não tínhamos nos declarado nada além disso. *Imprudentes*, minha consciência murmurou, *é isso que somos juntos*. O vermelho voltou com uma vingança.

— O Reid precisa de uma amiga que se preocupe com ele. Quando ele sofreu aquele acidente no último verão, parecia que... — suas mãos se retorceram no colo — ... ele não se preocupava com o próprio bem-estar. Ele está bebendo menos, saindo menos desde que você começou a vir aqui, e eu só... queria dizer que você é bem-vinda. Eu faria qualquer coisa pra garantir que ele não repita os meus erros. — Sua voz virou um sussurro. — Não há esperança pra mim, eu sei, mas não consigo suportar a ideia de que ele poderia chegar a um ponto em que não haja esperanças pra ele.

— Sempre há esperança — eu me ouvi dizer, afastando pensamentos sobre Deb, meus pais, orações e esperança; e minha perda da esperança.

Ela balançou a cabeça.

— Tentei a reabilitação três vezes e fracassei em todas elas. Não aguento passar mais três meses longe de casa. — Seus olhos ficaram marejados, tão parecidos com os olhos de Reid que senti meu estômago afundar.

— Você já... você já tentou o AA? — Será que mulheres como ela frequentam o AA? Mulheres da sociedade, que têm dinheiro para se internar em clínicas de luxo durante vários meses? Eu me senti um peixe fora d'água.

Ela balançou a cabeça.

— Ah, não. Seria terrível se alguém descobrisse. Não vou envergonhar meu marido nem o Reid mais do que já envergonhei.

Ela estava presa, não só pelo vício, mas pelo seu lugar privilegiado na sociedade e pela carreira muito pública do filho. Ela se dizia sem esperança, mas a esperança ainda estava viva nela, porque ela havia analisado todas as portas trancadas da sua gaiola — e as pessoas não analisam as portas trancadas a menos que estejam procurando uma saída.

— Existe uma cláusula de confidencialidade no AA. Apesar de ser verdade que a imprensa costuma informar sobre celebridades que vão para clínicas de reabilitação, não consigo me lembrar de ter visto algum relato de pessoas que frequentam as reuniões do AA. — Eu me aproximei dela. — Sra. Alexander, o Reid não ia querer que a senhora se sentisse incapaz de se ajudar. Um dos motivos para o AA funcionar é que o *indivíduo* toma a decisão de não beber, um dia de cada vez. Uma hora. Até mesmo um minuto. A senhora consegue fazer isso, né? Um minuto?

Seus olhos não se afastaram dos meus. Mesmo com as consequências de anos de alcoolismo, dava para ver de quem Reid tinha herdado seu belo rosto. Imaginei como era a aparência dos dois juntos quando ele era pequeno, andando por uma loja ou no parque, de mãos dadas, a beleza dela refletida no menininho ao seu lado. Ficamos sentadas em silêncio, e a dor chocante da falta de Deb penetrou aqueles sessenta segundos. Eu queria chorar por ela e por mim, pelos meus pais e por Brad. Eu queria chorar pela mãe do Reid e também por ele. Existe um milhão de maneiras de perder alguém que você ama.

— Pronto, se passou um minuto — falei. — A senhora é mais forte do que pensa, sra. Alexander.

Seus olhos foram até o relógio na parede e voltaram para mim.

— Por favor, me chama de Lucy. Vou pensar no AA. Mas... não conta pra ele ainda. — Concordei em silêncio, e ela saiu da sala.

***

— Isso pode parecer estranho, considerando o que eu faço pra viver, mas não estou nem um pouco interessado em ver nenhum desses filmes. — A tela fica branca quando Reid joga o controle remoto para o lado. — E — ele puxa a minha perna para cima do seu colo — consigo pensar em *muitas* outras coisas que prefiro fazer.

— Tipo beijar muito? — Minhas palavras acendem um fogo nos seus olhos, e ele se estende no sofá largo, me puxando junto. Nossos corpos se tocam dos joelhos ao peito, e eu me sinto mais ousada do que nunca com ele. Passo a ponta dos dedos pelo rosto dele, tiro seu cabelo dos olhos e encosto nos lábios que quero que encostem em mim.

— Entre outras coisas — diz ele, com a voz rouca.

— Que outras coisas? — Estou me fazendo corar, mas minha boca normalmente reticente não está colaborando. Ele fecha os olhos e apoia o rosto na minha mão, beija minha palma e me abraça.

— Isso, como sempre, é você que decide. — Seus cílios parecem penas. A iluminação, perfeita para um home theater, está fraca demais para ver o azul dos seus olhos.

— Como sempre, é? Quer dizer que fui *eu* que *te* ataquei naquele closet cor-de-rosa?

Ele sorri de um jeito travesso.

— Eu só estava lendo a sua mente naquele dia.

Eu o encaro, querendo ser audaciosa e impetuosa, mas meu sussurro trêmulo não é nada disso.

— Você está lendo agora?

Uma sobrancelha se ergue.

— Está se sentindo imprudente hoje, é? — Faço que sim com a cabeça. — Humm — ele geme. — Vamos ver o que posso fazer a esse respeito. — Seu sorriso diabólico aparece no mesmo instante em que seus dedos acariciam a pele da minha lombar, depois ele me beija, indo da pressão delicada à excitada e profunda e voltando à delicada. Ele se afasta para sentar e eu mal consigo silenciar o protesto que parece desnecessário quando ele me puxa para sentar em seu colo, encarando-o.

Eu me inclino para beijá-lo enquanto suas mãos passeiam pelo meu suéter fino e largo, abrindo meu sutiã com a ponta dos dedos que roçam na pele nua e deixam um rastro de arrepios pelo caminho. Ele já abriu botões e afrouxou roupas para ter mais acesso, mas nunca tirou nada. Não tenho coragem de tirar o suéter. Em vez disso, coloco a mão sob o suéter e puxo as alças do sutiã pelos braços, uma de cada vez, recolocando os braços nas mangas penduradas sobre as minhas mãos, antes de jogar o sutiã no pufe atrás de mim.

Ele sorri, provavelmente porque já viu esse truque mil vezes. Antes que eu perca a calma, me inclino para a frente até estar encostada nele, passo os dedos no seu cabelo e o beijo como ele me beija quando fico três ou quatro dias sem vê-lo — com força e faminta, passando a língua no seu lábio inferior. Ele me aperta com mais força e geme na minha boca, me incitando a voltar a atenção para o seu pescoço, pouco atrás da orelha, uma das mãos se movendo meticulosamente pelo seu peito, descendo pelo abdome firme e mais, até ele segurar meu pulso. Esse movimento me parece familiar, apesar de eu poder jurar que ele nunca me segurou desse jeito.

— Dori. — Sua respiração está quente no meu ouvido, enquanto ele segura o meu pulso e apoia a testa na minha, ofegando. — Preciso de uma pausa.

— O quê? — Eu recuo, confusa. Este não é um momento em que os homens pedem uma pausa.

— Preciso de um minuto ou dois. — Alguma coisa na minha expressão deve revelar preocupação, porque suas mãos sobem para envolver o meu rosto. Ele fecha os olhos e respira fundo e devagar, depois olha para mim de um jeito mais sincero do que nunca. — Eu te quero demais. Preciso de um tempo pra me acalmar, porque eu quero estar *dentro* de você.

Um alívio me toma, me enchendo com a coragem que me faltava alguns instantes atrás — de vida curta, existindo apenas por tempo suficiente para obrigar três palavras a saírem, num volume quase impossível de ouvir, que podem mudar tudo entre nós.

— Eu também quero.

44

Reid

— O quê? — Eu recuo, segurando seu queixo. — O que foi que você disse?

Ela fecha os olhos, porque eu não a deixo baixar a cabeça nem virar o rosto.

— Eu disse que também quero — murmura ela.

E aí, tudo fica em silêncio. O eco da nossa respiração, tão forte há apenas poucos instantes, desaparece.

— Dori. Eu não quis dizer que não consigo me controlar. Não precisamos transar.

Afasto seu cabelo de um lado, verificando as orelhas reveladoras do seu humor. As orelhas vermelhas e fofoqueiras. Sua voz mal passa de um sussurro, os olhos ainda fechados.

— Eu não sou... não sou virgem, Reid. Por isso... não importa.

Ééééé... talvez seja melhor eu não dizer que descobri isso um tempo atrás. Mas... *não importa?* Que diabos isso significa?

— Importa pra mim.

Seus olhos se abrem, e sua boca se mexe por um instante, e finalmente ela diz:

— Ah. Entendi.

Estou tentando interpretar isso, tentando evitar um passo errado com ela e, por um instante, acho que ela está se mexendo — seus pés ficaram dormentes ou seus joelhos estão travando. Aí percebo que ela está se afastando e está quase de pé quando pego seus pulsos.

— Você *não* entendeu.

Ela faz uma pausa em seu esforço para escapar e inspira de maneira trêmula.

— Eu me apresentei errado pra você, pros meus pais, pra todo mundo. — Seus olhos se enchem de lágrimas. — Sou uma fraude completa.

— O quê, só porque você não é *virgem*? — falo, nervoso. — Dori, entre todas as pessoas, eu jamais usaria *isso* contra você. Você acha que eu sou hipócrita?

Ele franze o cenho, uma onda de lágrimas escorre pelo seu rosto, e eu não quero mais falar. Quero puxá-la de volta para o meu colo e beijá-la até ela não poder pensar em mais nada além de mim, e nós e o que ela quer neste momento.

— Mas você disse que importa... — Ela funga.

— Claro que importa, maldição. — Eu me levanto e pego seu rosto nas mãos. — Importa que você nunca fique com alguém que você não quer de verdade só por causa de um conceito arcaico de moralidade em preto e branco. Não me importa se você dormiu com um cara ou com uma dúzia. — Ela se encolhe, e eu a seguro com firmeza. — Você é uma pessoa boa, Dori.

Ela tenta mover a cabeça para o lado nas minhas mãos; eu não deixo, e ela fecha os olhos.

— Não sou.

— Ah, é, sim.

Ela inspira de maneira trêmula.

— Você não está decepcionado?

Balanço a cabeça.

— O quê? *Não*. Em momentos como este, eu fico confuso. E, às vezes, quando você vai embora, fico frustrado como o diabo. Mas decepcionado? Nunca.

— Eu não entendo. — Ela pisca para mim com seus grandes olhos de Bambi.

— Como eu disse.

Coloco as mãos no cabelo dela, puxo-a para perto, e ela se apoia em mim. Meus polegares secam a umidade restante do seu rosto.

— Você me quer, Dori... ou acha que transar comigo parece a única decisão sincera a ser tomada? — Meu polegar passa na sua boca enquanto a ponta da sua língua escapa para umedecer os lábios... passando pela parte sensível do meu polegar. Preciso de cada grama de autocontrole para não agarrá-la e esquecer dessa conversa toda.

Ela encara as próprias mãos, encolhidas no meu peito.

— É muito horrível se for as duas coisas?

Expiro.

— Não é horrível. — *Mas também não é legal.* — Vem cá.

Eu sento de novo, e ela senta ao meu lado, virada para mim, os joelhos sob o queixo, os pés embaixo da minha coxa. Meus dedos formam padrões preguiçosos nas suas mãos, descem pelas suas panturrilhas por cima da calça jeans, passeiam pelos tornozelos nus. Ela estremece uma vez e espera, olhando para mim.

— Olha, não somos obrigados a falar sobre... — *Outros caras? Seu histórico sexual?* — ... hum, os detalhes de quem veio antes. Posso te dizer que todo mundo comete erros, mas não posso dizer que esse cara, ou esses caras, foram erros pra você. — Com as sobrancelhas unidas, ela não responde. — Dirigir bêbado e bater na casa de alguém... *isso* foi um erro. Você estava explorando o seu corpo. Aprendendo sobre si mesma.

— Foi um cara só — diz ela, a voz falhando, e eu me sinto um merda, porque essa revelação me deixa eufórico. — E aí um dia simplesmente *acabou*. E eu não sei por que nem o q-que eu fiz de errado. Eu fui t-tão *burra*.

Meu Deus, como os homens são babacas.

— Dori, você confiou nele e ele te magoou. Ele não continuou por perto, ele mentiu, fez você se sentir usada por se importar mais do que ele, e essa confiança mal colocada pareceu um erro enorme. Mas acredite em mim, o erro foi *dele*. Não seu.

— Reid. — Ela enterra a cabeça embaixo do meu queixo, seu corpo dobrado como se ela estivesse tentando entrar em mim. — Ele... ele... Eu... — Sua respiração está rápida e curta, e estou morrendo de medo do que ela vai dizer, porque, que Deus me ajude, se ela disser que esse cara forçou a barra com ela, não terei escolha senão encontrá-lo e matá-lo.

Meus braços a envolvem, e eu me esforço para manter a voz calma e firme.

— Me conta.

— Não *posso*.

Acaricio seu cabelo.

— Pode, sim. Confia em mim, Dori. Você pode confiar em mim.

Seu rosto está encostado na minha camisa, e ela está tremendo.

— Eu engravidei. — Reverberações ecoam pelo meu peito, como se eu é que estivesse chorando. — Exceto pela Deb, ninguém jamais soube. Nem os meus pais, nem o Colin, nem as minhas amigas. Só a Deb.

Ah, que inferno.

— Você não contou pra ele?

Com as palavras abafadas pelos seus joelhos e pelo meu peito, ela balança a cabeça.

— Ele já estava com outra pessoa. Ele não ia se importar.

Epifania de cinco segundos: eu fiz isso com a Brooke, que *veio* até mim, que me *contou*. Mesmo que ela tivesse transado com outro cara — ou outros caras —, o relacionamento era entre nós dois, por mais que fosse fracassado. Eu a deixei com uma escolha miserável para fazer e nenhuma saída. Eu pulei fora, porque podia. Droga, droga, droga.

Afasto essa percepção por um momento, porque o que eu devo à Brooke outro cara deve à Dori — mas sou o único que está aqui para pagar.

— Se ninguém sabia, isso significa que você decidiu não... — Eu paro. — Não ter o bebê.

Seus soluços são a única resposta que recebo. Quer dizer que esse tal de Colin a abandona, ela descobre que está grávida e sua irmã ajuda a cuidar da situação. Ela provavelmente foi criada com os conceitos de abstinência e pró-vida. E, além de tudo, sua irmã — a única pessoa no mundo que a ajudou a encarar esse fardo — agora está a um passo do coma, sem nenhuma interação, nenhuma conexão emocional.

Jesus, não é nenhuma surpresa que ela tenha mergulhado tão fundo. Falando nisso, estou mergulhado até a *alma* também.

Dori

Não consigo acreditar que acabei de jogar tudo isso em cima dele. Minutos atrás, estávamos nos beijando, ele disse o que disse, eu contei sobre o Colin, e lá estava esse segredo derrubando as paredes onde eu achava que o tinha trancado para sempre.

Deb e eu nunca mais falamos nisso, depois que a decisão foi tomada. Ela tentou, uma vez, mas eu jurei que estava bem e que preferia esquecer aquilo e seguir com a minha vida, porque esse foi o motivo da decisão desde o início. Seguir com a minha vida de quinze anos recém-completados.

Fingi estar resfriada durante alguns dias antes de voltar para a escola. E depois sobrevivi às semanas restantes do meu primeiro ano — vendo Colin nos corredores com seu séquito, ou sua nova namorada, sempre sorrindo, sem se preocupar com nada no mundo. Aprendi a chorar sem fazer barulho, trancada numa cabine do banheiro, encolhida, com um sofrimento tão grande que me deixava fisicamente doente. Eu faltava às aulas sempre que conseguia escapar, tinha dificuldade para me concentrar quando estava presente.

Talvez ele não tivesse ideia do que fez comigo. Talvez ele fosse apenas um garoto descuidado, que nem imaginou que eu ficaria emocionalmente destruída por causa da sua rejeição espontânea. Na época, tudo parecia orquestrado para acabar comigo.

Eu me isolei e afundei num poço sem fundo, embalada por músicas deprimentes, seca e vazia, um fantasma assombrando a própria vida. Quando o verão começou, eu passava a maior parte do dia na cama com as persianas fechadas. Pensei brevemente em suicídio, mas não consegui seguir em frente com a ideia.

Deb tinha acabado o primeiro ano da faculdade de medicina, e seus planos não incluíam voltar para casa no verão. Mas, de repente, ela estava lá, no seu antigo quarto do outro lado do corredor — sua bolsa de produtos de higiene pessoal arrumada embaixo da pia, sua serenata desafinada de músicas pop no chuveiro, ecoando pelo corredor toda manhã. Ela também voltou a ser voluntária de projetos de serviço comunitário — algo que eu sempre fui nova demais para fazer.

No terceiro dia em casa, ela pulou na minha cama com sua xícara de café, tirando o cabelo do meu rosto.

— Vamos lá, preguiçosa. Levanta. Preciso da sua ajuda. Essas ações beneficentes não vão se realizar sozinhas. — Gemi no travesseiro, mas não me mexi. Eu me lembro da sensação dos dedos dela passando delicadamente pelo meu cabelo. Talvez não naquela manhã exatamente, mas porque eu não me lembrava de uma época em que isso não fazia parte do seu protocolo de acordar-Dori. — Dori, querida. Escuta, talvez você não possa mais esconder isso. Talvez você precise conversar com a mamãe e o papai.

Virei para ela.

— Você ia se encrencar se eles soubessem.

Ela balançou a cabeça.

— Sou uma adulta de vinte e três anos e sei me cuidar com os nossos pais. Estou preocupada com *você*. Ficar na cama o dia todo, sem ver suas amigas, sem comer nada... Você só dorme e continua parecendo exausta.

Minha mãe e meu pai devem ter ligado para ela. Eu era o motivo para ela ter voltado para casa. Eles sabiam do fim do namoro, porque não havia como esconder o fato de que Colin havia parado de me buscar nos fins de semana. Quando eles perguntavam o que tinha acontecido e eu só chorava, eles pararam de perguntar. Eles devem ter ficado preocupados quando a depressão piorou, em vez de melhorar.

— Estou bem. Não quero falar nisso. Só quero continuar a minha vida como se ele nunca tivesse feito parte dela.

Ela mordeu o lábio.

— Tudo bem. Se você levantar. Se continuar levantando todos os dias, se comer normalmente, se dormir normalmente... — Ela fungou um pouco. — E se tomar banho todo dia, porque Deus sabe que você está fedendo como um filhote que rolou no cocô!

Não consegui evitar de sorrir. Fazia tanto tempo que eu não sorria que o movimento pareceu artificial. Ela encostou a testa na minha, sussurrando nossa declaração de amor, dita inúmeras vezes ao longo de muitos anos:

— Eu te amo, irmãzinha.

— Quanto? — Entrei na brincadeira, sussurrando para ela, borrada através das minhas lágrimas.

— A mesma quantidade de grãos de areia que existe em todas as praias do mundo. — Ela recitou as palavras como um encantamento terno.

— Até quando?

Com a ponta do seu roupão macio cor-de-rosa, ela secou a lágrima que escapou pelo canto do meu olho e murmurou:

— Para sempre e sempre e sempre.

* * *

Reid está vestido como médico — jaleco e estetoscópio — e falando com Deus. Ou alguém está usando um roupão branco cintilante, se parecendo muito com Deus.

— Sim, senhor, eu entendo. Ela vai. Tchau.

Ao ouvir meu celular barato se fechando, abro os olhos. Estou deitada no sofá da sala de entretenimento de Reid. Tudo entra em foco devagar.

— Com quem você estava falando?

Ele guarda meu celular na minha bolsa.

— Seu pai.

Franzo a testa.

— Meu pai? Por quê?

Ele se agacha ao meu lado, e ficamos no mesmo nível de olhar.

— Acho que caímos no sono. É muito tarde. Ouvi seu celular tocando e atendi; achei que era melhor eles saberem que você está bem. Falei que você estaria em casa de manhã.

— O que ele disse?

— Um monte de coisas de pai. Não se preocupa com isso agora. Vem. — Ele pega a minha mão e me conduz pelo corredor até o seu quarto, enquanto tento pensar em tudo que contei a ele mais cedo. Na ponta da cama, ele para, e seus olhos passeiam pelo meu corpo. — Acho que você vai ficar mais confortável usando alguma coisa minha. — Na cômoda, ele pega um short Oxford listrado e uma camiseta azul, desgastada no colarinho e nas mangas, macia e desbotada por centenas de lavagens. Coloca as roupas nas minhas mãos e me segura, com uma das mãos no meu braço. — Dori. Você está bem?

Faço que sim com a cabeça, certa de que estou mentindo. Estou muito, muito longe de estar bem. Eu devia me sentir estranha por estar prestes a dormir na cama de Reid Alexander. Pela segunda vez. Mas às vezes eu esqueço quem ele é para o resto do mundo.

— Eu, hum, vou me trocar no banheiro.

Quando volto para o seu quarto minutos depois, as luzes estão bem baixas — iluminando apenas o suficiente para eu enxergar o caminho até a cama. O relógio marca 3h11 da manhã. Subo na cama e hesito antes de ir até os braços dele. Suas mãos sobem e descem acariciando as minhas costas, seus lábios na minha testa. Sinto exatamente o que senti mais cedo: preciso tanto que ele me abrace que não me importa o que vem junto com isso. Talvez pareça fraqueza, mas não é, porque eu *quero* tudo. Eu simplesmente sei que, em algum momento, meu desejo vai superar sua capacidade de dar, e vai ser o fim. Até lá, não quero pensar nem analisar. Só quero sentir. Levanto um pouco a cabeça e passo o nariz na parte de baixo do seu maxilar, e ele se mexe um pouquinho e me beija. Tão cuidadoso, ponderado.

Meus olhos estão se ajustando à luz fraca quando eu me mexo para ficar em cima dele, meu cabelo caindo como uma moldura ao redor do meu rosto. Suas mãos estão na minha cintura, sobre a minha camiseta — dele —, os dedos indo e vindo na minha lombar, como se estivessem presos num ciclo, esperando que eu os libere para passear com uma palavra mágica.

Não sei exatamente o que ele quer de mim. Mas sei o que eu quero dele, e me inclino para conseguir, minha boca sobre a dele. Só quando minha língua se estende para lamber a parte macia e cheia do seu lábio inferior — uma vez, duas — é que ele rastreia o interior da minha boca, delicadamente, com a própria língua. Passo os dedos pelo seu cabelo, maravilhada com a maciez de bebê na nuca, e ele faz igual, enrolando mechas do meu cabelo nos dedos, me puxando para perto. Quando minhas mãos deslizam para baixo da sua camiseta, sentindo os contornos do seu peito com a ponta dos dedos, ele acaricia as curvas dos meus seios, imitando cada movimento que eu faço.

— Não consigo ver suas orelhas direito — murmura ele, prendendo meu cabelo atrás das orelhas. Pesados e implicantes, os fios caem de novo para a posição anterior, emoldurando meu rosto.

— Minhas orelhas?

— É. Elas são muito perceptivas. Ficam vermelhas mesmo que o resto de você não fique.

— Não me sinto com vontade de corar.

— É? — ele diz, perplexo. Eu sento e recuo, com os joelhos ao lado de seus quadris, tremendo e ansiosa. Minha apreensão não vai me impedir. O lençol cai atrás de mim. — Dori? — Ele se apoia nos cotovelos quando minhas mãos encontram a bainha da minha camiseta emprestada e ficam mexendo na borda.

— Reid — sussurro —, você tem camisinha?

Ele encara o meu rosto por um instante.

— Tenho — responde, com a voz baixa e sexy. — Mas...

Antes que ele termine, antes que o medo se instale, antes que eu mude de ideia, seguro a ponta da camiseta, abaixo o queixo e a puxo num movimento fluido, jogando-a longe. Lutando contra a vontade de me cobrir, obrigo meus braços a ficarem parados ao lado, minhas mãos segurando minhas coxas.

Não consigo respirar.

45

Reid

Não consigo respirar.

Não posso dizer que não imaginei o sexo com Dori, porque imaginei, sim, e continuo imaginando, mas não esperava chegar tão longe hoje. Naquela noite na boate, eu tinha apostado trinta contra um que ela não era virgem. Mas não tinha percebido o sofrimento conectado a esse fato nem como tudo ia se desenrolar. Mesmo assim, sua contenção sempre me pareceu uma parte da sua maquiagem genética. Achei que, se eu a deixasse estabelecer o ritmo, não aconteceria por um bom tempo.

Temos ficado juntos aqui duas ou três vezes por semana nas últimas cinco semanas: vendo filmes, jogando videogame, conversando. Não somos *imprudentes* todas as vezes que ela vem aqui, apesar de isso ter acontecido com mais frequência conforme ela confia mais em mim. Agora estou apoiado nos cotovelos, os olhos na altura dos seus seios, quando estou celibatário há mais tempo — de *longe* — do que jamais estive desde que me tornei sexualmente ativo. Eu a quero tanto que estou tonto, estremecendo com o desejo de virá-la sob mim e aceitar o que ela está me oferecendo.

Nenhum banho frio me livraria dessa fome. Eu precisaria de uma banheira cheia de gelo.

Sento e ela se inclina um pouco para trás, seu peito roçando no meu, só o tecido fino da minha camiseta entre nós. Sua respiração está curta, como sopros quentes de ar, com cheiro de canela por causa da pasta de dentes. Lambendo os lábios, ela encara os meus. Eu a puxo para perto e a beijo profundamente — um eco de uma promessa que meu corpo pretende cumprir.

Ela desliza as mãos por baixo da minha camiseta, e eu me afasto por tempo suficiente para deixar que ela a tire. E aí estamos pele com pele, e eu estou perdendo a cabeça por causa do desejo que afasta todos os outros pensamentos e sentimentos. Nós nos beijamos durante longos e torturantes minutos, até que eu finalmente desço com meus beijos pelo seu pescoço, pelos seus seios e, num único movimento, a viro de barriga para cima, rodeando a língua em seu umbigo, brincando com o piercing minúsculo que descobri ali algumas semanas atrás, durante um de nossos episódios imprudentes.

— Isso é *tão* inesperado e excitante — falo para ela naquele momento e observo suas orelhas ficando roxas.

Suas mãos agarram os lençóis e, quando meus dedos mergulham na cintura do seu short, ela ergue os quadris. Eu a desejo mais do que tudo que já desejei, e ela com certeza me deseja.

Através da névoa de vontade, meu cérebro religa, me fazendo lembrar de que, durante anos, o sexo não tem sido nada para mim além de um remédio temporário para o isolamento. Não senti nenhuma conexão de verdade, nem uma vez, desde Brooke. Houve vezes em que a solidão voltava segundos depois, me puxando para baixo. Não confio em mim agora, porque esse desejo é familiar, e Dori merece mais do que outro barato temporário.

— Por favor — sussurra ela, as mãos massageando meus ombros de maneira insistente. Deixo de lado meus escrúpulos fora de hora; de jeito nenhum vou deixar de satisfazê-la. O short está solto e baixo em seus quadris, sem nenhuma barreira para a palma da minha mão deslizar por baixo e acariciar sua pele macia, enquanto volto a beijá-la até estarmos os dois sem fôlego. Então volto minha atenção para os seus seios e sua barriga, descendo progressivamente para os lugares que meus dedos já exploraram. Sua reação chocada me diz que *Colin* deixou algumas coisas de fora da sua educação sexual, aquele canalha egoísta.

Fico feliz pela distância do meu quarto do resto da casa, porque ela não consegue manter o lábio inferior preso entre os dentes, não consegue controlar o que a faço sentir. Fico paralisado pelo som dela gritando meu nome, seus dedos se revirando em meu cabelo, seu corpo tremendo sob mim. Ela logo fica saciada e sonolenta, enquanto prevejo horas de esforço antes de apagar.

— Reid? — diz ela, tão baixinho que não tenho certeza se está acordada.

— Estou aqui. — Eu me aproximo, acariciando seu cabelo sobre os ombros, espalhando-o no travesseiro. — Vamos dormir, Dori.

Ela inspira devagar e solta um suspiro, com os olhos ainda fechados enquanto se aninha no meu peito, depois murmura com fraqueza:

— Não. Sua vez. — Sem aviso, seus dedos se movem sobre mim, com cuidado, mas certeiros, e ela passa a língua em meu mamilo.

Não precisa de muito. Nem de muito tempo, sinto vergonha de dizer.

Apesar do peso esmagador das expectativas sobre ela, desde as teológicas até as autoaplicadas, o que eu precisava era do último pensamento altruísta em sua cabeça sonolenta.

Saciado e perplexo, caio no sono com ela presa em meus braços.

Dori

Esse despertar só é semelhante à última noite que passei na cama de Reid em um aspecto — as sensações de ressaca: dor de cabeça, olhos secos e exaustão. Mas a causa é bem diferente; uma grande explosão de tristeza pode provocar isso.

No entanto, diferentemente da última vez, estou usando o short e a camiseta dele que usei para dormir... e tirei. Lembranças borradas vêm à tona: ele se aproximando de mim, me abraçando, me acariciando até eu dormir, como Deb costumava fazer quando eu tinha pesadelos. Ele está deitado ao meu lado, respirando metricamente, os cílios fechados, os lábios ligeiramente separados. Estamos aninhados um no outro, braços e pernas entrelaçados. Uma das mãos dele segura uma das minhas de um jeito frouxo, enquanto a outra se apoia no meu quadril. Levo vários minutos para soltar meus membros dos dele com cuidado.

Não consigo pensar, e preciso ir para casa. Ontem à noite, quando Reid me falou que tinha conversado com meu pai, eu estava tonta demais para pensar nas consequências, mas, hoje de manhã, o custo dessa noite está me encarando. Posso ter dezoito anos, mas ainda sou filha de pais preocupados, ainda dependo financeiramente deles, ainda anseio pela admiração dos dois. Mesmo que eu não mereça.

Eu sempre soube que meus segredos estavam seguros com Deb. Que ela nunca os contaria, nunca os julgaria. E, enquanto ela estava ali para me apoiar — em algum lugar do mundo, me amando —, eu conseguia aguentar. Talvez eu tenha criado uma bomba-relógio sem saber. E agora esse remorso inútil teria vindo à tona mesmo sem a perda da minha irmã como confidente. Mas o fato é que eu a *perdi*. Ela não foi embora, mas não está aqui. Meus pais ainda imploram a Deus por um milagre, acreditando que Deb pode voltar para sua vida, para seu futuro, para nós. Eu daria qualquer coisa para entrar no quarto dela e ver seus olhos encontrarem os meus, em vez de encarar através de mim como se eu fosse invisível.

Eu sei que isso nunca vai acontecer.

Talvez minha falta de fé impeça que o milagre aconteça. É isso que minha consciência diz — se é esse o nome da voz que ecoa na minha cabeça. Não sei se uma consciência pode errar ou se enganar, simplesmente ignorando todos os fatos. O que quer que seja essa voz, de onde quer que ela venha, ela é subjetiva e implacável. Só não é convincente.

Deb era a única pessoa que sabia quem eu realmente era. Totalmente. Agora, Reid sabe.

Não estou arrependida do que fizemos. Eu não achava que jamais seria capaz de confiar desse jeito outra vez. De me soltar. De tocar e ser tocada sem um traço de timidez. Em vez de me deixar com a sensação de ser suja, eu me sinto limpa. Eu descarreguei a minha alma. Joguei para ele o peso do meu segredinho sujo. Ele não precisa carregá-lo para sempre. Depois que eu for embora, ele pode espalhar. Deixar ali. Esquecer. Eu nunca vou conseguir fazer isso, e não conseguia lidar com a situação sozinha. Nem por um dia a mais.

Visto a calça jeans, escovo o cabelo para trás e o prendo com um elástico que encontrei na bolsa, lavo o rosto, escovo os dentes. Tenho uma Crest tamanho viagem na bolsa da Mary Poppins, mas uso a pasta de dentes branqueadora orgânica do Reid. Tem o gosto dele.

Quando saio do banheiro, ele ainda está dormindo profundamente. Ele virou de barriga para baixo no espaço quente que deixei, os braços esculpidos abraçando o travesseiro, os ombros nus sobre o lençol. Engulo o nó na garganta quando me aproximo dele e puxo a coberta. Ele suspira e se aninha sob a coberta, e não consigo impedir meus dedos de tirar o cabelo da sua testa. Não sei do que estávamos brincando — escondendo dos paparazzi, dos meus pais, de todo mundo. Não sei o que isso é, ou era.

E aí penso: *Eu podia lutar por isso. Por ele.*

Reviro o pensamento na mente e encaro a curva da sua orelha, despontando entre fios de cabelo loiro-escuro, desgrenhado. Ele não cortou o cabelo porque eu sussurrei que gostava dele um pouquinho mais comprido. Meu olhar vai até as linhas relaxadas da sua boca — lábios ao mesmo tempo submissos e exigentes. Penso no que ele fez comigo ontem à noite com essa boca e mal consigo respirar.

Eu poderia ir para casa e informar aos meus pais que eu os amo e respeito, mas tenho dezoito anos e minha própria vida para viver, minhas próprias escolhas para fazer. A adrenalina percorre o meu corpo ao imaginar as possíveis reações deles, e a declaração do meu pai: *Enquanto você estiver morando aqui.* Será que eles gritariam? Que aplicariam a lei? Que me expulsariam de casa? Estou com muito medo da raiva e da decepção deles, mas a ideia de acabar com meu relacionamento com Reid antes de saber o que ele poderia ser me parece bem mais triste.

Beijo a testa de Reid. Ele dorme tão profundamente que mal se mexe além de dar mais um suspiro. Visto o casaco e deixo um bilhete embaixo do celular dele: "Vou para casa encarar a realidade. Te ligo mais tarde". Mordo o lábio e respiro fundo. Meu otimismo está tentando vir à tona. Pelo menos não vou mais ter que mentir em relação a sair com ele; esse disfarce foi descoberto. Minha mãe e meu pai não vão me expulsar de casa de verdade, vão? Eu nunca os desafiei antes, não desse jeito, nem perto disso. Não tenho a menor ideia do que eles vão fazer. Mas estou me sentindo forte. Eu consigo fazer isso. Eu consigo fazer isso.

"Não se preocupe", acrescento ao bilhete, depois assino: "D".

* * *

Entro e encontro os dois na cozinha, em seus lugares de sempre à mesa. Respiro fundo e tento avaliar a situação. Minha mãe está usando o uniforme do hospital, o azul-bebê com uma estampa minúscula de cegonha num azul mais escuro. Meu pai está vestido, com sapatos e tudo, apesar de ser muito cedo. Eles estão com canecas de café nas mãos. Os dois olham na minha direção e depois se entreolham, se comunicando em silêncio, uma habilidade que aperfeiçoaram.

Sirvo-me uma xícara de café, apesar de estar tensa demais para acrescentar cafeína ao meu corpo. Puxo minha cadeira e sento, na esperança de que eles já tenham conversado e concluído que é hora de me soltar, me deixar tomar minhas decisões, chegar às minhas próprias conclusões morais. O calor inunda o meu rosto quando percebo que eles acreditam que Reid e eu transamos. Claro que havia uma intimidade intensa no que fizemos. O fato de termos *dormido* juntos pela segunda vez também foi íntimo. Mas tudo isso não é da conta deles, e eu me preparo para lhes dizer isso pela primeira vez na vida enquanto espero um dos dois falar. Meu coração está martelando.

Meu pai pigarreia.

— Dori, sua mãe e eu temos algumas coisas que queremos dizer antes de você... nos falar o que está pensando.

Segurando a caneca quente, fico perfeitamente imóvel, ouvindo.

— Primeiro, queremos pedir desculpa. Nós te negligenciamos, até te ignoramos, desde o acidente da sua irmã. Por favor, entenda que nunca quisemos que você achasse que não é importante para nós também. Que você não é... não é amada como a Deborah. — A voz dele falha, e eu sinto lágrimas queimando. — Sabemos que você não é mais criança, mas você não tem a experiência de vida que nós temos. Não podemos parar de querer sua segurança só porque você é juridicamente adulta.

— Essa abordagem me pega de surpresa, e não consigo mudar a marcha rápido o suficiente para acompanhar.

As expressões sinceras dos dois são espelhadas.

— Dori. — A voz da minha mãe está rouca; ela deve ter chorado a noite toda. Ela pega a minha mão. — Querida, o que você está fazendo é perigoso e autodestrutivo. Eu entendo por que você está reagindo desse jeito, depois do que aconteceu com a Deb. Mas, por favor, não faça isso. Esse garoto não é seguro. Esse relacionamento não pode durar. Você deve saber disso. Eu lembro como você ficou depois que terminou com aquele Colin. Não conseguimos tirar você da depressão. Seu pai e eu ficamos horrorizados pelo modo como você reagiu àquela perda. Se a Deb não tivesse vindo pra casa... — Ela se interrompe com um soluço, apertando mais a minha mão. Deb nunca mais vai voltar para casa. — Não posso perder outra filha agora. Por favor, Dori.

Lágrimas escorrem pelo meu rosto, e meu cérebro acelera, pensando nas últimas semanas. Eu *realmente* me comportei de maneira perigosa e agi de maneira autodestrutiva. Fui a uma boate, bebi até cair e quase saí de lá com um desconhecido. Eu poderia ter sido estuprada ou levado uma surra. Eu poderia ter morrido.

Meu relacionamento com Reid é frágil e indefinido. Eu sempre soube, e até mesmo ontem à noite eu sabia, que ele não vai durar. Feliz nos braços de Reid, fechei os olhos para a conclusão inevitável e para como ela vai me afetar. Pela primeira vez, comparo meus sentimentos por Reid ao que senti por Colin e percebo que estou envolvida. Estou profundamente envolvida. Estou me apaixonando por ele e, se eu deixar isso crescer, vou terminar arrasada de um jeito que faria a rejeição do Colin parecer a coisa mais banal do mundo.

— Sinto muito. — Começo a soluçar, com o rosto apoiado nas mãos. As cadeiras arranham o chão, como da última vez em que discutimos esse assunto, mas não é com raiva. Eles me abraçam, me dizendo que também sentem muito. E eu sei que vou ligar para o Reid e agradecer por tudo que ele fez, porque ele foi melhor para mim do que eu jamais esperaria. E depois vou lhe dizer adeus.

Meia hora depois, sozinha no meu quarto, é exatamente isso que eu faço. Ele não fala por um minuto inteiro, mas eu ouço a respiração dele, por isso continuo na linha e o deixo absorver minhas palavras. Fecho os olhos, abraço Esther e rezo para suportar o que ele disser, porque ele vai ficar com raiva e tem todo o direito de ficar.

— Eu entendo — ele diz, controlado e quieto. — Adeus, Dori.

A linha fica muda, e eu choro até cair no sono, encolhida feito uma bola no meio da cama, abraçada à minha cachorra, agarrando-me a qualquer consolo que eu possa encontrar.

46

Reid

— Não tenho visto o carro da sua amiga lá fora há algum tempo. — Minha mãe está apoiada na minha cama, folheando as páginas do livro com o garoto fictício gostoso-mas-mal-humorado que me lembra do meu papel de Will Darcy em *Orgulho estudantil* — se Will Darcy tivesse sido criado nas páginas de um livro distópico. (Que diabos atrai as mulheres em homens mal-humorados, afinal? Eu me tornei um deles desde a ligação de Dori três semanas atrás, e isso me deixou *mais* atraente para as mulheres. Eu não devia ficar surpreso: ser um babaca nunca afetou o interesse delas.)

— É porque ela não tem vindo aqui. — Acho surpreendente minha mãe ter notado a ausência da Dori, mas ela tem um jeito de perceber tudo, mesmo quando parece estar num torpor excessivo para perceber qualquer coisa além dos próprios pés se arrastando pela casa. Mas seus olhos agora parecem mais claros, me encarando como um reflexo.

— Vocês brigaram? — Ela fez a mesma pergunta quando Brooke parou de aparecer aqui, depois que terminamos.

Dou de ombros.

— Na verdade, não houve uma briga. Os pais dela não queriam que ela saísse comigo, e ela simplesmente desistiu. — Não sei se isso é verdade, mas parece. Eu devia saber que ela se submeteria à vontade deles em algum momento. Será que eles a fizeram sentir vergonha de passar a noite comigo ou simplesmente de estar comigo? Será que eles ameaçaram expulsá-la de casa? Eu nunca entendi pais que dão ultimatos. Parte de mim fica com raiva disso — eu poderia ter alugado um apartamento para ela, se eles a expulsassem. Ou, que inferno, eu poderia ter arrumado um lugar para *nós dois*.

Uau, que merda. Arrumar um lugar para nós dois? Estou perdido. Por causa de Dorcas Cantrell, uma garota que me convenceu, numa ligação de um minuto, que eu não significava nada para ela: "Agradeço por tudo que você fez por mim... você provavelmente salvou a minha vida. Mas não posso mais te ver. Tem muita coisa acontecendo na minha vida neste momento, e eu não sei o que estamos fazendo, eu e você. É só que... meus pais precisam de mim, e está na hora de eu voltar à minha vida e deixar você voltar pra sua. Sinto muito".

Ela abafou um soluço nesse momento, enquanto eu deitava na cama com o celular no ouvido, tentando acordar e esperando que ela dissesse mais alguma coisa. Retirar o que tinha dito. Mas ela não fez isso.

Depois que desliguei, joguei o celular do outro lado do quarto, onde ele bateu na parede com força suficiente para deixar uma marca na placa de reboco e quebrar a persiana de maneira irreparável. E aí eu encontrei o bilhete dela perto da cama. O que dizia "não se preocupe", com o "D" na assinatura. Uma hora depois, quando me acalmei o suficiente para formular pensamentos coerentes, peguei o bilhete amassado no lixo, alisei na mesa e li umas cinquenta vezes, tentando dar sentido à combinação das suas palavras faladas e escritas — completamente opostas.

— Humm — diz a minha mãe, voltando a ler.

— O quê?

Ela arqueia uma sobrancelha, mas não tira os olhos do livro.

— Talvez *você* tenha desistido muito fácil.

Dou risada. *Até parece.* Se fosse simples assim.

Ela olha para o relógio de pulso, sai da cama e se aproxima — com firmeza — para bagunçar meu cabelo.

— Tenho uma reunião para ir. Podemos conversar depois, se você quiser. — Com as unhas feitas sob o meu queixo, ela inclina meu rosto para cima, e eu percebo que seus olhos *estão* mais claros. Ela está tentando parar de beber de novo. Não quero perguntar. Não quero estragar tudo.

Abafo a explosão de esperança em meu peito e faço que sim com a cabeça.

— Claro, mãe.

* * *

— Mais alguma coisa, sr. Alexander? — A representante que está entregando minha nova Ferrari FF é supergostosa e praticamente ronrona essa pergunta. Ela aproveitou todas as oportunidades de encostar em mim ou de se inclinar de um jeito que eu pudesse ver direto dentro da sua blusa de seda com os três botões perolados de cima abertos. Passamos por todas as especificações e fizemos uma inspeção minuciosa para garantir que nem um arranhão estrague a tinta cinza-azulada metálica ou o interior de couro cinza-claro. Não tenho motivos para mantê-la aqui, a menos que eu queira transar com ela em cima do capô (totalmente possível — essa garota *não* está competindo por um prêmio de sutileza).

Na minha cabeça, surge a voz de John: *Por que não, diabos?*

Por causa dos meus novos processos de pensamento iluminados, só por isso. Como pensar o que ela vê em mim, além de uma celebridade jovem e rica. Nada disso valia no caso de Dori. Não sei *o que* valia para ela. Não sei o que mudou entre o dia em que a conheci — quando ela mal podia esperar para se livrar de mim — e o beijo no closet, a noite antes de Vancouver e Quito, o instante em que ela concordou em desafiar os pais e sair comigo várias noites por semana. O que aconteceu que culminou naquela última noite juntos?

— Obrigada, está tudo certo — digo, e ela solta um suspiro decepcionado. Sem dúvida ela vai contar para todo mundo que eu sou gay. Não dou a mínima.

— Vou, hum, chamar um carro pra me pegar, então. — Ela me lança um olhar chateado enquanto me pergunto por que ela simplesmente não pegou uma carona com o caminhão de entrega.

— Sem problemas, eu te levo. Podemos testar a velocidade de zero a cem em, quanto era mesmo... três segundos e meio? Esse bebê precisa ser batizado antes de eu estacioná-lo na garagem. — Ela se empolga por um instante, até perceber que estou interessado no carro e só no carro.

Meus óculos escuros são quase desnecessários, pois o tom das janelas é o mais escuro permitido por lei. Apesar de chegar aos cem antes do fim da minha rua, vou ter que esperar até chegar a uma estrada deserta para testar a velocidade de mais de trezentos já registrada. Em poucos minutos, chegamos a Santa Monica e estamos voltando para Wilshire.

— Se você tem certeza que não precisa de mais nada... — começa ela, inclinando na minha direção todo o decote e o sutiã de renda quando paro na frente da loja. Estou pronto para empurrá-la porta afora porque, sim, claro, não consigo evitar querer um pouco *disso* quando é jogado num prato e servido quente. *Por. Que. Não. Diabos?*, diz a voz do John.

— Não, nada. — Quando você finalmente descobre o que quer de verdade, todo o resto fica sem graça. Nunca entendi isso. Agora entendo. — Obrigado, hum...

— Victoria. — Ela lança um sorriso tenso e me dá seu cartão de visita.

— É. Obrigado. — Quando guardo o cartão na minha carteira, ele gruda num pedaço de papel entre cédulas de dinheiro e notas fiscais:

o número do celular do Frank, rabiscado numa nota fiscal da In-N-Out. Não falo com Frank desde agosto, meu último dia na casa dos Diego. Talvez eu devesse ver como ele está.

Dori

Três dias até o Natal. Quatro semanas até o início da faculdade. Falar com Nick me ajudou a perceber que parte da minha distração podia ser atribuída ao fato de que eu não tinha nada em mente para me concentrar. Comecei a pensar na faculdade como algo para me dar um rumo, e não algo desafiador demais para eu aguentar. Consultei um conselheiro, me matriculei nas aulas e tive muita sorte de conseguir um quarto de dormitório livre, tudo nas últimas duas semanas.

Estou jogando o macarrão no escorredor quando minha mãe volta da visita a Deb.

— O jantar vai estar na mesa daqui a dez minutos — digo a ela, virando para mexer o molho.

Como ela não responde, olho para trás, e ela está largada numa cadeira à mesa, com um olhar desnorteado. Meu estômago afunda ao ver sua expressão. Eu devia ter ido com ela hoje à tarde em vez de fugir do seu teatro de vamos-fingir-que-a-Deb-responde, passando horas na cozinha fazendo um molho do zero que poderia muito facilmente ter saído de um pote pronto.

— Mãe? Tem alguma coisa errada?

— Não. — Ela ainda está franzindo a testa, mas parece perplexa, e não atormentada. — Eles precisavam da minha autorização pra trocar a Deb de quarto.

— O quê? Por quê?

Ela balança a cabeça devagar.

— Alguém fez um depósito pra pagar um quarto particular.

— Isso... isso é ótimo. Quem?

Sua cabeça ainda se move placidamente de um lado para o outro.

— Eles não sabem nada além do escritório de advocacia que fez o depósito. Eu poderia ligar pra eles amanhã, mas isso não seria olhar os dentes de um cavalo dado? Isso é um milagre. — E, num piscar de olhos, minha mãe está chorando, Esther está apoiando a cabeça no joelho dela e chorando também, e meu pai está saindo do escritório em pânico.

— Talvez seja alguém da igreja — comento, enquanto meu cérebro sugere: *Reid?*

— O que foi que veio de alguém da igreja? — pergunta meu pai, indo para o lado da minha mãe.

Eles discutem a possibilidade de alguém ter dado tanto dinheiro para Deb enquanto eu viro para o molho borbulhante, reduzindo o fogo e mexendo. Se Reid teve alguma coisa a ver com isso, seu pai advogado teria se envolvido, certo? É fácil verificar.

— Qual é o nome do escritório de advocacia?

Minha mãe dá de ombros.

— Não sei. Fiquei tão chocada que esqueci de perguntar.

* * *

Tenho vergonha de admitir que esta é a primeira vez que visito Deb sem minha mãe ou meu pai. Ao mesmo tempo, fiquei aliviada quando Nick concordou em vir comigo. Ele diz "oi" para minha irmã, fica por perto durante tempo suficiente para ter certeza de que não vou surtar e depois me diz que vai estar no saguão, conversando com a recepcionista, se eu precisar dele.

Sorrio para seu sorriso tímido.

— O nome dela é Sophie, e ela gosta de gatos e lembranças históricas.

Ele bate no lábio com um dedo.

— Gatos, é? Acho que posso começar daí. — Apertando a minha mão, ele diz: — Me manda uma mensagem se precisar de mim.

Olho de relance para Deb, dizendo ao Nick:

— Vai conversar com a Sophie. Estamos bem.

Não fico sozinha com minha irmã desde que a trouxemos para Los Angeles. Antes de entrarmos, a enfermeira me disse:

— Ela acabou de almoçar, depois passou umas horinhas no sol, então vocês duas podem conversar no quarto dela, se você quiser.

Conversar. Certo.

Caminho pelo quarto, ajeitando coisas, até não ter mais nada para arrumar, e sento na poltrona estofada no canto. O novo quarto de Deb fica no segundo andar e tem uma janela protegida por carvalhos, com vista para a área comum projetada: um jardim de flores nativas, caminhos de pedra e bancos de madeira lisos e gastos. Vários residentes estão sentados com visitantes ou passeiam pelas trilhas admirando as flores do inverno, apoiados em ajudantes. Deb está sentada em sua poltrona, olhando pela janela, os olhos seguindo o nada.

No meu bolso tem um pedaço de papel que o gerente administrativo me deu com o nome do escritório de advocacia que cuida do fundo que está pagando pelo novo quarto de Deb. É incrivelmente melhor — não só em termos de privacidade, mas em detalhes sutis como a poltrona e a janela virada para o sul, a cama e os móveis de melhor qualidade, o tapete estampado no chão. Quando eu chegar em casa, vou explorar o site do escritório de advocacia e procurar pistas do benfeitor anônimo. Por enquanto, estou aqui com Deb, sozinha no espaço silencioso entre nós, sentindo falta da sua risada e da sua atenção.

— Oi, Deb — digo, com a voz pouco acima de um sussurro, mas batendo como ondas no silêncio. Ela não se mexe, é claro. — Gostei do seu quarto novo. — Do lado de fora da janela, nuvens se movem em grupos pelo céu acinzentado, preguiçosas e lentas. Nunca fica gelado em Los Angeles, mas o inverno é frio do mesmo jeito. — Na próxima vez que eu vier, vou trazer um suéter mais grosso e vamos conhecer o jardim. — Eu a encaro e me pergunto se é possível que ela me ouça, mesmo que não consiga responder.

Pigarreio.

— Também vou descobrir quem é seu admirador secreto.

Eu me lembro de ter dado a Bradford a caixa de roupas e a planta, mas não consigo falar porque parece que vou sufocar. Descartei a ideia de que o quarto foi providenciado por ele. Ele está mergulhado demais nas dívidas da faculdade de medicina para fazer uma coisa tão extravagante. Ele liga para minha mãe de vez em quando, mas a frequência está diminuindo. Bradford está seguindo a própria vida, porque ele pode.

— Decidi seguir em frente e começar em Berkeley no próximo mês. — Olho para o meu relógio de pulso. — Mas vou estar por aqui mais algumas semanas e venho nos fins de semana prolongados e nas férias.

Só estou aqui há *onze minutos*. Como é que minha mãe fica aqui, conversando *consigo mesma*, basicamente, durante uma hora ou mais?

— Vou começar num projeto novo da Habitat daqui a algumas semanas. A Roberta é a líder da equipe. Vou ligar pra ela hoje à noite, pra saber os detalhes. Eu te conto na próxima vez. — Ajeito sua poltrona para ela poder olhar pela janela sem ser atingida pelo sol, se ele aparecer. Não sei o que ela vê ou se ela consegue perceber ou processar mentalmente o que vê. Beijo sua testa e aperto sua mão frouxa. — Eu volto logo. Te amo.

Toco o botão de chamada para avisar aos enfermeiros que estou saindo e caminho pelo corredor. Só quando chego à escada é que meus olhos se enchem de lágrimas. Inspiro e expiro, me concentrando em manter o controle, e me parabenizo por visitar minha irmã sozinha durante doze minutos.

47

Reid

— Tudo bem, estou retornando sua ligação... ou devo dizer *ligações*... já que, aparentemente, te ignorar descaradamente não funciona do mesmo jeito que com pessoas normais. O que você *quer*, Reid?

Eu sabia que isso não seria indolor, mas, meu bom Deus, Brooke ainda consegue me irritar tanto quanto na época em que tinha quinze anos. Quando ela está puta, seu sotaque fanho do Texas aparece. Por mais que ela queira que eu acredite que ela só está incomodada, o sotaque me diz que ela ainda está com raiva.

Meu terapeuta diria que este é um bom momento para utilizar aqueles truques de controle da raiva que eu pratiquei quando lidava com meu pai. Inspiro e expiro profundamente, uma, duas *vezes*. Conto até três ou dez ou cinquenta antes de responder.

— Não quero nada, Brooke. Eu só preciso dizer uma coisa e gostaria que você me deixasse falar. Por favor.

Silêncio. Choque? Considerando as coisas que dissemos um ao outro nas nossas últimas conversas, choque poderia ser uma reação plausível.

— Então fala — diz ela, não tão durona quanto quer parecer.

— Quero pedir desculpas...

— Você está *brincando* comigo? Isso é um tipo de palhaçada de doze passos? Não nos falamos há meses. Você deixou bem claro o que pensa de mim. Agora, Reid, é *tarde demais, droga*.

Passo a mão no cabelo e no rosto e admito que meu primeiro instinto é abandonar esse plano todo. Afinal, o fato de Brooke me odiar não importa nem um pouco no esquema geral das coisas. Sou um astro de Hollywood maior do que ela, então não preciso me preocupar se ela vai vetar minha capacidade de conseguir papéis. Mas isso não tem a ver *comigo*.

Inspiro fundo de novo e expiro, devagar, determinado a deixar esse pedido de desculpas sair ou morrer tentando.

— Brooke, eu errei ao te abandonar quando você descobriu que estava grávida, não importa o que tinha acontecido entre nós. Você era minha namorada, e eu devia estar ao seu lado pra apoiar a decisão que você tomasse. — Ela não interrompe, então eu continuo. — A única desculpa que tenho é que eu era uma *criança* naquela época. Mesmo assim, eu fiz merda e peço desculpas.

Não há resposta, e eu conto os segundos, me perguntando se ela desligou em algum momento do meu discurso. Quase dois minutos se passam. E aí:

— Eu estava pensando em... tentar encontrá-lo — diz ela. — Não em interferir nem nada assim. Só pra ver se ele está bem. Você... você quer que eu te avise se descobrir alguma coisa?

Meu maxilar trava enquanto luto contra a dor profundamente arraigada da sua traição, como uma dor de dente que nunca foi tratada. Não é a primeira vez que eu me pergunto por que ela age como se tivesse *certeza* de que o filho era meu. Mas não vou lhe dizer isso. De novo, não. A perspectiva vem com o tempo. Não importa se o bebê — se *ele* — era meu ou não.

— Claro. Seria ótimo.

Ela suspira.

— Eu sei o que você está pensando. Correndo o risco de estragar esta conversa, vou repetir o que eu já disse antes. Ele é *seu*. Não pode ser de mais ninguém, porque, quando o palitinho ficou azul, eu nunca tinha transado com ninguém além de *você*. Então, a menos que tenha sido obra do espírito santo, ele é *seu*.

Tudo bem, espera.

— Brooke, a história, as fotos, aquele cara...

— Mentiras dos jornais. Eu *nunca* te traí. Sim, depois que tivemos aquela briga, eu dancei de forma provocante com aquele cara na boate. Eu queria te deixar louco de ciúme. Queria que você voltasse correndo pra mim e dissesse que eu era sua e de mais ninguém. Eu não te traí de jeito nenhum. Nem com ele, nem com ninguém.

Eu estava andando de um lado para o outro no meu quarto, e agora sento pesadamente na ponta da cama, de repente *muito* feliz por não ter ligado para ela quando estava dirigindo, porque o fluxo de adrenalina está fazendo meu corpo todo tremer.

— Brooke, por que você me deixou pensar...

— Porque eu achava que você me amava e não pensei que teria que te *convencer* de que eu não tinha feito uma coisa que eu *não tinha feito!* Depois eu descobri que estava grávida, e você não... — Ela disfarça um soluço. — Não consigo mais falar sobre isso. Passado é passado. Se eu o encontrar, te mando notícias. Se você quiser.

Meus pensamentos estão a mil.

— Eu quero. Quero, sim.

Ela funga, e a voz fica mais calma.

— Tudo bem. Eu te aviso. Tchau, Reid.

E desliga antes que eu responda.

Não sei por que acredito nela agora, mas acredito. Eu tenho um filho. Correção: eu *tive* um filho por alguns minutos. Agora ele pertence a outra pessoa — e definitivamente é melhor assim. Nós éramos crianças. Não íamos conseguir criar um filho. Essa criança tem o quê, quatro anos? E essa foi a primeira vez que eu realmente pensei nela. Que merda.

Dori

A parede acima da minha mesa é coberta de quadrados de cortiça. Presas a eles, fotos de pessoas importantes para mim: meus pais e Deb, Kayla e Aimee, Nick e, claro, Esther. Num dos cantos tem duas fotos de grupo das minhas crianças da EBF no último verão: uma tirada na noite do programa para os pais, todo mundo em pé ao meu redor, sorrindo e usando as melhores roupas de domingo; e a segunda com a sra. K na piscina: as crianças amontoadas ao redor dela como abelhas num favo de mel, Jonathan pendurado num quadril e Keisha no outro, sorrindo um para o outro. Há fotos de pessoas da Habitat, da igreja, de Quito, e pessoas da escola que talvez eu nunca mais veja. Todo mundo que importa para mim está representado nesse mural.

Exceto Reid.

Eu verifiquei o escritório de advocacia que administra o fundo de Deb. Não é a empresa do pai dele, e eu não reconheci nenhum dos advogados no site pelo nome. Não consegui encontrar nenhuma conexão.

Vou ajudar num novo projeto da Habitat nas próximas semanas, até ir para Berkeley. Quando falei com a Roberta ontem à noite, ela me disse que um anônimo tinha doado três carros novos para os Diego no dia em que eles receberam as chaves da casa. Eu estava em Quito na época e não tinha falado sobre nada além da Deb com ela desde que voltei.

— Você não tem ideia de quem fez isso? — pressionei.

— Nenhuma. Confesso que pensei no sr. Alexander... mas ele ia querer a publicidade, não é? — Percebi a outra pergunta na sua voz. Como todas as outras pessoas, ela tinha visto relatos de nós dois juntos e achava que eu sabia mais do que estava contando.

— Não sei. — Faz um mês desde aquela última ligação. Fico bem quando estou ocupada, quando me entrego obstinadamente a qualquer coisa que me impeça de pensar nele. Mas, do mesmo jeito que acontecia quando eu estava em Quito, as noites são piores: encarar a escuridão e lembrar de tudo que eu tinha começado a amar nele, desde a maneira como ele me desafiava até o modo como ele me tocava.

— Temos um grupo de celebridades ajudando, desta vez — disse Roberta, mudando de assunto. — Achei que você seria ideal para esse projeto, já que tem experiência com celebridades. — Eu queria interromper para perguntar exatamente a qual experiência ela estava se referindo, mas decidi não fazer isso. — Pode haver problemas com os paparazzi de novo. — Na verdade, ela parecia meio entusiasmada com essa ideia, e eu me esforcei para não rir. Roberta, encantada por artistas. — Pessoas filmando nos telhados, espionando através das cercas... que loucura!

Balancei a cabeça, feliz por ela ter me falado isso por telefone, para não me ver lutando contra o riso.

— Quem são as celebridades?

— São de um filme que vai ser lançado em breve — ela disse vagamente. — Essas coisas de publicidade ajudam muito. Lembra quando tivemos aquelas pessoas daquela novela? As doações e os voluntários aumentaram durante meses.

— Qual filme?

— Humm, não consigo me lembrar... — Que estranho. A Roberta sempre sabe quem vai aparecer no seu local de trabalho. Ela se lançou na conversa sobre o projeto, e eu me esqueci de perguntar de novo.

Agora estou encarando um e-mail da Ana Diaz, a diretora da missão em Quito. Troquei e-mails com ela sobre o que aconteceu com Deb, como planejo começar em Berkeley com um semestre de atraso e se ela vai precisar da minha ajuda no próximo verão.

```
Dori,
Não acredito que esqueci de te contar: vários meses atrás,
recebemos uma grande doação de uma fonte anônima. Foi o
```

suficiente para equilibrar nossas contas pela primeira vez na última década. Depois, um pouco antes do Natal, um escritório de advocacia de Los Angeles entrou em contato para falar de um fundo que alguém criou. Os valores são suficientes para administrar o programa todo, deixando as outras doações para reconstruir escolas e financiar programas médicos. Eu só queria saber a quem agradecer!
Ana

Aperto o botão de responder para perguntar qual é o nome do escritório de advocacia e, minutos depois, recebo a resposta. É o mesmo escritório que administra o fundo de Deb. Ana incluiu o nome do advogado de contato: Chad Roberts. Não faço ideia de quem ele é, mas estou determinada a descobrir.

— Picolé — murmuro, encarando os resultados da ferramenta de busca. Existem *muitos* caras chamados Chad Roberts no mundo, e nenhum deles está diretamente ligado a Reid Alexander. Não tenho tempo para fazer uma busca mais minuciosa agora. Tenho que estar no novo projeto da Habitat daqui a vinte minutos — vamos restaurar duas casas com hipoteca executada no mesmo bairro, aparentemente com ajuda de um grupo inteiro de celebridades.

Ah, que alegria.

48

Reid

Dori está de costas, parada no centro de um quarto tão parecido com aquele primeiro que pintamos juntos que poderíamos ter sido transportados para o passado. Ela está cantarolando enquanto analisa a folha de especificações e usando o mesmo short familiar e as botas de construção com a camiseta desbotada da MCDB. Preso num rabo de cavalo, seu cabelo desce pelo meio das costas. Baldes de tinta e material de pintura estão espalhados sobre a lona no centro do quarto.

Tudo seria um *déjà-vu*, exceto pelo seguinte: eu sei que seu cabelo é macio quando passo os dedos nele e como ele fica solto sobre os ombros ou espalhado sobre o meu travesseiro enquanto ela dorme. Eu conheço seu cheiro, meio doce e comestível, uma observação que fiz meses atrás, quando só queria fazê-la estremecer de desejo. Conheço seus ombros e braços musculosos, seus seios macios. Conheço a sensação do piercing minúsculo no seu umbigo, com um enfeite de coração roçando a ponta da minha língua. Conheço a curva firme da sua cintura, a fúria sutil do seu quadril, o gosto da sua boca. Conheço a sensação de ela perder o controle comigo e confiar em mim para pegá-la quando ela desaba.

Mesmo assim, existe muito mais nessa garota complexa, e o desejo físico que sinto por ela é apenas um indicador do resto. Conheço sua paciência, sua bondade, seu desejo inerente de deixar o mundo um lugar melhor do que ela encontrou. Já senti seu perdão, sua força e sua capacidade de ver alguma coisa boa em todo mundo. Ela toda é impressionante, e o fato de que posso tê-la encontrado só para perdê-la me assusta como o diabo.

Sentindo minha presença no quarto atrás de si, ela levanta a cabeça do papel que tem em mãos. Virando devagar, seus olhos se conectam aos meus e se arregalam, e ela pisca sem acreditar. Meu coração martela minhas costelas, me desafiando a diminuir a distância entre nós.

— Oi, chefe — digo. Estamos a três metros de distância, e quero saber se ela sente o mesmo impulso gravitacional que estou sentindo em direção a ela. Seus olhos estão pretos a esta distância, e encaro seus lábios, suas orelhas, suas mãos que ainda seguram as especificações: estão tremendo. Esse tremor é para mim, apesar de eu saber muito bem que não posso me sentir infalível por causa dele.

— Reid? — Sua voz quase me desmancha quando ela fala o meu nome. Tenho uma vontade insana de fazer o equivalente dos dias de hoje a agarrá-la, jogá-la por sobre o ombro e encontrar uma caverna para torná-la minha. Minhas mãos se fecham, e ela percebe.

— Ouvi dizer que você precisava de um pintor experiente por aqui. — Abaixo o queixo e encaro seus olhos. — E acho que sou seu cara. — Sua respiração fica presa enquanto eu me aproximo. — Só pra você saber: não acredito em fazer uma coisa pela metade. Não vou desistir enquanto o serviço não estiver totalmente de acordo com sua vontade.

Seu lábio inferior treme, e ela o puxa para dentro da boca apenas o suficiente para prendê-lo com os dentes.

— E depois? — pergunta. — Quando tudo tiver acabado?

Com cuidado, coloco os dedos sob seu queixo, e seus lábios se abrem, a respiração falhando de novo quando ela olha para mim.

— Aí eu começo tudo de novo, está bem? Não existe esse negócio de "acabado".

Seus olhos descem, ela dá um passo para trás, e eu abaixo a mão.

— V-você pode pintar este quarto e eu faço o outro.

— O que você quiser — digo, e ela assente e deixa o quarto quase correndo. Quando ela sai, solto a respiração que estava presa.

Primeiro round, empatado? Isso vai me matar.

* * *

Dois fotógrafos e um repórter da *People* foram designados para fazer um artigo sobre ações sociais. O público adora ver celebridades agindo como pessoas comuns e generosas (que continuam naturalmente lindas enquanto realizam atos de caridade, é claro). Os fãs não veem as interrupções na agenda que impomos a esses projetos de caridade devido à equipe de iluminação, de maquiagem ou à câmera de vídeo, que captura algumas tomadas curtas para a revista online. O lado positivo é que há menos paparazzi lá fora, já que os fotógrafos autorizados que têm permissão para se aproximar — com uma reportagem autorizada — impedem qualquer foto que alguém poderia tirar escondido de longe, até mesmo com as melhores lentes telescópicas à disposição.

Pouco antes do almoço, estou sozinho e me perguntando se é Dori quem vai me procurar quando minha colega de elenco aparece na porta.

— Oi, garoto sexy — diz Chelsea, se esgueirando pelo quarto em seu short branco e top vermelho-cereja, o cabelo preso no alto e bagunçado, caindo com perfeição ao redor do rosto impecável. — Aah, olha só! — Ela faz uma pequena pirueta no meio do quarto, admirando meu trabalho. — Você esconde umas habilidades manuais incríveis por trás desse rostinho bonito e desses bíceps sarados. Quem diria?

— Verdade — digo, automaticamente posando para o câmera que entrou com ela: consciência total do lado que estou apresentando, com sorrisos largos e uma risada exagerada. Estou olhando para Chelsea, e não para a câmera, como se estivéssemos sozinhos no quarto. Tiramos algumas fotos de mim fingindo passar a tinta verde-menta numa parede, apesar de eu já ter acabado a primeira demão, incluindo os remendos, a massa e o corte em cima e embaixo. E não tem uma única mancha verde no teto e no chão.

Como se eu a tivesse invocado, Dori aparece na porta na próxima vez que levanto o olhar, observando o quarto, o câmera, o fato de que Chelsea está atuando, segurando um pincel molhado com tinta verde e fingindo pintar o meu nariz. Pego o punho de Chelsea e afasto o pincel enquanto Dori vira e desaparece. Chamo seu nome, mas ela some.

Chelsea observa tudo com seus olhos verdes, e eu reviro os meus quando ela diz:

— Essa é *a* Dori?

Então estreito os olhos para ela.

— Espera. Como você conhece... O *Chad*. Que droga, Chelsea. Que diabos aconteceu com a confidencialidade entre advogado e cliente?

— Ele não me disse nada, eu juro! — Ela levanta uma das mãos e finge que está colocando a outra sobre uma Bíblia. — Eu só, você sabe, vejo coisas na mesa dele de vez em quando. — Seus dedos se curvam no meu braço, e ela sussurra, frenética: — Reid, por favor, não conta pra ele. Ai, meu Deus, eu me meteria numa encrenca *enorme*. Eu juro que não contei nada pra ninguém e ele não discutiu *nada* comigo.

Suspiro e analiso o rosto dela. Chelsea é uma garota que absorve fofocas. Ela adora, mas não espalha nada a menos que seja de conhecimento geral.

— *Está bem*. Mas deixa isso quieto.

Ela tranca os lábios e joga uma chave invisível para trás, fazendo que sim com a cabeça.

— Vamos lá, fofoqueira, vamos encontrar seu marido e comer alguma coisa.

Dori

Todas as vezes que me convenço de que nunca mais vou ver Reid, ele aparece. Roberta ajeita todos os itens da sua mesa e evita o meu olhar enquanto finge que esqueceu que Reid era um dos voluntários célebres. As duas manchas vermelhas no seu rosto dizem o contrário.

— E, de qualquer maneira — suas sobrancelhas se aproximam —, eu tinha a impressão de que vocês dois eram amigos.

Agora é a minha vez de ficar visivelmente envergonhada e com minhas orelhas totalmente expostas. O que posso dizer? "Meus pais não querem que eu namore um conquistador de Hollywood que simplesmente vai me usar e me descartar", ou que tal "Falei pra ele que eu não podia mais vê-lo e ele nem argumentou, e agora eu não o vejo há um mês e não achava que voltaria a ficar tão perto dele".

Quando continuo parada ali, em silêncio e desconcertada, ela interpreta meu desconforto como repulsa.

— Vamos encontrar um projeto diferente pra você trabalhar. Eles só vão ficar aqui esta semana. Você pode voltar na semana que vem. Eu ligo...

— Não, tudo bem. — Ela acha que eu não gosto de Reid, e isso não poderia ser mais distante da realidade.

Quando o vi hoje de manhã, quis atravessar o quarto correndo, jogar os braços ao redor dele e não soltar mais. Quis dizer a ele que aceitava o que ele pudesse me dar, pelo tempo que durasse. Foi aí que me lembrei da citação de Janis Joplin que Deb prendeu no espelho do seu quarto anos atrás: "Não abra mão de si. Você é tudo que você tem".

E aí ele disse "Oi, chefe". Tão superficial e casual, superando tudo que houve entre nós. O que eu imaginei que houve. A outra parte, o flerte, era só o Reid clássico: sexy e sedutor sem se esforçar. E foi repetido com sua colega de elenco maravilhosa dez minutos atrás.

Talvez eu *devesse* mudar de projeto. Ser inteligente e fugir enquanto posso.

— Ele tem experiência suficiente para receber tarefas específicas, então você não vai ter que supervisioná-lo nem ficar perto dele — diz Roberta.

Lutando contra a vontade de dizer que ela entendeu tudo ao contrário, anuo e saio para comer alguma coisa. Não olho ao redor do quintal para procurá-lo e não pretendo ficar lá fora por mais tempo que o necessário para pegar o almoço e voltar para dentro.

Por acaso, pego uma tigela de frutas e um chá gelado, e minhas orelhas ficam quentes quando me lembro da primeira vez que Reid tentou me beijar, quando eu o empurrei para longe. Tomo consciência de alguém falando por perto, ouvindo o nome antes de estar prestando atenção total.

— ... Chad Roberts e, apesar da minha boa aparência, não sou ator. Sou só marido da Chelsea.

Frank ri em resposta.

— Esse não é um cargo simples, meu jovem. Essa moça é impossível.

— Ah, e eu não sei? — Os dois riem.

Minha cabeça está girando.

Chad Roberts.

Marido de Chelsea Radin.

O mesmo nome do advogado encarregado do fundo da Deb.

* * *

— Sr. Roberts? Posso falar com você por um instante, por favor?

— Claro. — Ele parece simpático e *é* bonito. Foi difícil encontrá-lo separado de Chelsea. Ele e sua esposa atriz obviamente são amigos de Reid, e eu concluí que o que eu achava que era um flerte entre Reid e Chelsea mais cedo eram apenas os dois fingindo atuar para a sessão de fotos que a *People* está fazendo e que vai beneficiar tanto a Habitat quanto o fim de semana de lançamento do filme deles.

O ciúme é uma sensação desagradável e desconhecida.

Nós nos afastamos um pouco do local de demolição; Chad está ajudando Frank a destruir um galpão dilapidado no quintal dos fundos.

— Essa pode ser uma pergunta estranha, mas por acaso você é advogado?

— Sou, sim. — Ele me lança um olhar perplexo. — Você precisa de assistência jurídica?

Isso é bizarro demais para ser coincidência.

— Não. Talvez. Hum. Você trabalha na Barnes, Bancroft and Cole?

Ele tira as luvas de trabalho e pega a garrafa d'água que lhe dou.

— Trabalho, sim.

Respiro fundo enquanto todas as peças se encaixam. Isso tem que ter alguma ligação com Reid. Não tem outra explicação.

Depois de um longo gole, ele olha para mim.

— O que isso tem a ver...

— Você administra um fundo, eu acho. Para Deborah Cantrell?

Seus olhos disparam na direção da casa, onde Reid está, depois voltam para mim, como se ele percebesse que está entregando alguma coisa.

— Hum, sim, é verdade.

— Quero saber quem está financiando.

Ele engole em seco e franze a testa.

— Olha, srta...

— Cantrell. Dori Cantrell.

Seus olhos se arregalam, e a ficha cai.

— *Ah*. Você é irmã dela, suponho?

Faço que sim com a cabeça, e ele pressiona os lábios, colocando a mão no meu braço.

— Embora eu entenda sua vontade de ter essa informação, sinto dizer que não tenho autorização para falar.

Olho de relance para a casa. Reid está lá dentro, ajudando na demolição da cozinha. Será que ele mandou o advogado não me contar nada? Se isso for verdade, por quê?

— Como assim? Sou da *família* dela. Tenho o direito de saber.

Seu olhar é tranquilizador, e isso me dá vontade de gritar.

— Entendo seus sentimentos, srta. Cantrell, pode ter certeza. E existem muitos detalhes desse fundo que eu *posso* revelar, se você quiser.

Na verdade, acho que você deveria ir até o meu escritório qualquer dia desses para discutirmos esses detalhes... Mas a identidade do doador é informação confidencial.

— Como isso é possível? — Não vou conseguir nada com ele, e minha frustração aumenta a cada recusa tranquila que ele me dá.

— Nosso cliente deseja permanecer anônimo.

— Mas *por quê?*

— Sinto muito, mas não posso responder.

Reid sai pela porta dos fundos, olha ao redor e me vê conversando com Chad.

— Não pode ou *não quer?* — pergunto enquanto encaro Reid, que fica imóvel. Chad segue meu olhar e suspira, pressionando os lábios de novo, uma analogia perfeita para o fato de que não vou conseguir mais nada com ele.

Não sei que jogo é esse, incluindo a virada questionável do destino que colocou Reid no meu projeto da Habitat *de novo*. Seus olhos se alternam entre mim e o advogado, e ele continua congelado na porta. Será que ele achava que eu não ia pesquisar esse fundo, tentar descobrir de onde veio e quem estava por trás? Fico dividida entre a gratidão intensa pelo que ele fez pela Deb e o pavor devastador de como isso pode acabar facilmente. E aí faço a única coisa que posso fazer com essa confusão de informações.

Viro e vou embora.

49

Reid

Com a mesma expressão desnorteada de hoje de manhã, quando ela virou e eu estava lá, e com o mesmo tom de voz, ela diz: "Reid?" do outro lado da porta de tela ainda fechada, sem fazer um único movimento para abri-la. A cachorra está ao lado dela, me encarando com — juro — as sobrancelhas franzidas de irritação.

— O que você está fazendo aqui?

Quero me irritar com ela, até mesmo sentir raiva, mas não consigo. O que sai é a coisa que cresceu e disparou pela minha cabeça o dia todo, mas sem o fogo do desejo. Como se tudo que restasse de mim fossem essas palavras sussurradas, antes de eu desaparecer.

— Vim te perguntar como você consegue. Como você sente tudo que eu sei que você está sentindo e se afasta desse jeito.

— Como você sabe o que eu sinto? — ela retruca, mas também não consegue ficar com raiva. Há rendição no seu tom, e eu me concentro apenas nisso, passeando por suas palavras blindadas para me encontrar.

— Abre a porta, Dori.

Ela balança a cabeça levemente.

— Você está sozinha? — pergunto, e ela assente, e eu falo de novo: — Abre a porta.

Ela estende a mão para a maçaneta interna e para.

— Foi você? O quarto particular pra Deb? — Faço que sim com a cabeça. — Por quê?

Minhas mãos se apoiam na moldura da porta, e isso é tudo que eu posso fazer para não cair de joelhos diante dela, sabendo que é agora ou nunca, que essa é a minha única chance, que pode ser que nunca mais haja outra. Ela é forte e teimosa e, se eu não conseguir fazê-la admitir como se sente, vou perdê-la.

— Dori, abre a porta. Por favor. Eu explico tudo que você quiser.

Seus dedos encostam na tranca, que clica, mas ela não faz nenhum movimento para empurrar a porta de tela. Entro e deixo a porta se fechar, e nossos olhos se prendem enquanto estendo a mão para trás e tranco o ferrolho.

— Vem cá — digo, estendendo a mão para ela, que balança na minha direção e coloca as mãos pequenas no meu peito. Ela me mantém à distância de um braço no sentido mais literal.

— Por quê? Por quê? — ela pergunta, e eu me esforço para entender como isso poderia ameaçá-la.

— Por que eu fiz isso? Porque eu te amo. Não tem nenhum outro motivo; eu realmente sou simples assim.

Que merda. Eu acabei de dizer que a amo. Não tem mais volta. Nada a fazer a não ser encarar. Mas esse é o xis da questão: eu quero encarar.

Seus olhos estão marejados, e sua boca treme.

— O que você quer dizer com *me ama*? E quando não amar mais? O que acontece depois? O que acontece com a minha irmã?

Minhas mãos estão nos seus ombros, descendo pelos seus braços e segurando os cotovelos enquanto eles cedem ao meu desejo.

— Acho que *amor* é uma emoção que se explica por si só. E eu não pretendo que acabe. Mas não existem cláusulas. O fundo que o Chad fez pra sua irmã é pra vida toda e não tem nada a ver com o que eu sinto ou com o que você sente... ou não sente. Não pode ser anulado, se é isso que te preocupa.

Ela começa a chorar, as lágrimas escorrendo devagar pelo seu rosto.

— Tudo me preocupa. Como você pode me amar? Eu não sou... não sou ninguém.

— Como eu poderia *não* te amar? — insisto. — Ninguém nunca mexeu tanto comigo como você. Quando você me disse adeus no mês passado, eu tentei te deixar livre. Falei pra mim mesmo que era a melhor coisa pra você, porque era o que você queria. Mas você está errada, Dori. Eu sou bom pra você, mesmo que você ainda não saiba. Eu sei disso, porque nunca *fui* bom pra ninguém. — Luto para manter a pressão das mãos relaxada e controlada. — Você praticamente perdeu sua irmã e lutou contra a perda da fé que destruiria a maioria das pessoas, e você não desabou. Você foi corajosa quando seus pais precisaram de você. Mas, só porque você é forte e resistente, não significa que nunca precisa de alguém pra estar ao seu lado, pra cuidar de você. — Seguro seus cotovelos. — Você precisou de mim naquela noite na boate.

Ela engole em seco.

— Verdade. Eu precisei de você. Mas não posso ser esse tipo de garota indefesa, alguém-me-salva...

— Você *não* é indefesa. Na verdade, você é a garota mais enlouquecedoramente confiante que eu já conheci...

— Como isso pode ser enlouquecedor? — ela grita, puxando os cotovelos e cruzando os braços.

— Porque você não se permite precisar de mim — digo, as palavras no meu ouvido soando como o grito de batalha dos dependentes. — Nós dois somos tão bons em resistir a sermos controlados ou a ter controle sobre outra pessoa que não sabemos precisar de alguém e que alguém precise de nós. No verão passado, eu me permiti acreditar que conseguiria superar o que sentia por você, não porque o que eu sentia era insignificante, mas porque eu *sempre fiz isso*. Meus relacionamentos não duram. Que inferno, eu nem *tenho* relacionamentos. Até te encontrar naquela boate, eu não percebi que não estava mais perto de te superar do que estava na última vez que te vi, três meses antes.

Abaixo a voz e me aproximo, diminuindo a distância entre nós.

— Eu mudei desde que te conheci. Não porque você me transformou em outra pessoa, mas porque você me mostrou um caminho no qual eu nunca prestei atenção, e eu escolhi seguir esse caminho. E, sim, eu já me perguntei várias vezes: *É tão fácil assim simplesmente decidir ser um cara melhor? É tão fácil quanto uma foda?*

Ela se encolhe, e eu pego suas mãos, que estão agarrando os cotovelos com muita força. Então as puxo com delicadeza, até nossos dedos se entrelaçarem.

— Vou ter mais cuidado com essa palavra. Não vou trivializar isso. — Ela levanta os olhos, arregalados, escuros e úmidos. — Eu sei exatamente o que estou dizendo. Vou esperar, se for preciso. Vou fazer tudo que for necessário. Mas eu te quero e vou continuar te querendo. E já vou avisando: não vejo um fim pra isso. Estou mergulhado até a cabeça, Dori. E não vou recuar, desta vez.

Eu lhe ofereci meu coração. Defendi meu ponto de vista e parei. Não tenho mais nada a dizer. Nós nos encaramos, ambos tão calados que ouço as unhas da cachorra com artrite batendo no chão até uma almofada oval grande, onde ela se joga e nos olha com um suspiro. Nossas mãos estão entrelaçadas no meio de nós, e a esperança está ali também, porque Dori não se afasta.

Ela fica na ponta dos pés e encosta os lábios no meu queixo e ao longo do meu maxilar. Solto suas mãos para levantá-la, envolvendo os braços nela enquanto seus braços se enroscam no meu pescoço e seus dedos mergulham no meu cabelo.

— Reid — ofega ela, os olhos escuros nos meus. — Eu te quero. — Minhas mãos deslizam pelos seus quadris e, quando eu a levanto, ela envolve as pernas na minha cintura e gruda os lábios nos meus. Solto um gemido na sua boca, e ela responde igualmente.

Vou até a escada e subo, soltando o desejo preso num longo beijo. Não consigo ter o suficiente dela.

— Onde? — pergunto, quando chegamos ao andar de cima. Ela aponta para o corredor e eu obedeço, calado, exceto pelo gemido faminto que sai de nossa garganta, pelo concerto perfeito com que nossa boca trabalha e pelo barulho dos meus passos decisivos no chão antigo.

Entro no quarto dela: paredes azul-claras, peixes nadando em cardume no teto e *nada* fora do lugar. Chuto a porta atrás de mim, a levo até a cama e a coloco ali. Não há cautela nem contemplação, porque ela puxa a minha camisa e me beija com mais força do que nunca. Estamos frenéticos, como se fizesse anos que não nos tocássemos. Arrancar botões, esticar tecidos, abrir fechos: tudo é feito entre beijos, nos poucos segundos que paramos para respirar, porque tudo que quero fazer neste momento é adorá-la e senti-la com olhos, mãos e boca.

Ela arranha as minhas costas e se arqueia contra mim, interrompendo minha respiração. Protesta quando eu recuo, mas fica hipnotizada quando meus dedos a tocam inteira. Sigo o caminho com os lábios e a língua. Beijo sua barriga, sentindo o piercing com meu dedo indicador, e ela arfa.

— Por favor — sussurra ela, e por causa do que acabou de me ocorrer, estou pensando *putaquepariufoda*, mas sou sensato o suficiente para não dizer isso em voz alta.

— Dori, por mais que eu parecesse um homem com uma missão quando apareci aqui, eu não planejei... não achei que... — Apoio a cabeça nas suas costelas. — Não tenho camisinha — confesso.

— Tem umas na minha bolsa — diz ela, tão baixinho que eu mal escuto. Levanto os olhos, surpreso, e suas orelhas ficam vermelhas. Ela está deitada ao meu lado, usando nada além de uma calcinha de algodão, e está envergonhada por ter camisinhas na bolsa?

— É? — digo, estendendo a mão para puxar a alça da sua bolsa enorme e familiar da cabeceira, onde está pendurada na coluna lisa da cama.

— A Aimee e a Kayla... A enfermaria do campus estava distribuindo na semana passada. Elas pegaram um estoque pra um ano e insistiram que eu ficasse com algumas.

Enfio a mão na bolsa dela e vasculho todas as divisões, ouvindo o amassado de pacotes quadrados de celofane quando meus dedos encostam neles. Sorrio, arqueando uma sobrancelha.

— Deve ter pelo menos uma dúzia aqui dentro. — Solto um punhado em sua mesa de cabeceira, observando o vermelho se espalhar pelo seu rosto e descer pelo pescoço. Seu coração está martelando sob a palma da minha mão, e eu a beijo. — Elas serão bem usadas, eu prometo. — Minha voz está pesada e predadora, e ela estremece sob o meu toque.

Tiro as últimas peças de roupa de nós dois, acariciando-a e beijando-a devagar e profundamente, até não conseguir mais aguentar. Deito de costas, a coloco em cima de mim e digo que ela está no controle, desta vez.

Dori

— Provavelmente eu devia te perguntar quando seus pais vão voltar — ele murmura em meu ouvido. Não consigo acreditar que ele ainda me faz enterrar o rosto no pescoço dele depois do que fizemos, mas, aparentemente, meu senso de decência sobreviveu intacto. — Porque eu *vou ter* que conquistar os dois, e suponho que eu começaria abaixo de zero se o momento em que eles perceberem que estou de volta for o mesmo em que eles me encontram satisfazendo a filha deles. Pela terceira ou quarta vez.

Ele está deitado de lado, apoiado num dos cotovelos e desenhando padrões na minha pele. A luz do sol que inundava o meu quarto quando começamos está agora filtrada na luz avermelhada e tranquila do pôr do sol.

Minhas unhas arranham a leve barba por fazer em seu queixo, e ele fecha os olhos.

— Eu *te* satisfiz? — sussurro, e ele geme e me beija.

— *Não*. Acho que vou precisar de você por um tempo interminável pra começar a ficar saciado. — Seu toque roça minha barriga e vai subindo.

— Meus pais estão num retiro de casais. Só voltam no domingo.

Seus dedos param no ponto inferior do meu esterno, e ele arqueia uma sobrancelha.

— Por favor, me diz que você não está me provocando. — Viro a cabeça de um lado para o outro no travesseiro, e ele me beija com energia e profundamente. — Posso passar a noite aqui?

Rastreio a linha do seu nariz e de uma sobrancelha, e ele se apoia na minha mão e fecha os olhos.

— Não sei. Eles não aprovariam, e a casa é deles. Claro que eles também não aprovariam isso.

Ele faz que sim com a cabeça e abre os olhos.

— Estou disposto a fazer isso do jeito que você precisar, com uma exceção. — Franzo a testa, minha mente um tumulto de possibilidades, até ele revirar os olhos. — A *exceção* é que eu não vou embora. Nunca mais me peça pra fazer isso.

— Tem certeza? — pergunto, sempre duvidando dele. Não é justo eu duvidar, e me pergunto se ele vai entender que minha perda de fé vai além do que eu imaginava, traçando linhas de confiança e nivelando minha segurança como um tornado arrasador. Vou reconstruir meu sistema de crenças do zero nos próximos meses, talvez anos, e não vai ser fácil. Nem agradável.

— Nunca tive tanta certeza de uma coisa. — Sua atitude séria é interrompida quando meu estômago ronca como se eu tivesse me esquecido de comer durante dias. Sua boca se curva para cima num dos lados.

— Exceto, talvez, que é melhor eu te alimentar. Vamos sair.

— Sair, pra um lugar onde as pessoas podem nos ver?

— Acho bom você se acostumar a ser namorada do Reid Alexander. — Ele ri da expressão no meu rosto. — Ah, vamos lá. Não pode ser *tão* ruim. — Ele puxa o lençol sobre a nossa cabeça, me cavalgando no escuro. — Tudo bem, a gente pede comida. Mais um dia pra me manter em segredo. Se demorar mais, vou começar a achar que você tem vergonha de mim.

Um tom bruto e vulnerável na sua voz me diz que essa afirmação não é tão despreocupada quanto parece.

— Não quero ser namorada do *Reid Alexander* — digo, e seu sorriso vai embora. Estendo a mão e envolvo seu rosto, a necessidade dolorosa ali tão exposta que meus olhos ardem com as lágrimas. — Quero ser *sua* namorada. Contanto que você seja quem você é neste momento comigo, eu *nunca* vou ter vergonha de você.

— Tem certeza? — Ele ecoa minha pergunta anterior, seus olhos azul-escuros grudados nos meus.

— Nunca tive tanta certeza de algo — digo.

Agradecimentos

Agradeço às minhas maravilhosas parceiras de crítica, Elizabeth Reyes, Carrie Sullivan e Jody Sparks. Cada uma de vocês me desafia a continuar melhorando minha arte, sendo tão liberais com a crítica quanto com os elogios. Obrigada por ambas as coisas. Em todas as etapas do processo, ao mesmo tempo em que trabalhavam como escravas em seus próprios projetos, vocês foram encorajadoras e inspiradoras. Eu não conseguiria ter feito isso sem vocês.

Aos meus leitores beta — Ami Keller, Robin Deeslie, Hannah Webber, Zachary Webber, Alyssa Crenshaw, Lori Norris e Joy Graham —, obrigada pela disposição de se arrastarem pelo manuscrito ainda em rascunho bruto. Seus comentários e sugestões foram fantásticos, e o feedback foi crucial.

À minha melhor amiga, Kim Nguyen-Hart, você é o motivo para eu ter deixado a publicação independente. Se você não tivesse me dado uma sacudida cheia de amor, talvez eu nunca tivesse feito isso. Abraços eternos.

A Sarah Moreau, pelo conhecimento e experiência com viagens missionárias a Quito. Deus te abençoe, irmãzinha.

À minha revisora, Stephanie Lott (também conhecida como Bibliophile): você é a melhor rede de segurança que existe. Obrigada pelo tempo que você gastou com diversas leituras, pela determinação em tornar o que escrevo o mais próximo possível da perfeição e pelas discussões do que exatamente constitui ironia.

Obrigada a Zachary, Hannah e Keith por nunca me mandarem calar a boca quando meus personagens roubam todos os meus pensamentos diurnos e eu não consigo parar de falar neles. O mesmo vale para a minha mãe, que se destaca pela construção da confiança, e para o meu pai, cuja paciência é infinita.

Obrigada, Paul, por tudo. Eu te amo e espero que você nunca, nunca duvide disso.

Finalmente, e como sempre, obrigada a todos os leitores que leem as histórias que me sinto compelida a contar. Eu amo e reconheço seu apoio e seu entusiasmo.

Impresso no Brasil pelo Sistema Cameron da Divisão Gráfica da
DISTRIBUIDORA RECORD DE SERVIÇOS DE IMPRENSA S.A.